山長水遠 卑南覓

臺東大學

砂城文學獎作品集

（2016－2018）

主編 王萬象

山長水遠卑南覓

臺東大學砂城文學獎作品集

王萬象主編

感謝國立臺東大學華語文學系高教深耕教育計畫經費補助出版

目次

新詩類

二〇一八年

二〇一七年

古典詩詞類

二〇一七年

詩類

小令詞

二〇一六年

詩類

詞類

序——華文之風，翻山越海

——致《山長水遠卑南覓——臺東大學砂城文學獎作品集（2016－2018）》

文／董恕明

創作從來不會是因為「得獎」，而是「相遇」，與此生重要的讀者在文字中，終於「遇見」……。見著了，才能發現和確信，那些我們視作當然或不以為然的種種，其實，早就有人等在那兒，等著和你一起悲喜同擔，憂歡與共。

二〇二〇年初春，《山長水遠卑南覓——臺東大學砂城文學獎作品集（2016－2018）》的出版，既是留下臺東大學同學生機盎然的文采，同時，「砂城文學獎」這個由語文教育學系（華語系前身）周慶華老師催生創始，後由華語文學系踵繼的校級文學獎，已邁入第23屆。過了「而立」之年，它有沒有機會成為更多東大人共同創造的文學田野地，令人期待。尤其對九〇後的「網路原住民」世代，當人手一機，世界就來到眼前，不論是「人工智慧」的細膩逼真，或「line來line去」的迅捷便利，屬於「文學」、「創作」、「書寫」這麼「獨特」、「緩慢」、「古典」的「手工業」，還具有它無可取代的魅力嗎？收錄在此書的作品，也許能讓滑來滑去的文字，浮出喧囂忙碌，無眠的網路，重回生活的現場，好好吃飯、好好呼吸，好好的相聚與別離……。

本書的完成要特別感謝得獎者的慷慨授權，以及長久以來負責舉辦「砂城文學獎」的「華語文學系系學會」和散文、小說、現代詩和古典詩、詞各組的評審老師。其中，更要謝謝對古典文學格外鍾情的王萬象老師，他帶領華語系林旻達同學、谷宜家同學等人，完成全書內容的整編，如不是他的促成與秀威出版社的支持，我們便無緣在此刻展讀群山之後，初萌的新綠，青春的健筆！

短篇小說類

二〇一八年　第一名　作者：林勁弦　篇名：阿如

阿仁掛掉電話，上身翻過櫃台，「秀貞beh lâi--ah.（秀貞要來了。）」還在大門口打掃的阿如提著掃把與畚斗，做賊似地從停車場斜坡跑到地下室。

秀貞搖搖擺擺地從大樓裡走來，管理員阿仁把早上剛到的包裹拿給她。「怎麼沒看到阿如？」阿仁偷看了一眼地下室監視器裡的阿如像個小孩躲在住戶的車後，兩人的臉勾起一樣得逞的笑。「阿如在掃別棟啦！」秀貞把一袋切好的鳳梨和一瓶舒跑拿給阿仁，「幫我拿給阿如喔。」五十多歲的秀貞即使沒有要外出，仍然帶著完整濃厚的妝、蓬鬆大捲的假髮，一身打扮必定統一顏色且鮮豔閃亮，有些時代感，但正好符合秀貞的年齡與管委會會長夫人的身分。

等待中的阿如決定不如就先打掃地下室。

幸福家是阿如的一份清潔工作，在臉書上看到應徵資訊，撥了電話，連面試也沒有，隔天立刻去上班。那時她還沒懷疑怎會這麼容易，她還不知道，她將來到這棟接連換了好幾個清潔工的大樓。即使知道了，阿如也是無感的，這是她的第一份清潔工作，心中根本沒有難易的比例尺。也因為如此，當她就快要生鏽的四十歲身體不得不重新抹油，全力運作，來回走動的腿硬如鋼鐵，她也只能告訴自己：「Chòe hō͘ koàn-sì tiō-hó.（這就是清潔工作吧）」

阿如的親切讓她很快就跟大樓裡的大家熟悉，尤其和前幾位清潔工比起來，幸福家的住戶彷彿撿到寶一般地歡迎阿如。最初的關心就來自阿仁跟秀貞。

大樓有三個管理員輪流值班，阿仁和她最熟。阿仁知道阿如躲著秀貞，配合就默契地發生。其實阿如並不是真的躲著秀貞，秀貞慷慨大方，從阿如第一天來打掃的時候，就開始了每天帶一袋鳳梨和舒跑給阿如的習慣，剛開始阿如還覺得來到一個溫暖的環境，備受寵愛，可偏偏鳳梨總是咬舌，舒跑正好是她最不愛喝的飲料；而且碰上秀貞，免不了一大段閒聊，阿如對於秀貞心存感激，但躲著秀貞，變成阿如和阿仁工作中的小遊戲。

下午四點等垃圾車的時候，阿如的粉色上衣有大半已被汗染成紅色，扎著的馬尾也鬆脫下幾條髮絲，氣喘吁吁地把兩大袋垃圾都提到大樓門口，她心裡想著等等要去接高中的兒子回家、晚餐要吃什麼。才一分神，清脆的高跟鞋從後方跑來。躲不掉的時候阿如拿出身為四十歲母親的社交經驗與秀貞聊天，「阿如，這個垃圾你不用分類啦，這不是你的工作啦！你吼，做成這樣會累，之前的清潔工都在儲藏室睡覺，睡醒才隨便掃掃而已。」阿如眼前這個女人貴氣又親切，阿如想著：「A-bô chòe pêng-iú hó--a.（不如做朋友吧，比較輕鬆。）」

資源回收的確不是阿如的工作，阿如只要負責在垃圾車時間把大樓垃圾桶的垃圾提到門口就行。讓阿如必須把垃圾攤開重新分類的人是回收車的大哥，在這附近，這位回收車大哥是出了名的壞脾氣，只要有一點垃圾沒分類好，他就會開罵。

剛來的時候，阿仁就跟她說過回收車大哥的脾氣，「He tiō m̄-sī lí ê khang-khòe, tòng-chòe bô thia^{n}-tio̍h tiō hó.（那不是你分內的工作，當作沒聽見不就好。）」之前的清潔工有一半是被他罵走的，可阿如就是不想被破壞心情，回嘴也於事無補，只好每天下午都盡量提早打掃完，空出時間來分類。

即使在這個環保意識普遍的年代，幸福家的垃圾分類永遠不會做好，在回收桶找到尿布，在一般垃圾找到敲碎的木頭家具、女性的性感內衣褲，還有令人匪夷所思卻常常出現的塑膠罐裝醃製廚餘，這些全是阿如每天會遇到的事。

「Bêng-bêng tiō siá tī hia, koh o-peh-tan.（明明都寫在公告牌上了，還是有住戶會亂丟。）」另一天假日的中午休息時間，阿如坐在大廳的椅子上，阿仁在櫃台後，好不容易打掃完三棟大樓，回收桶的一團糟讓阿如一點也沒有放鬆的感覺。

「Chá tiō kah lí kóng kòe,ài chò koh ài hiâm……（早就跟你說不是你的工作，做了又不斷抱怨……）」阿仁這句話她聽了無數次，有時候來自阿仁的口中，有時候來自兒子，阿如心想，這些男人一點也不懂，不管她再怎麼抱怨，回收還是會照做，只是想訴訴苦，才不想聽這些道理東、道理西。

（所以我才一直告訴阿如他不是好男人，寧缺勿濫，不貼心，面相也不好，薄唇又臭臉，看起來一點也不可靠。）

「35坪，3大房，2全衛，屋齡年輕，客廳明亮寬敞，窗迎日光，環境恬適。創意居家，健康生活，樂活居家，快意生活。」幸福家共有三幢大樓，與大廳圍成一個口字型。住戶大多是小家庭，相形之下，總是一個人出沒的「種花大姐」就特別引起阿如注意。

種花大姐住在面對大廳的右手邊第一間，住一樓的特別之處就是擁有一塊小花圃，通常這塊小花圃會隨意地由大樓種點鮮豔的花，住戶也不再更動。但種花大姐的花圃與眾不同，她偏好花的香氣勝過搶眼的色彩，所以整個花圃以深綠的桂花叢為基調，還不太冷的秋天裡，桂花的香氣像溫柔的仙境引人光臨。靠近家門的一端植有一棵雞蛋花，白底黃心的，她說她的孫女曾說雞蛋花的味道像是感冒糖漿，但她不能體會，直到有一次在某篇散文裡讀到：「那略帶藥味兒的幽甜，屢屢勾起好多清晨匆匆趕著通勤和送小孩上學的媽媽們的惆悵。」講的就是雞蛋花，還興奮地跟孫女分享，從此愛上雞蛋花。桂花叢後一排，則種了更高的茉莉，花跟葉子都比桂花更大，但因為季節，把香味讓給了桂花。家門外的圍欄上，掛了三盆垂茉莉，正如其名，這種花低垂，且像茉莉，但與其說像茉莉，更像一排安靜的白色風鈴。桂花的前排，幾株迷迭香緊緊靠著彼此，在一片白花中，紫色如蝶的迷迭香特別搶眼，種花大姐說過，雖然名字裡有「香」字，但其實不是每個人都喜歡迷迭香的味道，有人覺得迷迭香太過刺鼻、濃郁，少了花朵該有的婉約感，但種花大姐私心偏愛迷迭香，最初設計花圃時，迷迭香就是第一個決定要種的花，其他的花都是配合迷迭香所挑選。除了花，讓這小花圃與眾不同的還有草。雖說草不過就是雜草，定經草、雷公根、昭和草雜生，但阿如第一天走進幸福家，就發現這塊花圃特別乾淨整齊，或者說對比出其他花圃的雜草亂生、疏於照顧。

幾乎每個午餐前，種花大姐都會帶著小椅子、剪刀，坐在花圃前細細打理一切。「這種花不好種吼？」她是阿如第一個主動攀談的住戶，「是啊，要經常修剪，不然花會開得過早，容易老化死亡。」

「有個花園很不錯欸！像我家裡，都沒有空間，只能種一些種子盆栽。」

「種子盆栽很適合種在室內啊，我在家裡也種了一些，可以清淨室內的空氣，也可以當作裝飾品。」

種花大姐的國語講得相當標準，口氣溫柔，又總是把眼睛瞇成弧線。

（阿如說過，種花大姐跟她媽媽長得好像，年齡也像、氣質也像，年輕的時候又都是幼稚園的老師，可能是因為這樣，阿如才那麼親近種花大姐吧。）

認識種花大姐後，阿如又為自己增加一項工作：拔雜草。阿如心想，就算是不經挑選的花，把雜草拔一拔，至少看起來乾淨整齊，才配得上種花大姐的花圃，自己看了心情也好。

（回收也是，拔草也是，雖然都算是大樓的整潔工作，我也一直跟她說不用做那麼多，薪水也沒比較多，打掃完就好。偏偏她就是想做，每天拚命打掃，把時間挪出來回收、拔草。做久了，整個人都瘦了，原本做家庭代工吼，整天都坐著，腰粗屁股大，做得再累都一樣，但現在阿如的身材，就像年輕的、還沒生小孩的她喲！）

「你來之後吼，大樓變得好乾淨，是公司管很嚴嗎？」南部的正中午陽光鋒利如刀，用陰影剪貼幸福家。

又是一包鳳梨和一瓶舒跑。「沒有啦，老闆說輕鬆做就好，但是大樓原本那麼髒，看了我也痛苦啦！」

「好啦，妳不要做得太累喔。要不要順便幫妳買午餐？」秀貞站在大樓門外，撐著一支紫色鑲金邊的陽傘。

「不用啦，我等等再出去吃，妳先吃就好！」阿如微笑著婉拒，中午的休息時間只有六十分鐘，騎回家又太趕，等在這也不是。剛開始的時候，阿如真的都騎回家午休，來回就要三十分鐘，基本上吃個飯、沖個澡，就趕著出門了。直到她跟阿仁熟悉後，只要阿仁有班，他們就會一起吃午飯。

（這個阿仁，五十歲出頭，跟老婆離婚，獨自照顧小五的兒子，說真的，我們幾個朋友聽了都覺得不適合，偏偏阿如講不聽，說她傻還不信！上一次他們聊天聊到生氣，還把賴給封鎖，幾歲人了還這麼幼稚，這種男人哪能信。）

身為一個清潔工，最主要的工作就是所有走廊、樓梯掃加拖，另外，地下室的打掃也不是簡單的工作，即使戴了口罩，漫天的煙塵仍然令人窒息，夏天裡滿身汗發揮膠水的功能尤其痛苦。有池塘、健身房的話，也要定期打掃。如果是公司大樓，可能還要擦玻璃。

通常上午打掃時，大部分家裡是沒人的，家長都去上班了，小孩也去上課，劉太太是少數阿如常會遇到的住戶。劉太太大約五十歲，住在九樓，和丈夫、兩個小孩同住，但她目前沒有工作。前一份工作就是幸福家的清潔工。

「打掃工作沒有那麼簡單啦，我之前在做的時候更辛苦，住戶又愛嫌，後來我辭職了，這些住戶才知道要閉嘴，不然妳哪那麼好命！」阿如沒有多說什麼，笑容仍然掛著。據劉太太自己所說，她從事清潔工已經好幾年了，是最近孩子大了，丈夫也有工作，才停職在家。她說她打掃經驗豐富，可以教阿如幾招。

「最好是不要用這裡的拖把啦，像我都自己買好神拖，才拖得乾淨，也不用為了洗拖把跑來跑去。妳最好是去買一組。」

「地下室的灰塵一定要每天清，不然吼，騎個車都一堆灰塵，難受得要命。尤其是颱風天，地下室都會積水，要把積水清掉……欸，妳應該知道颱風天也沒有放假吧，我們如果放假誰來打掃……」

「還有那個回收桶，這裡的住戶吼，都不守規矩，垃圾都不好好分類，我們看到一定要把它分類整齊，妳應該看過那個回收車的吧，脾氣比垃圾還臭……」

有一次阿如要清洗電梯，想起不鏽鋼油被劉太太借走，坐著電梯到九樓找她，剛好撞見劉太太的朋友來找她，那個朋友的年紀似乎跟劉太太差不多，手裡提了一個大塑膠袋，裡面裝滿塑膠罐，塑膠罐裡全是各種醃製物，醃製大頭菜、醃製蘿蔔、醃製黃瓜，全是要送給劉太太的。阿如向劉太太笑了一下，不好意思打擾，關上電梯就走了。

在大樓裡工作，阿如見到各種特別的人和事。

有一個獨居的高中弟弟，每天自己騎著腳踏車去上學，一般的情況下，阿如並不會看見他，因為阿如上班的時間，高中弟弟也在上課，只有一次國慶日，阿如沒放假，才注意到他。工作久了，阿如漸漸喜歡上一邊打掃一邊與住戶聊天，她發現這樣時間過得比較快。但與學生聊天，還是第一次。高中弟弟很不像一般的高中生，沒有任何叛逆的味道，說起話來，禮貌得讓阿如以為自己是什麼高貴的長官。他是香港人，父母都在外地工作，說話的時候帶著淡淡的口音。那一天阿如把鳳梨跟舒跑給了他。

同樣在國慶日那天，阿如在打掃樓梯時，遇到四個住在一起的屏大生正要出門，阿如從他們的對話裡聽到一些關鍵詞，注意力默默從手上的掃把轉移到耳朵。

「奇怪欸，我昨天回家的時候鞋子明明都在地上，現在又擺進鞋櫃裡了。」

「我沒有弄喔。」

「也不是我。」
「是不是隔壁的啊……」
「哈哈，你是說隔壁嫌我們太亂，幫我們整理嗎？」
「啊不然到底是誰啦！」
「那之後看到他們要道個謝了。」

還有一個中年男子常常出現，總是白天出門，提著一箱啤酒回來。阿如從另一個最年長的管理員口中聽說他的故事，他叫阿誠，年約四十，與老婆同住。他們附近的住戶都知道，如果聽到任何噪音，一定是阿誠又發酒瘋，或是與老婆吵架。老管理員總是說，他老婆真笨，阿誠一事無成，終日喝酒，一個女人還為了他出去拚命工作，聽說還會被打，不如另找新歡，看他一個人怎麼生活，反正也沒生小孩。

另外，阿如最喜歡看見一對住在一樓的老夫妻。他們剛搬來的時候，住在六樓，後來認識了秀貞，跟她老公討論後，決定跟老夫妻換樓層，讓兩老住在一樓，進出都比較方便。

老夫妻到底幾歲沒有答案，佝僂的背，稀白的髮，三餐時間，兩人都一起散步去用餐。阿如最喜歡和他們說話，打個招呼也好。

如果有人用分貝機測試過，年紀與音量通常都成正比，有一次，阿如在家裡和小姑說話，說到中秋烤肉、初一拜拜，正盡興，一旁玩著手機的五歲外甥女突然使用拔高的音量大喊：「你們老人講話一定要那麼大聲嗎！」（當然小孩的音量另外算）那時阿如莫名害羞得像個小女孩，此後在公共場合說話時，總不忘要提醒自己不要太大聲，像個歐巴桑。但碰到老夫妻，阿如也管不了那麼多，兩人耳朵老了，非得扯著嗓子說話。但老夫妻話都不多，簡單的應答，慈祥的微笑。

（阿如很愛說他們多好、多幸福，說什麼老了之後，兒子都不知道在不在身邊，但有個伴啊，最重要，不然老了，那麼多時間，放著生病喔。

阿如的爸爸還不太老，大概六十，明明可以退休啦，但還是在工作，每天來回要騎一小時的摩托車，老人家身體哪承受得了。上次碰到他，勸他在家休息，孫子都二十了，但他說沒工作就沒事做了，老婆早過世了，把工作停了，沒多久也要死了。）

有阿如在的幸福家，一天比一天乾淨整潔，連那種不被發現的小細節、角落，都被照料得像阿如自己的房間一樣。對阿如來說，幸福家也的確像自己的家人，自從來到幸福家以後，不只身材回到年輕的樣子，流了汗，生活的壓力彷彿也隨之蒸散，總帶著一身愉悅回家洗澡。但這樣的日子沒被允許太久，上天的手在快要一年後的暑假，捏著阿如的脖子，把阿如扔到醫院急診室。

醫院在高雄，屏東的每一間醫院都不收阿如的丈夫，他們說他的肝硬化太嚴重了，已經末期，設備不夠，無能為力。阿如和兩個兒子只能每天騎著摩托車，輪流去醫院。但大兒子暑期在打工，早就簽約好了，阿如聽過無數次「有機會就讓孩子去打工，學習社會經驗」，說不出「你別打工了，去照顧你爸」之類的話；小兒子連駕照都還不能考，讓他一個人守在醫院也捨不得，辦好簡單的住院手續後，幾乎沒猶豫地就辭掉了工作。

隔一天，阿如還是來到幸福家。老闆答應她辭職，但要求至少給他兩天找新人，阿如也不想為難人家，兩個兒子今天又都抽不出空來，只能麻煩他丈夫的朋友來照顧。

這一天的中午，阿仁剛好來換班，他還不知道阿如的事情，在大樓裡晃了幾圈都沒看見阿如。

「阿如先走了啦，下午還會回來，兩天後就不做了，好像他老公住院了，不能工作了……」秀貞早從管委會聽說了阿如的事，整個早上都陪在阿如身邊，陪她說說話，也試著捲起袖子幫忙打掃。

「啊……阿如已經結婚了喔？」

這是阿如第一次早退，也將是第一次遲到，從幸福家到醫院，大概要五十分鐘，順路按照醫生的指示買了水果，匆匆忙忙趕到醫院，氣還沒喘完，劈頭就被護士臭罵一頓：「你們家人可不可以有責任感一點，你們當我們是看護嗎？自己的家人生病了，一整個早上沒有人來照顧他！」原來那個朋友早就走了，留下她丈夫一個人。阿如只有不斷不斷地道歉與低頭。

回程的路感覺更遙遠了，阿如看著機車儀表板上早已超過的時間，她想起幸福家的住戶曾說過，之前的清潔工根本只打掃一下子，有的早早就回家，有的躲在休息室裡睡覺。而路還太長了，醫生說雖然是末期，但會拖多久，沒人能確定，可能幾個禮拜就走了，也可能撐個幾年。收在包包裡的收據爛成一團，一天急診病房和其他零零總總的費用加起來，已經是阿如半個月的薪水，幾個禮拜、幾年，阿如根本沒辦法計算。

種花大姐前幾天去她女婿家裡看孫女，要待一個禮拜，還拜託阿如幫她澆水跟拔雜草，要等阿如走的隔天才回來。阿如沒有忘記，今天早上也加倍拚命地打掃，把下午時間留給種花大姐的花圃，但身體的疲憊壓倒她的眼皮，蹲在草堆裡睡著了，手還握著一搓雜草，直到阿仁看見才叫醒她。

這兩天的忙碌簡直無法計算，但多虧時間野蠻，硬生生還是撐了過來。

阿如在下班前把最後一袋回收垃圾提到門口放，已經是最後一天了，回收還是亂丟。在門口跟老管理員和秀貞告別後，踏上摩托車又開始長長的路途。才離開，她就開始想念大家了，她希望明天種花大姐回來後，能覺得花有被好好照料；她希望高中弟弟能好好長大；至於阿仁，還好阿仁會使用智慧型手機。

這幾天阿如打了無數通電話，就是找不到一個人來照顧丈夫，她此刻才真的明白所謂「酒肉朋友」，這些朋友害他們的家庭充滿酒精，讓她的丈夫不再清醒，到了重要時刻，卻一個人也找不到。阿如甚至連丈夫外遇的女人也打了電話。

包包裡除了收據，還有一張已經寫好的離婚證書。今年五月，跟兩個兒子討論好趁暑假的時候辦離婚，且打算不顧一切照顧好兩個兒子，為此，沒讀過多少書的阿如努力研究法律，好不容易才做好準備，現在全派不上用場了。

丈夫的病情不見好轉，也確實不可能好轉，有時清醒，有時沉睡一整天。（我原本說我休假要來幫忙照顧，讓阿如回家休息一晚，也好好洗個澡，但她就堅持不要。兩個兒子也真沒用，爸爸生病了還在打工，放自己的媽媽累得要死。上次去探望，阿如整個人又更瘦了，但是太瘦了，而且氣色又很差，唉，不知道這樣的日子還要多久。）

八月的有一天，阿如接到前老闆的電話，老闆說來了好幾個清潔工，都待不了幾天就走了，現在已經空窗兩天，希望阿如如果有空可以來幫忙一天，隨便掃掃也好。剛好隔天兩個兒子都沒事，可以來醫院幫忙，又加上葉蘭的大力勸說，阿如就答應了。在她心裡，排除掉所有愧疚感，能回去一天，真的是太好了。（我看阿如在醫院一天比一天沒精神，想說有這個機會，就讓她回去工作一天也好，順便透透氣，幸好兩個兒子還聽得懂我的話，好讓阿如休息。）

這一天回去，正好是阿仁值班，兩人像往常一樣相處。好在科技發達，兩人幾乎每天都能聊天，反正幸福家的管理員也不算忙碌，在醫院裡，大半時間也只能呼吸著生病的空氣。秀貞是最興奮的人，一樣的鳳梨和舒跑，不斷向阿如抱怨這段時間以來的清潔工有多混水摸魚。

幸福家確實髒亂了不少，雜草叢生，種花大姐的花圃又顯得突兀。這天來到幸福家，阿如做的第一件事就是把準備已久的棋盤腳種子盆栽拿給種花大姐。她們曾聊過棋盤腳樹，兩人都很想種看看，但這個季節不太容易找到，屏東市區裡也幾乎看不見棋盤腳樹，更何況要找到可以撿的種子。直到有一天阿如在臉書的植物社團看見有人在台東撿到棋盤腳樹種子，才拜託在台東唸書的大兒子有空時去撿一些回來。

花圃裡的茉莉開得正大方，和種花大姐閒聊了一段時間，說著突如其來地分別與想念，相約未來再見面。

最後一項工作如往常是倒垃圾，但今天的回收車大哥特別不同，平常即使把回收分類到完美無誤，回收車大哥也一定會碎念個幾句，但今天回收車大哥反倒跟阿如閒聊了一會兒，說工作辛苦，乘著回收車消失在黃昏的轉角。

這一天的下午阿如踩著輕快的步伐離開幸福家，有好幾個瞬間她真的忘了自己是個母親、妻子的身分，好像她只屬於幸福家，只是個單純的清潔工。悄悄到來的晚風涼爽得解開夏天的黏膩，落下的夕陽像一個故事有了結局，但不傷心。

離開之前，老夫妻剛好從大樓走出來，大概是準備去吃晚餐，阿如大聲打了招呼，但老夫妻和阿如對了眼，露出疑惑的表情，不久後禮貌地點點頭，沒說話就走了，留下將要離開的阿如不知如何是好。她不知道老夫妻是不是遺忘她了，她害怕被遺忘，更害怕老夫妻遺忘了更重要的事。但老夫妻真的在乎遺忘嗎？老夫妻每一天的早午晚，不需要時鐘，深刻的時間伴隨著太陽、月亮、星星流動，比四季更規律的身體日曆，早已篆刻進凹陷的皺紋裡。

阿如在騎回醫院的時候想了好多事情，她想著老夫妻，想著自己單身的老父親；她想著丈夫，想著阿仁；想著高中弟弟，想著自己的兩個兒子；想著種花大姐，想著自己早逝的母親……一切苦痛好像要有明確的解答才足以支撐自己繼續堅強，才足以讓這麼多人類都辛苦地老去了，但阿如想不通，只想著快快回到醫院換班，否則孩子回家要晚了，晚了，路上的車可多了。

二〇一八　第二名　作者：涂紫樺　篇名：御字訣

楔子

《淮南子・本經訓》：「昔者倉頡作書，而天雨粟，鬼夜哭。」

漢字是古代文字唯一使用到現今的系統。傳說倉頡造出二十八個文字後，天神慶賀人類學會記錄而降下粟雨、鬼怪害怕作惡被記住而哀嚎。

文字是多麼神奇的創造啊！可以為人們道出不敢開口的話、是歷史的見證、還能作為藝術的素材！就連現在我也使用著文字，向各位訴說這個故事。

這個故事沒有為國捐軀的慷慨氣概，也沒有羅曼蒂克的唯美浪漫。這是一篇關於我見證了簡單卻神奇的事件，起源於僅有一面之緣的陌生人。我想了一段時間，才終於決定將經歷變成文字：至今我仍不知道她是何方神聖，也從未再見過面；想要紀錄也僅僅為了證實自己還活在『現實生活』中，不為別的。

且聽我娓娓道來。至於信不信，那就是你的事了。

第一章

作為一名學生，最喜歡上網逛逛；尤其現在科技發達，什麼社群網站都會有奇怪的新事物等著被散播。那時逛著某個校園論壇，隨意點一個主題進去。標題寫著：**『有沒有××棟七樓晚上開趴的卦？』**內容大致上是說某房的學生沒公德心。即便門禁時間仍聚了好幾人在同個房間，還不時傳出不間斷的窸窣聲和興奮的笑聲，原po氣到說以為是吸毒趴。都要考試了，投訴樓長也不管。

回覆幾乎全是無建樹的廢話，笑笑後打算關掉的同時，卻被幾個人的回覆抓住了眼球。其中一個回覆說：「原po就別管了，他們在玩碟仙。我已經勸過了，沒用。」

碟仙據說是很容易出事的都市傳說。那條回覆說，有人起頭亂講碟仙可以預測考卷內容，幾個人就抱著好玩的心態嘗試，傻傻地被騙了。他說因為是同學所以曾聽那群人談起，雖不清楚那有什麼危險，但既然最好別碰，那自然有它的道理。但他勸阻無效。

學生們只要看到關於自己學校有爆點的新聞或消息，便見獵心喜準備四處放送大肆評論一番，就像蒼蠅緊追腐食一樣。至於永不退流行的便是最具詭異色彩的『校園傳說』。其實大致上都大同小異，但不知道為何大眾喜歡——難道學生都愛看蔣公像夜間散步？還是想找住廁所的花子聊天？

於是又出現了一個專門回覆主題：**『有沒有××棟七樓玩碟仙的卦？』**

我聳聳肩，直接關掉視窗——根據以往的經驗，這種帖子很快便會湮沒於滾滾流水中，不然便是發文者自動刪除。與其再花時間看這東西，還不如背英文單字較實在。之後我就不清楚了，只聽說那些人出現夢遊的情形……但那可不干我的事。

我只是剛好路過。

而我根本不知道這會把我牽連進去。

第二章

關於那個碟仙的後續我沒什麼興趣知道，很快便拋諸腦後。兩個星期——也就是段考結束後——便是剛下公車時，遇到前文所述的陌生人。

「同學，你們T大的教官室在哪裡？」我下意識看向問路的人。

一個身高將近一七〇的青年女性，身著白衣黑褲，掛了一個腰包；右衣肩有隻黃色鳳凰的圖案，像刺青延展至胸前和部分的背部。這樣說很不禮貌，但她長相沒什麼特點，也就是所謂的路人臉。硬要找特點，便是她波瀾不驚的漆黑雙眼，寧靜深邃像看破一切的老僧。

她同樣在學校下車，劈頭問我這個排在她前面的路人。配上冷漠的臉，還以為是來尋仇的校外人士。

「呃，在那邊的行政大樓。」

「好喔，謝謝。」

看著她大搖大擺的走掉，覺得真是莫名其妙。

那天是星期六，我跑去圖書館窩了一整天。我記得假日行政大樓應該是沒有運作的？沒想到閉館出來時，又撞見對方。行政大樓和圖書館相距不遠，回宿舍的路上會經過；當時她正和教官談話，似乎不只注意到甚至記得我，竟招手找我過去。

……這種萍水相逢就不用了吧，我只想趕緊走人。

「哎。」教官視線也移向這邊，「妳認識本校學生？」

這下麻煩了。

「喔，他是幫我指路的同學。趙教官就不必勞動大駕，我找他吧。」

什麼？我一頭霧水，直覺要趕緊撇清關係。「教官，我不——」

「這樣我比較好辦事！麻煩啦，胡道之同學。」

「你們認識？……那就這樣吧。」略有遲疑，但教官算是信了。「有事還是找我比較保險，我會待在教官室。」

我像金魚嘴開合開合，漲紅了臉龐就是不能發出一絲聲音。求助無門，只能焦慮地目送教官離開。

那個校外人士轉身看我。「好了胡同學，先說聲抱歉。老實說他跟去會不好處理，之後我會和你們學校要求記功的。」

不知道她做了什麼，瞬間禁制解除。不斷嘗試發聲的我反被自己嗆到。「妳是誰啊，到底要幹嘛！」直覺告訴我，參進去會惹的一身腥。

「哦，氂牛骨。趨吉避凶，藏族的玩意兒。」沒有直接回應，而是拉起我的左手仔細審視。「你知道之前有傳聞說學生在玩碟仙嗎？你知道？那好辦了。」

她拉著我往宿舍的方向走，我甩開倒退。「回答我的問題！妳剛剛幹了什麼？至少解釋清楚！」已經接近宿舍大門了。這個女人停下，很認真的凝視我，原先無精打采的黑眸變的凌厲。輕風吹動額頭上的髮絲，背光而使她看起來莊嚴穆肅。

她挺直腰。

「我是執金吾，自西漢以來第六十位執掌者。也是一名御字師。」

第三章

什麼亂七八糟的東西？執金吾是秦漢時警察的名稱吧？

她頓了一會兒，嘆氣。

「我還是自我介紹好了。基於老套原因我不能告訴你本名，叫我『執金吾』吧。執金吾是守衛京師、皇城北軍的最高統帥，平時負責京城內的巡察之類的。主管武器及刑司。」

她比比衣服上繡的鳥，這回我才仔細看清：那是一隻振翅欲飛的金色三足鳥，羽尖與瞳孔是燃燒的赭紅，金羽散發內斂的暗光。三隻腳爪似乎勾住一根黑色棍子。

「三足烏金烏是執金吾的身分證明，同時也象徵太陽。為了方便同行辨認才印在衣服上。」

原來那不是鳳凰……我清楚看見她脖子上一小塊露出同樣的紋身，隱沒在上衣內。但她不打算解釋的樣子。

執金吾從腰包拿出一疊黃符和一支鋼筆。「這是我最重要的家當，也是保命工具。我和那些宮廟不一樣，這是我的特技。剛剛讓你失語也是這個的影響。」執筆在符上寫下一個字，上面寫著『默』。符拍到我背後，開口想說話卻又像方才那般寂靜無聲。她做了一個停止的手勢，聲音又回來了。

「我能讓文字的意義成真：可以點石成金，呼風喚雨——雖然持續一小段時間後就會失效。但這比跳大神好用，尤其對我這種半路出家的人而言。」

玩弄撲克魔術般，一疊符呈扇形打開後收起，手腕一轉消失不見。

她嘴角一勾。

「這是『倉頡的奧秘：御字訣』。」

「不知道你有無耳聞，有學生開始夢遊，甚至試圖自殺。這些目前『可能』和你無關，可是我來這裡就代表開始失控了。那些亂搞的渾蛋不知道事態嚴重，而這可能會影響到所有人；你就處在漩渦邊緣，遲早會被捲進去。」

我和執金吾在女宿門口停下。

「抱歉把你拉進來，不過因為你身上有防身的好東西，我的部下剛好有事，只好請你打打下手了。」瞥向我手腕上的手鍊，「這養在某戶虔誠的向善人家一段時間。氂牛骨在藏族傳說中是能辟邪的好東西，如玉性質溫潤。不請教官是怕軍裝的正氣會逼走『那個東西』，只要找個不易受影響的人暫時幫忙就好了。」

「原本根本不想管，但是人命關天我就必須插手。胡道之同學，麻煩你幫個忙囉。」她摸出工作人員識別證帶上，駕輕就熟的進去女宿；搞得好像她才是這所大學的學生，而我是外來者一樣。該不會幹過很多次吧？那我這個圈外人為什麼要緊張，交給她就好了。雖然這樣想，但還是在門外困惑地徘徊。

還沒走遠的外人踅回門口，透過玻璃門清楚看見她比手勢：「你，進來。」

她用工作證刷開門，遞給我一張卡。

「……我要做什麼？妳又怎麼知道我的名字？」

發生了這麼多事……也是被綁在同一條線上的蚱蜢了。

「很簡單啊，你的學生證掛在外面。雜事你幹，正事我來。你不是圈內人，也不會要你幹啥。不過記住：叫你跑，**跑**！不准停下或回頭，保命要緊，懂嗎？我的要求只有這樣。」

咽下口水，順便將學生證放回書包內。「有危險嗎？」

「難說。既然差點鬧出人命就代表不是一般的騷靈現象。不管被請來的是什麼東西，肯定不是善類。」頭也不回的往內走。「我要逐層檢查並設下禁制，確保『那個』不會到處趴趴走。」

第四章

「妳說的字訣感覺很方便，是一種咒術嗎？」跟著執金吾深入女宿，接近電梯時我問她。

「所以這不能亂教，我也是到高中才正式學的。說是咒術，不如說是啟動開關吧。」走進電梯旁的樓梯間，她抽出一張『察』符扔出去。它隨樓梯向上飛去消失於視野，並未如預期中緩緩飄落。「我只是借用文字本身具有的力量。喔，這幾張你拿著防身，只要丟出去就會自動啟動。」

翻來覆去，給我的不外乎是「禦」、「護」、「返」、「癒」等帶防禦性質的文字。「怎麼都是單字？」

「這些不知道什麼時候會用到，儲存一個字的力量就夠了。越老的字體力量越純正，但是我駕馭不了那股原始的純粹，所以就算寫甲骨文還是金文也沒效。」她不耐煩的擺擺手。「字越多力量越強，尤其是一個組合。原理都是遠古以前的事，早就失傳不可考。不要再問了，你知道也沒用。」

談話的同時，離開的符咒回來了。那張符在執金吾掌心上燃燒，眨眼間成灰消散。「好消息，樓梯和每層走廊都很乾淨。我怕它感受到金烏的威壓落跑，應該沒跑遠，走！」

「要不是太趕，我何必急就章？金烏屬陽，執金吾主司刑獄和武器；威壓重的我一個就夠了，所以才會請走你們教官。」爬樓梯時面對我問的問題，她不再理我，逕自走到走廊盡頭。

位於七樓尾間的七二〇房，就是出事的寢室。現在時間是下午六點二十七分，所有玩碟仙的學生都被要求待在寢室。應門的是捲髮、面容憔悴的女生。

「我是你們學校請來的。」執金吾出示工作證，「我要問妳們幾個問題。」

「就是妳們幾個亂玩碟仙？」

房內聚了六個女孩。每個人臉色鐵青，還有幾個頭髮凌亂氣色不佳，看來是真的被嚇到了。她們妳推我我推妳，好不容易才派一個長髮染成栗色的高個出來應對。

執金吾劈頭便問，「妳帶頭的？」

「嗯……」高個兩隻手在裙襬附近扭繳，視線漂移。過幾秒才微微點頭，速度之快讓我差點忽略。

「我要聽所有完整的流程。包括妳從哪裡打聽到這個儀式和用具、進行的步驟、送神還有後續處理。」執金吾煩躁地從口袋抽出一張符紙給我。「檢查房間。它跑了，但我不知道正確位置在哪裡。」

符拋出後漂在空中，巡邏完回到我手上——這個房間無異狀，恐怕如執金吾的意料，碟仙察覺到危險跑了。看她還在忙，便決定出去幫忙找。靠著符，我走向七二〇房旁的洗衣間。接近時符卻立即起了反應，筆直朝一旁的公共陽台飛去。我追上去，發現符化作一圈圈發亮的紅線綁住半浮在空中的黑霧。濃稠的黑霧死命掙扎、扭動，最後緩緩落到地面，而符確實的完成任務。

「抓、抓到了？」太簡單了！

還沒回去通知，執金吾就衝出房間往我這裡跑。她拎小雞般把黑霧拉到眼前檢查，幾秒後憤怒地將它摔在地板上。

「好大的狗膽，敢騙我！」彈指，黑霧瞬間起火，在金焰中發出高頻率的尖叫與哀嚎。一有靠過來的跡象，執金吾不但惡狠狠地踢走，火焰甚至燃燒得更旺。趕過來的六個女孩以及我，看著執金吾洩恨的樣子而傻住。
最後黑霧消散，連點殘渣都不留。

第五章

「這是金蟬脫殼，本體跑了。」她拋出一張『尋』。符變成兩隻手掌，各抓著一種工具往外飛出。
「沒想到長這麼快，還會分身術。」回到七二〇號房，執金吾拉過椅子坐下。「我已經問清楚了。看來是一般的孤魂野鬼，還沒被帶走，殘留的靈體被碟仙儀式引來。而且，」責備地瞪著那群肇事者，右手按摩太陽穴，閉眼嘆氣。「妳們也是挺搞笑，念到大學還這麼蠢？玩碟仙就算了，還在碟子裡放染血的指甲和頭髮？是要詛咒誰啊？啊！」我看著地板上散落的用具，已經破損了卻還是沒丟掉。
發現我的視線落在那些物品上，執金吾哼了聲：「別看了，都很正常。不正常的是過程和送神，她們出了紕漏。」
根據那些女孩的說法，因為考試近了壓力大，加上期末展演和報告等等問題，很快就被這種不確定的刺激感引去注意。剛開始是故意移動碟子來互開玩笑；但是到最後，碟子會自行挪動，而且回答準確無誤。從驚嚇到有趣，女孩們開始走火入魔。每天晚上都固定來玩，『配合的碟仙』也一直是同一個。
直到其中一位女孩問了禁忌的問題：「碟仙碟仙，你那邊的世界長什麼樣？」
碟仙回答：「來就知道了。」
「——後來呢，其中一個就被短暫附身，差點死了。選公共陽台跳也是為了不驚動房內的人；而且下頭很少人經過，屍體不容易發現。這樣就能延遲時間，拉一個是一個。用具被毀屍滅跡，第二天還是會回到原地，把她們嚇個半死。」幾個女生可憐兮兮，連話都不敢說，只一個勁兒的罰站。「沒有按照步驟送神，所以『碟仙』才能名正言順的待下來。這樣下去不行，事情才會爆出來。」

執金吾伸手迎接從外頭飛回來的符，「可惜啊，如意算盤打得再響，偏偏室友淺眠被驚醒，所以才阻止了憾事發生；加上我從中作梗，只好忍痛拋棄這幾天吸收的人氣，分裂元神逃跑。也是因為這樣我才被騙。」符被抓在掌心，須臾後成灰散落。拍掉灰燼，起身走到為首的高個前，惡聲惡氣：「等我解決再來好好問妳，從哪裡搞來這麼邪門的方法。」

執金吾昂首離開房間，我趕緊跟上。掩上門前，看見高個突然放聲痛哭。但我不想管——引狼入室不是值得安慰的行為。

我跟著往樓下走。她說：「一但扯上血，就意味同意和靈體達成連結；尤其放上帶著濃厚人氣來自身的物品，會吸引不懷好意的東西接近。那個靈體就是發現這點才壯大了自己，得寸進尺想併吞肉體。先前它一直潛伏在那些女孩身上，竊取周遭所有人的生氣，所以那六個才會有氣無力。繼續下去都會一起陪葬，用不著自殺了。」

消化了一下才意識到，這是在向我解釋來龍去脈。她閃身推開大門離開宿舍，踏入後方的水泥地。本就杳無人煙的宿舍後方，加上剛剛說的『髒東西』逃到這裡，使長年照不到光的地方更加陰暗。

「『碟仙』在這裡。」不屑的加重語氣在碟仙兩個字上，「胡道之小朋友，把我給的符全拿出來。」所有的字符扣在手上，準備一有個風吹草動就扔出去。她剛踏入空地時便施放了『困』字符，將我們兩個和『碟仙』綁在同一個地方。除了確保它不會逃跑之外，也是因為執金吾怒火中燒，打算速戰速決的緣故。

執金吾在漸暗的平地上站穩，雙瞳閃著光芒，胸膛挺起。待在身後也能感覺到，她是如此自信。

氣氛變了。

「臭小子，給我滾出來！」

第六章

「妳為什麼一定要插手？」低沉、粗啞的怒意，一隻黑狗從陰暗處踱出。衝著執金吾咆哮，額頭和兩隻前爪還淌著血。「多管閒事！」

執金吾根本不予理會。「搶不到人體竟然上狗的身？到底是有多饑渴？」

「少囉嗦！」雙眼充血，毛都豎起來了。「若沒妳攪局，我早就可以拿回肉身了！用不著拿一隻臭狗委屈自己！我就宰了妳，用妳的命陪！」

「那隻是校犬，小心點打！」我提醒執金吾。但是這樣說好像也怪怪的？

「過度參與人間，圖謀不軌甚至意圖傷害陽壽未盡的六名人類。覬覦不屬於自己的生命，不配合拘捕。憑依在陽間生物上肆意行動。光憑第一項，我就可以代替陰司扔你下地獄了，不必找他們帶你走。」

在碟仙面前一根根收起手指握拳威嚇，才看見她雙手都套上了黑色的手指虎，從小指旁加裝尖刃，還貼緊了字符。

「你是想掙脫對吧，才會在我設的禁制上又抓又撞的。把你痛毆一頓再揪出來好了，正好我想發洩一下。」指節掰的喀喀作響，執金吾擺出拳擊姿勢。下一秒，狗奔向前張開血盆大口。

「小心！」方喊出聲，碟仙靠近時執金吾右手拉到耳後藏拳，電光石火間朝下劈出，手腕一翻使刀刃朝來襲者；預測是直拳而壓低身子的碟仙因此閃錯邊，被刀劃破側面。哀嚎著跳開，腹部的血四濺，灑落在水泥地上，從宿舍昏暗的燈光照射下，是一灘灘詭異的深色汙漬。碟仙重振旗鼓再撲上去，直接被執金吾擊中下顎。

周旋一段時間，似乎是覺得不敵，碟仙直奔向我這邊。

「**胡道之，快躲開！**」來不及趕往我這，執金吾大吼，同時抽出一張寫好的符射來。情急之下，我隨意扔出一張字符。『禦』字符的隱形屏障迅速膨脹，將碟仙狠狠彈開。它敏捷的落地，飛來的符擦過身旁。

「逮！」一聲喝令，飛落地面的符竄出許多細繩。碟仙慢了一秒，被綑住了校犬的尾巴。它吃痛想逃開，卻因為尾巴被控制而遭拉回。執金吾大步流星的邁過來。

「別過來！」碟仙慘叫，四肢朝天亂蹬，掙扎著要逃離。狗本就沒有人類的發聲系統，高頻率的尖叫聽起來像是在吹狗螺。執金吾冷笑著，補了一拳貫在碟仙的肚子上。

痛到連求饒的聲音都發不出來了。

看著它捲成一團冒著冷汗。妄想不屬於自己的東西，我連一絲憐憫也不會給。才踏近一步，就被咬住了腳踝往前拖，跌落在地。

「妳這陰間的走狗！我不好過，這個跟班也別想活！」赤裸裸的威脅。我驚慌失措，顧不得摔疼的屁股拚命想扒開狗嘴；執金吾卻只是愣了一下，隨即開懷大笑。

「你說錯了。第一，『我』不屬於任何勢力範圍；第二，你可以試試看上他的身，我不會阻止你。」狗眼睛瞪的老圓了，驚愕之於我仍不忘擺脫狗嘴。我困惑她的老神在在；碟仙驚懼她是不是藏了一手。

「妳在開什麼玩笑啊喂！我真被附身怎麼辦！」腳踝仍在滲血。根本拉不開刺進肉裡的尖牙，疼痛麻痺了我的知覺。執金吾沒有要管的意思，碟仙在瞬間便選擇脫離。一團濃稠的深灰色果凍從昏迷的校犬七竅竄出，朝我撲來。

然後，**碰**。

第七章

「真是個白癡。**牢！**」碟仙被我的手鍊震飛，在空中飄著。

「這串犛牛骨手鍊守著胡道之一段期間了。藏傳佛教傳說中，白犛牛是護法神。憑你也想和正牌的護身符鬥？」她掐著字訣，字符變成一個木箱，將碟仙的本體撈進去，最後關上牢門，掛上鎖頭。

「抱歉啦，胡小朋友。」從我手中抽走『癒』字符，拍在我的傷處。執金吾起身走向木箱。

「嘶——」傷口以肉眼看的見的速度癒合，但疼痛未減。「妳是真知道我的手鍊會救我，還是只是想騙他從校犬的身體裡出來？」

「我很確定你的手鍊會救你。雖然我不否認裡面有一點小心思就是了。」忙著檢查木箱，執金吾沒抬頭看我。「讓它自己出來比較方便。我大可以把它揍出來，但我可沒厲害到能控制力量，不讓狗的元神一起被扁到出竅。」

這是什麼暴力宣言……

「妳的手指虎……持有是犯法吧？上面的符咒寫什麼？」

「塑膠製沒犯法。但是旁邊加裝的我就不知道了。」看她眼神漂移，意思就是遊走在法律邊緣。

指虎上的字訣分別是『崩』和『威』。這下我知道為什麼碟仙不敢正面對決了：威力強大的重拳，挨一回就算了，再下去搞不好直接魂飛魄散。難怪連靠近都不敢，這才找我開刀。

執金吾要搭第一班公車離開學校。昨天她借住七二〇號房，把所有相關物品帶走外，順道淨化房間。她在事件結束後回歸無精打采的樣子，炯炯有神的黑眼睛已經消失了。幫校犬療傷後，我和教官來送行。

「我已經處理完了。肇事者我帶走了。」她拎起一個小布包，示意教官碟仙就在裡頭。「錢記得匯到我帳戶裡。還有，胡道之，**請忘記發生過什麼事情**。我不想把字訣用在你身上。」

「我倒想問妳收不收徒弟，其實挺好玩的。」我開玩笑，卻只見她臉上蒙上一層陰霾。

「……但我不是自願當執金吾的。」

「什麼？」細如蚊蚋我根本聽不清。執金吾很快又恢復死人臉。

「沒事。」

送走執金吾後，我再也沒有見過她，也沒有聽過任何消息。一切來的快，去的也快。

一陣風波有驚無險的過去了，生活又趨於平淡。但如前文所述，我甚至有點不敢置信，自己真經歷過這些怪力亂神？即便執金吾警告我忘記，但人性本賤，再三思量後仍選擇記錄。

打出《淮南子・本經訓》後，我想到了。

這麼說的話，她應該不會責怪我。

我姑妄言之，諸位便姑妄聽之吧。

二〇一八年　第三名　作者：李岱樺　篇名：八重山鋸

八重山鋸鍬形蟲（*Prosopocoilus pseudodissimilis*）

鞘翅目，鍬形蟲科，鋸鍬形蟲屬，產於日本的八重山群島，主要棲息地為西表島和石垣島。

臺灣的高砂鋸鍬形蟲（*Prosopocoilus motschulskii*）最近緣於此種，曾是亞種之一，最後被獨立成一種，除此之外，牠與其他種日本產的鋸鍬形蟲都是近緣種。

孵化

正值近代的輕狂時節，那時發躁，懷疑旁人披著一件刺蝟的毛皮，學著反擊所謂的社會不公，無時無刻待怒氣變成動力，一觸即發。千囍年後，世界的戰爭依然在情報地圖上打轉，踱步，回到原點，維持一派的作風。伊拉克與中東的國旗才剛插回定位，一些草案早已落塵至地，弓即刻拉滿，人依然在原地等待英雄，卻不知被當作靶子，說換就換，毫無保留地曝曬那些不安的搖擺感。

世界的時局變化，跟女人一樣。這是朋友之中最為年長的吉原先生所說。

一晚，我與朋友相約在蟲室集合。那是一棟久有年代的老公寓，外骨鏽蝕，內裡烏黑，像臭皮囊，內部卻有一處是光滑的，明亮的。此時我發覺，每戶人家都封閉在一個幾坪大的國度內，互不管事。

我們選了一張長桌，鋪上一張油漬斑駁的舊桌巾，拿下層架上的玻璃罐排成一列，便於觀察每年蓄積的成果，一邊喝著茶，一邊談論這一年來的研究。

吉原先生飼育著一項爭議，分類曾經佈上一層迷霧，最後得到論證，八重山歸八重山，臺灣歸臺灣，兩地各有其原生的鋸鍬，至今仍有被推翻的空間存在，這包含了吉原先生，所有學者都試著解釋兩種是否為同一種，又或者是不同種。

我們並未詢問過吉原先生執著於此的原因，像是在煤礦裡掏金，多久積成形狀？多久得到答案的全貌？這些話自然不好提起。

吉原先生從腰間掏出一封信，似乎老早夾在皮帶邊，等待一個上膛的時機。他撫著早已撕封的底部，不情願地剝離黏膠。

這是一封來自於日本，從石垣島寄來的越洋信函。盡是一些像魚鉤、漢字的拼湊，我們無法領略其中之意。日語並非是臺灣的義務語言，反倒是陌生的國度，歷史上經過長途跋涉頗有交流，卻是多麼疏離。

旅遊書上那些櫻花、富士山及和菓子是像素的組合，是墨水顏色的不均勻分布，卻令人想起在吉原先生的房內，實際存在了日本那銳利的黑武士刀。

我問了他，這是真的嗎？得到了一個曖昧的回答；如果為真，那便是真；為假，便是假。其他好友自然無話可說，話一從嘴邊流溢，酸澀的不安定感凝成塊，層層黏住。

茶早已涼了，朋友試圖掀開這層冷漠，起身再砌了一壺茶。茶是熊本的玄米茶，濃厚的糙米香隨著沖泡尚未逝去的小旋渦，帶進一段時間旅行，真如吉原先生在大漠間尋找黃金那般的既視，想法成真。

姑且還是稱我吉原先生好了，他這麼說，隨即掏出一本泛黃的筆記……不，那大小符合護照的尺寸，在他眼裡流溢黯然。那是一九九八年的護照，上面寫有中華民國字樣，劃過一條黑線，似乎試圖掩蓋某項事實。

你知，我知，那又何必隱瞞？我說。

朋友笑我是沒戴過面具的小生，沒見過旦角一路走來的見識，好歹也看場合、氣氛及臉色。有些事該留在暗處，因本身具有野性，並非一言一句便能掌控。

這件事情發酵了，芥蒂於是發芽，彷彿能預見未來的形體似的。吉原先生拋下這場許久一次的聚會，無償共享了這間中古屋內所有的研究資料，為難地讓出所有正在飼育中的鍬形蟲。

盡是日本的鍬形蟲。我無奈地搖搖頭。

你要臺灣的？

吉原先生走了過來，叫我單獨跟著。他在另一小房間內深處，掀起一陣窸窣，從黑暗裡拿出一盒塑膠製的潘朵拉，調皮地說，你覺得這是什麼蟲？

我不清楚，也看不出，更是答不出。

盒內是一隻近50mm的黑色物體，長有一對像陶瓷一樣反光的短刀，身形嬌小，與我過去所見的相似種類有些微差異。牠安穩地伏著，有時動動後腳，甩幾下前腳，清潔嘴巴。我望著牠出神，見牠逐步走向寫著暱稱的標籤，才發現這是一隻具有靈性，知性靈魂的生物，牠正在告訴我屬於牠的名字嗎？我問。

牠沒有名字，我們所稱的學名那種名字。吉原先生輕語道來。

據吉原先生所言，「假面」是某次替蟲室內的幼蟲換上新木屑時，忘記標上標籤的其中之一。牠們是高砂鋸鍬與八重山鋸鍬，由於自行繁殖，後代變成了混血。到底是臺灣的蟲？還是日本的蟲？已無法分辨。最後將牠們打入冷宮，剩下來的，就是這些假面。

最後一隻了嗎？我問。

吉原先生點點頭，並未多說，許多憋塞的話滲回黑暗。房間的門闔上，一瞬感受到的凝重，像神祕，像不能說的事實，消散於千囍年後的臺灣夜空。

潛伏

自那封信抵達臺灣已過了半年。

吉原先生的國度換下名字，淋上牛乳白，掩蓋一種令人目眩神迷的幻奇。在舊遺址上築起地基。他的舊房經過季節更替，換了顏色，即使內裡已是空蕩，白色，摸不著邊際的奇異世界，最深處的暗室依然是灰濛的……我心中暗自抽動，過往記憶於此投影，不忍心看，於是轉身就走，往山中赴約。

我與幾位朋友約好到中橫公路幾個熟悉的位置，架幾座燈幕，待垂暮開始輪班顧著。第一批初夏的派對總是這麼出現的，經過兩個季節的靜謐，冬日高頂的雪花流下人間，春分又是另一段沉睡，伏眠，聽聞人類的步伐，避開白日，於黑夜間潛行。

我曾想過，為什麼甲蟲這種生物喜歡光線？以科學角度解析，趨光性是牠們共同的喜好，甚至領著其他夥伴，幾隻拎著羽毛掃的蛾，還有像硬幣發亮的金龜。

吉原先生在這段路上是熟手，我從未見過像他如此有經驗的人，模糊且神祕的背景描繪成一位中橫的隱士。花草、紋白蝶及青剛櫟砌成棋盤上的棋子，佈下一個花費數個月的局，為的便是讓獵物上鉤。

你覺得我花多久的時間，思考一個局？吉原先生戲謔地說。

我始終摸不清他的底細，深如大海，在那撈著某顆珍珠，在太平洋度過餘生。簡直是浪費時間，於是我不再思考他是怎麼樣的人。

那晚，我們依照計畫輪班守夜，守著毫無秩序的紮營區。睡袋四散，空紙杯撕碎成紙屑散落各地，地上盡是飲酒過量的副產物，好像我們才是應該被捕捉的對象。我向著炊火對面的吉原先生說，在這座森林裡，我們到底扮演著什麼角色呢？破壞？無關緊要？又或者是支配？

什麼都不是。他邊說邊往火裡丟入幾塊木塊。

接下來，火花迸裂，木塊焦黑，我彷彿身處在他話語的世界。

有的人前去，有的人離開，那裏是一塊如此奇特的所在。時間往回逆著走，似乎從未有任何人站在國家的正中央思考定位。一八九五年，中國戰敗，馬關條約迫使臺灣納入日本版圖。這理當是幸福的，甚至是希望無窮，在那個時代裡，他們只要談論著誰治理得好便是，國家是何名？倒也不那麼重要。這是吉原家族所認定的概念，於是帶著一家四口，遠渡至石垣島，置身在一條緊繃的繩索上自闢家園。首批臺灣人像是異鄉人，在「純正」的日本人眼中並非戰後財，也並無同樣身為人類的自覺。人與人，人群與人群，這些個體的概念特別顯現，凸出，他們以為臺灣人就此滿足，滿足於新帝國的風花雪月，原以為世界不再變動，未來的一百年卻更變本加厲。

一九四零年的時局是難以說清的。同樣血緣的種族吃饅頭，操著一樣的語言，改良從德國來的Kar98k步槍，像是商人與黑市各自有獨立的市場運作，最終共同使用一樣的武器，成為完全迥異的族群。武器？

武器不會消失，但人卻會，那場戰爭就是如此。

石垣島所處的沖繩縣位在轟炸範圍，那些跑不掉的便暫住馬房或居於疏散者遺棄的別墅內。

疏散者？誰？我問。

自然是臺灣人，因為在異地的戰爭中，一個異鄉人沒有安全保障。

他繼續說下去。

臺灣人連夜搭上方舟，以為能逃回此刻的天上人間，也就是有保障的臺灣，但那不再是時局所能決定的。一上岸，你口中所操的語言決定了未來的舵的方向。操國語的，自然是忠於日本帝國的，於是連中年人口也納入徵兵行列。那麼另一方呢？留在島上的不過是殘存的民族，輾轉流浪到兵庫縣，或者在石垣島附近的島嶼躲藏。西表島碳坑此時成為了天然的防空洞，只不過要是塌陷或被攻陷，一則化為泥濘，二則燦爛成火花，死於沼氣。

戰爭結束，用火花爭執正義的時代也結束，以筆為戎、以言語作為武器的時代來臨。

「回歸原狀」……是那時代的人口中所喊的正義。某一部分而言，確實回復原狀了，滯臺已久的那些「在日臺灣人」回到石垣島，卻接收到了噩耗——中華民國政府退出聯合國。

我示意他先別說下去，喝了口水，在水流過喉嚨時整理思緒。好了，你繼續吧，我說。

已經晚了，他說。

我們交換眼神，敬了啤酒，好讓睡袋裡的溫度更高些，還開了個玩笑話：要是把啤酒往火裡倒，會怎麼樣呢？一陣苦笑過後，剩下來的是到底為何者的納悶嗎？還是說出口的暢快？

我是誰？如此的疑問是否植於每個人心中？滿足於現狀的我感到多麼慚愧，深深羨慕起擁有自覺的吉原先生。深入睡袋後，意識消沉，眼下逐漸失去視野，最後的畫面停留在睡袋的標籤上。

中國製造，日本發行，臺灣代理。

隔日清晨，我起身盥洗，依然在意昨晚的談話。

吉原先生在隱瞞什麼？他不說也能猜出些端倪。他換過住處後，我們從未過問之後的事，光線曾經撲上的臉，變得像是汙水，令人更搞不清深處有著什麼。這條路還長，還長……這句話偶爾還會浮現於心中的那片深海，不僅是我們這些朋友間的金言，也是在人生這競賽中給予我們的建言吧。每個人都是塵埃，都是渺小的，只是塵埃隨風漂流，除了他以外，我們並未如此。

昨晚的故事說得有聲有色，要是其他人也跟著聽，肯定拍手叫好吧？聽在他們耳裡，像是述說歷史，而在我腦海裡演繹拼湊後的畫面，沒有剪接，我已經能想像到它會是多麼精彩的電影。

到梨山那附近吧，接著還有神木群。吉原先生向正在收拾行李的我們喊話。

受到鼓舞的我們踏上步道，離開林間，刺痛的悶熱感終於消散，對於不用睡在樹叢間這件事感到高興。路上，一行人的吵鬧遮掩了膽小的動物步伐，隱約看見山羌的身影，卻像是山神一樣遠遠地觀望，或許真是山神，記錄著我們人類在歷史洪流中行走的一切，真是如此的話，吉原先生的家族是否曾被記錄在山神的小冊子上？那上頭又寫著什麼？日本人？臺灣人？在日臺灣人？還是在臺日本人？

一陣驚呼，一群朋友發現了一棵有不少繡鍬的倒木，其中自然有近年才確認的臺灣新種繡鍬。淅淅瀝瀝起小雨，我們以為是雨下了，卻是清晨的漏水尚未乾涸。吉原先生故意搖動樹冠，軟的硬的如雨下，那時，我們一動也不動地站在原地，感受著初春的生命打在頭頂的重量。

確實是擁有幾個季節下來，傳承過後的記憶的重量。為什麼這樣說？因為經過累代，生物會繼承父母的血緣，有更大的機會突破祖先的優良血統。我看向吉原先生，他正在把玩著一隻高砂鋸鍬，在那深邃的眼中，一種記憶的不可剝離隨著昨天的談話，又浮上透明的水晶體。我彷彿看見歷史的電視劇怦然上演。

說說你們那裡抓到什麼？吉原先生踏在傾木上喊道。

我們在步道中間相互討論成果，一些是期待中的夢幻，另一些則是看慣的中庸，毫無可看性。

你們真是勢利眼，他說。

那吉原先生抓到什麼？我帶點戲謔的口氣，回應他過往的狂妄，但我似乎錯了。

起因來自於我抓起一隻像炸彈，不該出現在這的魔鬼，它開啟了一道不能打開的門扉，扉上有三道鎖，前兩道鎖已經打開，第三道鎖該是由誰打開？早不該開吧。見到吉原先生從納悶轉為憤怒，怒間沖刷著無奈，無奈於是被沖淡了，剩下的是一種純粹的怒氣，鑲在臉上的眉紋間，表情擠壓，扭轉，那一秒的時間裡是無窮的變化過，馬上又縮回某個暫停的時刻。

我的手停在半空。

那隻魔鬼拍拍灰塵，張開鞘翅，翅間紋路灑下星粉。我回過神，理智上了膛，時間已是神木群當下的黃昏時分。選了一地平坦處，以落葉作底，紮好基座，一群人像是沙漠中的肉食動物，許久未尋食物，大啖一番。

我始終未向吉原先生說些什麼安慰的話……又怎麼能說得上是安慰？一個年紀尚輕的學生又該向闖蕩社會多年的大俠說什麼？話語在我這個年紀都是包裹著糖衣的謊言，包裝好的外盒，說不出什麼好話。這層認知是個人主觀的顏色配對，喜歡什麼顏色，空白的圖畫紙上便有什麼顏色。

那晚之後，我再也沒見過吉原先生這個人，或許說，我還見過他一次，幾近鬼魅的一次。

某日，他喚我到那間早已人去樓空的舊戶，領我去往那熟悉的灰色空間，一種渾沌又像反胃的情緒一湧而上。這並不是錯覺，他繼續說，這裡早已腐朽，朽成不適人居的地方，塵埃變成唯一傾訴的對象。

為什麼特地留這一間房間？

因為我想交付給你，你是我們之間最年輕的，還沒被歷史定位成任何人。是的，你是你自己，不是其他人。吉原先生雙手重壓在我肩上。

他掀開簾幕，裏頭有個凹洞，簡直像是恐怖分子的軍火庫，藏有任何一種能夠毀滅世界的武器。凹洞內對穿了一個圓圈，圈內引牽進一條多插座的延長線，線內竊來了隔壁戶的日用電。

用來維持這些傢伙的生命足夠了。他調整了溫度，將標籤擦乾淨，上頭寫著「假面」。我更搞不懂了，吉原先生身處的世界到底如何運轉呢？我問。

你不需要知道，他繼續說，還記得上次在神木群遇到的上吊事件嗎？

我點點頭。

那是壓垮我的最後一根稻草，當你不知道自己是誰的時候，可能需要到黃泉比良坂去瞧瞧。我的家族目前住在石垣島，只有我離開家裡隻身來到臺灣，像個流浪漢，對吧？如果你的家人擁有兩種血統，兩方是相異的國家，卻因為認同產生歧異，那會怎麼樣呢？可能就會變成我這樣吧，什麼也不是，就是個怪物，到哪也容不下我，永遠被當作一個混血的……

怪物？黃泉？黃泉之路的比喻還真是貼切。

沒有一個屬於你的國度，這件事讓人無法體會。我清楚記得那天上山，吉原先生是多麼雀躍的神情。他期待到達一個沒有人試圖突破他心房的國度，抬頭就是灰色天空，綴著幾枚爍星，在純白與純黑的界線中取得平衡，無中生有一個新的世界。

但你我皆知，容得下你的世界並不存在，不是嗎？我如此回答。

權力、金錢及歷史……甚至旁支那些媚俗的無形意識型態，在這個時代不足以建構一個無國界者存在的國度。我想起在神木群見到的上吊者，是個不存在於這世界的人，身上沒有任何證件，衣物破損，眼神空洞，凹陷進一個深沉的黑暗裡，在純白的框架內玷汙了。

骷髏，那是我唯一想到的名詞，而非亡者。這絕非我們世界的「生物」。他好端端地搖曳在半空，用一種昂然的姿態嘲笑我們。

你也要去那個世界嗎？

那個世界，是混血的唯一歸屬。

吉原先生揭示了那封信的內容。原來他遷往石垣島的祖先們，後來歸屬日本，卻因中華民國退出聯合國急需人民的承認之下，被迫回歸原狀。那些早已根深蒂固的臺灣鬼子們自然不服，因為在那軀殼裡早已沒有任何臺灣製造的零件，毫無證明血緣的出生證明，有的不過是曾經的名字，兩字或三字的標籤罷了。

一九七六年，第一位在石垣島上取得日本國籍的臺灣人誕生。這件事登上當地報紙，震撼了其他同胞的心底深處，有股原動力油然催生，誕生了一波移民潮，但他們的腳並未再度踏上新的土地，不過是在身分證明上寫下了日本兩字。吉原家族的後繼者，也就是吉原先生的父親同樣來到了臺灣尋根，遍尋不著，倒娶得了一位儀容像陶瓷一樣曲線優美，禁不起放手，如玻璃珠一樣易碎，這樣脆弱的她依舊選擇私奔，到了異地同鄉的新國度居住。好景不常，那並非能海納一切的國度，他們試圖抵制新的同胞進入，撕毀護照，焚燒身分證，最後剩下一搓塵埃，連同生命也參與了這場焚燒的宴會。

吉原先生的父親選擇去了黃泉那邊的國度，像是神木群的那具骷髏，突然解脫了，超然於這世上任何存在。家族不承認與此結為姻緣的這兩人，但基於中國習俗中的傳統，傳宗接代為吉原先生帶來了暗自監視的新家人，便是父親那裡尚未離世的親人們。

我曾住在那島上，十歲前，還有點自覺是個日本人。

我仔細聆聽，一邊看著他手邊的動作。

直到父親離世，我變成了怪物，只是家族的繼承人而已，完全受控於別人的擺佈。他接著說，我將這個房間託付予你，在這裡的任何混血都交給你照顧，或許哪一天他們也能在生物學上得到歸宿，佔有一席之位。

接過那沉重的箱子後，我感到暈眩。那些無法丟棄與回收的感情是否都在裡面？正當我有太多疑問，他早已將凝重與不安的神情收起，慎重地確保盒子交付於我手。

就是這樣。

他不再多說，所有話語都留在這，不帶走多一點。我想起那日上山，魔鬼不該出現在那，那隻可是八重山鋸鍬……肯定是流浪來的。

千禧年後的臺灣，臺灣夜晚的臺北，這是我最後一次見到他的地點。

蟄伏

我接收了電子郵件，裡面是吉原先生這幾年來的成果，包含所有飼養過的種類，近乎連習性都考慮在內。在他離開後，我與這群朋友見面的機會減少，螢幕熄滅，投影出複雜的表情，在這之中，屬我最為困惑。

我自然沒說在早已搬離的那間房中，還有一個祕密的世界。遠離那間房前，我記錄下假面的身影。他們已開始進行交配，不抱任何期待地忠於本能，將無法命名的正義灌輸給下一代，彷彿是一種革命的情感在昆蟲綱中流竄。於是我準備好碩大的塑膠箱，灌入木屑，陷進朽木，模擬了一間能夠產卵的助產室，再添加水，最後蓋上已打洞的蓋子。

這一切準備就緒，但我也不抱任何期待。

朋友皆接受到正確的種類，每一種有正式的學名，唯獨我得到的什麼也不是，只有假面這個名字。牠是奇特的，不該存在的，基於情感，吉原先生將牠從流沙邊緣救起，否則該葬在無人知曉的地方才是。

看著我房間內的高砂鋸鍬，我才意識到自己確實是臺灣的孩子，這無可質疑。

據說吉原先生到了南部，開了間甜點店；別的消息指出，他出了臺灣，將那本舊的護照重新翻修，申辦了新的。如果出了國，肯定是去日本的，我這麼對朋友說，臨時訂了幾張機票，備好筆記本，約好一瞧原生的八重山鋸鍬是何模樣。

日本並未如我想像地純淨，很快地，我便懂了八重山是怎麼樣的地方。八重山群島離臺灣過於接近，好像是海市蜃樓，幾百年前的古地圖上甚至畫有這些不知名島嶼，這些獨立的世外桃源都歸於本島石垣島管理。

經過颱風肆虐，這裡的飛機班次停了好一陣子，像是遇到沙塵暴，被迫隔離於世界之外的世界，僅透過微弱的身影確認是否存在。

我們抱著一線希望，循線找到了吉原家族的屋子，是個殘破且無人居住的遺址，房屋的形狀早已逝去成風沙。據依然生活在這的其他成員口述，這是吉原先生繼承的遺產，颱風到來之前便無人管理，成為島上的生態屋，裡頭是蔓藤與森林的交叉口。

吉原先生肯定喜歡這裡。其中一位朋友說道。

我們闢出一條路，將歪斜的門板硬是扶正，卻像新生的，新闢的，沒有任何年歲累積的碎屑，彷彿這門開過。這使我們更加自信，轉開門把，直視著內部。

那一瞬間，我理解什麼是不存在的世界。吊在一根橫樑上的是一具屍體，似乎並未離開太久，一些腳踢催促我前去確認身分，朋友間流竄著無名的恐懼，屏息到空氣微微裂開，使這裡變得獨立。

啊，原來是這麼回事嗎？你還要恍惚多久呢？我。

在那的，不過是一具紙紮的人偶，臉上沒有五官，全身看得出身形的部分披上衣物，那是吉原先生與我們最後一次相約上山的穿著，他的時間早已停留在那時，此生此刻的存在是幻滅的，沒有名字，沒有任何牽掛與關係，體悟了真正的歸處。

你確實找到了。

一隻八重山鋸鍬躍上人偶，似乎正在嘲笑。

你說，執著歸屬是種懦弱，住這不對，這那不對，何不一死？或許我們生存的也不是生，而是死。我理解了為何，血緣、情感乃至牽絆，才是造成你離不開各個國度的追擊的原因。

這個局，你到底佈了多久？吉原先生。

二〇一八年　佳作　作者：蔡涵羽　篇名：DreamWorks夢工廠

第一章

日復一日，人類的生活是在醒了之後才開始，睡著前的那段時間，人的理解力會漸漸降低，每天都辛勤跳動的心臟，也只有在人進入睡眠後，得以緩緩，變慢，肌肉也跟著放鬆放鬆，接著任由夢境精靈宰割。這些精靈會滲透你的內心熟悉你的記憶，就像是自己的另一個分身，規劃夢的內容，這個形容有些抽象吧！原因，待會兒再提。睜開眼睛後或許記得，或許忘記，在不久之前，就像是親身經歷般，夢境裡的那些交互作用，是世界上最奇妙的體驗。甚至這些夢境會決定你一天的心情呢！

就像保羅，高職畢業一年了，現職一位美髮助理，每天為了客人的三千煩惱絲而努力奮鬥，說奮鬥有點太牽強了，不外乎就是掃地、洗頭、端茶水這些基礎的雜事。保羅上班的髮廊就隔了他家兩條巷子，每天九點上班，他往往八點半出門，在樓下轉角的那間美而美（早餐店）點一份火腿蛋吐司和大杯冰奶茶外帶去髮廊吃。今天，保羅微微睜開眼睛，拿起放在枕頭邊上的手機看了一眼。七點十七分，九月十六日，星期四。

「還可以再睡。」他嘴裡喃喃地說著，趕緊閉上雙眼，眉頭淺淺的蹙了一下。「新聞一開始要帶您來看的是美國眾議院在台灣時間　」

睡著這件事並不是你努力就能達成的。保羅用棉被悶住頭，想隔絕那個從客廳傳來的新聞聲，翻了個身，把氣象預報都聽進去了，不行，腦袋現在太清楚了，已經睡不著了。只好在七點三十六分正式起床，一臉哀怨地打開房門，進到廚房倒了杯水咕嚕咕嚕地喝完。

「要不是你們電視開那麼大聲，我還可以再睡一下，以後可以把音量轉小聲一點嗎？」對父母撒完氣的保羅再次回到床上，滑著手機，這次他顯然放棄嘗試睡覺了，早上的這一波怒氣完全是源自於保羅做了一個極其浪漫的春夢，雖然他壓根不認識那個女人，也不記得長相，但在夢中他可是相當迷戀她的，整個過程從認識到纏綿都不馬虎，可是就在與她吻到一半的時候，保羅醒了。其實這也不能怪誰，要把這口氣嚥下去才行，誰叫他自己醒了呢？平常可是要設好幾個鬧鐘才會醒的人，偏偏今天，夢得正精彩，唉

事實上，夢工廠精靈已經下班了，保羅當然無法再重溫那段溫柔鄉囉！

「收工了收工了！最討厭製作這類型的夢了，還要幫忙上馬賽克！」惡魚很不耐煩地說著，熟練地將夢境歸檔。

奇奇在旁邊咬著魷魚絲誇張地笑著「哈哈哈哈哈哈哈，拜託！你還記得上次那個誰，我們偷用他鄰居的臉，沒有上馬賽克，被夢多臭罵一頓的事嗎？」

「還敢說，要不是你在那邊慫恿我，我也不敢玩這麼大，俗話說得好『鬼迷心竅』，你就是那個鬼！」惡魚從座位上跳了起來。

「什麼鬼！我可是　」

「好了，不要吵了。上次你們偷懶，結果對人類造成不好的干擾，讓他抱著既愧疚又不安的心過生

活，這不是我們該做的事。」頂著一頭紅色捲髮的精靈叫好心腸，她就是這樣溫吞又善良。

看起來最沒有殺傷力，但是幾個精靈們都挺聽她話的，所以奇奇只好把原本要反擊的話吞了回去。

「咳咳！」身後冷不防地傳來咳嗽聲，一個留著黑長髮齊劉海的精靈緩緩地走進機房。果然，夢工廠第一領班的氣場就是不一樣。

惡魚精神抖擻地說：「已經存好歸檔了，夢多。」

「夢多，這次馬賽克都有處理好，你要不要檢查一下？」奇奇嘻皮笑臉地說。

精靈沒有回答，只是沉穩地走近控制台，用滑鼠點了檔案，確認了保羅的夢境，女人已經被模糊。他是絕對不可能知道這位女子的長相，儘管女主角就是髮廊旁邊那間7-11的工讀生。

「可以回去休息了。」夢多就是特地來檢查他們這次有沒有好好上馬賽克的。「祝你有個好夢！」三位精靈整齊劃一地喊完口號，正式下班。

在夢工廠裡的精靈們是以團體小分隊的模式在工作，由一位領班配搭幾位助理，在一千零九十五個夜晚之後，助理可以參加夢工廠的考核升為專員，但是要從專員一路升到領班可不容易啊！夢多，夢工廠的傳奇，成為領班只花了五年的時間，史上最年輕的領班。

「班表上顯示今天是一位患有憂鬱症的大學生耶！我們有好幾個月沒接到這類型的工作了。」奇奇倒退著邊走邊和惡魚還有好心腸閒聊，他喜歡這樣面對面的講話，就算是在走路，因為比起側面，他更喜歡看著對方的正面。

「我倒覺得這幾年憂鬱症的人越來越多了，製作素材也很有限，真的很難把夢製作得開心有趣。」好心腸嘆了口氣。

「切！就算我們把夢搞得很有趣，他們也不這麼覺得。以前不是有製作一個女音癡唱歌走音的夢嗎？」惡魚想到還覺得好笑。

奇奇大力地拍了一下手說：「我記得啦！結果那個男人一醒來就爆哭，覺得是一位女鬼淒厲地嚇他。」

「可惡！晚上又要絞盡腦汁了，幹脆來編噩夢，我最擅長了。」

「還是我來設計一款奇幻的夢境，像哈利波特那樣，組隊跟佛地魔對決如何？」

「什麼類型的夢都會往不好的地方想，做什麼都一樣啦！我投噩夢兩票。」「請問這位小姐，哪來的兩票？」

「我幫你投噩夢一票啊！」惡魚對奇奇眨了個眼。

「別這麼說嘛！我們就盡力讓他做一個好夢。」好心腸停下來，她家就在前面。「各位我先回家了，晚上見。」

「晚上見啊！我等一下回家要吃碗辣椒再睡，欸，你怎麼沒反應啊！」惡魚推了下奇奇的肩膀。

「我還沒從你對我眨眼的惡夢裡醒來。」奇奇說完拔腿就跑。

「呀！你給我站住，住在我隔壁是跑什麼跑。」惡魚有點累，跑沒幾步就放棄了。

陽光肆意地穿過整片的落地窗，夢多坐在沙發上翻著夢境紀錄，拿起茶几上的品茗杯，淺淺啜飲了一口普洱。

「有些東西可以觸碰到你的皮膚，有些東西可以觸碰到你的心靈，我們就是這樣的存在。」

第二章

陳昕最不想聽到的那句話，又從黃教授的嘴裡說了出來。

「這學期的分組報告，四個人一組，有一組會多一個人，等一下把分組名單交給小老師。」

「在這麼自由的學殿裡，為什麼處處充滿麼多不自由的事。」陳昕喃喃地說。總是坐在教室最左邊倒數第二排的陳昕很不喜歡和人接觸，宿舍是兩人房，和研究生室友幾乎沒有什麼交集，吃飯時間也會避開學餐人潮眾多的時間。在她的世界裡，確保在一個自由的狀態才是最舒服的，獨處比親密關係更重要，不喜歡依賴別人更不喜歡別人依賴自己。好像沒有人知道，陳昕每天晚上都要吃安眠藥，但能睡著好像不是歸功於藥物，往往都是自己哭累了。

凌晨一點，陳昕躺在床上，盯著天花板，她想到電影Stranger than Fiction裡的一段話：「有一本書的封面是從一位跳樓自殺的女性頭上所拍攝的，血就像天使的光環一樣罩著她，而她的臉看起來是多麼的安詳。」

「要不要提前自殺的時間呢？活著真的很無聊，還要看我媽的嘴臉。」陳昕光是想著就覺得，這就像普通人在計畫出遊的行程一樣讓人興奮。

「你睡了嗎？想跟你說我今天發生一件很好笑的事情。」震動伴隨著螢幕的藍光照亮枕頭旁的一角。是「話很多的小菜！」

陳昕點開對話框，大拇指飛快的鍵盤上跳躍。「什麼好笑的事？說來聽聽」

震動聲又響起，接下來此起彼落。陳昕等待著一句句蹦出來的句子，時不時還夾雜著錯字。

「然後啊！我機車的中柱就卡進隔壁那台機車的排氣管裡了。」

「呵呵。好白癡」陳昕笑出了聲。看似敷衍地回了八個哈字，但這足以表達她真的笑出來了，而且確實蠻有趣的。

「好啦！我只是想分享這件事給你，早點睡，晚安。」

陳昕回：「我才不要那麼早睡！晚安。」附送了一個貼圖，小菜沒有讀。

滑著手機，韓國明星憂鬱症自殺身亡的新聞攻佔社群網站的版面，連一個小角落都沒放過。

陳昕想：「每次看到有人自殺，都會感到很難過，不過和別人不同的是，我羨慕他們這麼做，我也想死，卻要很辛苦的忍著。」

憂鬱症的人看起來好像和一般人沒什麼不一樣，但這個病卻讓他們輕易陷入囹圄，精神狀態一片空白。滿腦子的烏雲散不開，下一場大雨等待天晴，但更討厭的是：陳昕討厭這樣的自己！

吃完了藥，塞上耳機：「快樂的氣氛也許能暫時逃避，卻又讓傷害更澈底，我被恐懼深深的囚禁，我沒有力氣逃出去！」陳綺貞的嗓音一如既往的溫柔，不自覺地，想到了深處。這些只是她的例行公事。

窗明几淨的控制室，幾隻精靈窩在裡面，今晚，夢多坐在主控台。

奇奇無奈的嘆了一口氣：「夢多，她真的沒什麼可以消遣的！而且這幾個禮拜做的夢，她都沒什麼記憶。」

「爸爸小時候會對她和她媽家暴，這個是地雷，夢境不要放入任何男性。」好心腸提出了一個關鍵。

夢多：「惡魚，從她的腦島裡調出和媽媽吵架的畫面，我看一下，要情緒最激烈的那次。」

記憶螢幕上播放著陳昕國中畢業的那天晚上，和媽媽在客廳的爭吵。

陳昕顫抖著嘴唇，哭著問：『為什麼不離婚，他不簽離婚協議的話，我們可以去向法院訴請離婚啊？不要再說是為了我了！妳也可以牽著我走紅毯，妳知不知道因為他，我這輩子都不想結婚！』

「好，我知道了，今天就採用『悲劇的誕生』，既然她腦中的素材僅有這些。」夢多突然來了一陣靈感。

「什麼悲劇？要讓她做噩夢嗎？」惡魚興奮的說。

「海明威不是說：『一個故事講到一定程度的時候，往往會發現死亡是最好的結尾。』我們今天就來說一個故事給她聽。」

控制室裡，精靈們你一言我一語的。

「加一些無關緊要的藍色泡泡。」

「你都說無關緊要了，那還加泡泡幹嘛啦！」

「看起來會更悲傷嘛！」

「你還嫌夢境不夠悲傷喔？你看好心腸已經在旁邊哭了。」

「夢多，要不要給她來點身歷其境模式，保證她嚇死。」

「好心腸別哭了，把身歷其境模式傳送至陳昕的小腦皮質、脊髓和視網膜。好了，準備進入快速動眼期了，開始傳輸。」

「是！」

路過的精靈瞅了一眼：「他們可真是幹勁十足啊！」

下午一點多，金色煙圈往上升到不可預測的高度，午後的陽光打印在這杯咖啡色的墨水裡，看起來像是會出現在凡爾賽皇宮貴族手中一樣，儘管這只是一杯三合一咖啡。如果這位「話很多的小菜」不喝一杯咖啡的話，一定會睡著，而且一睡就是睡到晚上六、七點。「哎呦！好燙。」秉持著不能浪費這麼美好的星期六下午，一定是要往各個器官裡撒點咖啡因。

「LINE～」手機傳來訊息聲伴隨著震動，小菜兩眼發亮，是陳昕。

「跟妳說個故事，我前天夢到我媽媽死掉了，我在夢裡又驚恐又難過，哭著醒來，醒來之後還是在哭。如果我很怕她死掉，她一定也很害怕我死掉。想想還是心有餘悸，不過我有上網查，人家說夢到這個代表替媽媽增壽。妳有沒有夢過這種夢啊？」

一整大段的對話框讓小菜很驚訝，因為陳昕很少主動傳訊息給她，她們之間更不會出現這麼多文字。其實小菜內心是喜悅的，她替她能夠說出來而感到開心。陳昕不再只是消極地接受她傳送過去的語句。果然，時常灌溉一些笑料是有用的！小菜的想法是對的，她給陳昕的是關心、陪伴是不打擾、不反駁。

「我也有夢過，但是我媽的死法很搞笑，好像是太胖被丟掉（這樣也不算死掉）。」他們聊了好一會兒，陳昕把心事說了出來，她自己也不知道，她有那麼多事可以說，就像腸胃炎的時候，也不知道自己有那麼多東西可以吐一樣。目前可以確定的是，她不想在自殺上浮沉了，她把這件事告訴小菜，小菜說：「自殺的樣子很醜耶！而且我會哭得更醜！」。

另外一邊，惡魚以亢奮的心情粉飾太平，他們在陳昕的夢境紀錄上留下紀錄了，而且還是對她有正向幫助的夢。

「誰說噩夢不好的，化悲憤為力量就是這麼來的！」這一直以來是惡魚的專長，只是，為了帶給人類美夢，噩夢常常被忽略，偶爾遇到他們腦中恐怖或悲傷的素材大量存在的情況下才能製作。

「我們不能一股腦的只看一個面向，精靈們幫有憂鬱症的人類，製作了很多繽紛、歡樂的夢境還沒辦法使他們振作的話。或許要轉而去看他們最柔軟的地方在哪裡了。」夢多的語調旋即從冷靜轉為欣慰。

第三章

「這次班上有幾位同學的作文寫得非常好，來，盧冠廷，你唸一下你的作文。」

「我的爸爸是超人，你們一定不相信吧！我本來也不相信……爸爸除了守護我和媽媽……。」奶音的尾聲領起小小的手掌們帶來的掌聲，讓冠廷臉上多了一抹紅暈，這不只是害羞，還多了一份驕傲。

小王蹲在地上寸寸的挪動到盧冠廷的座位旁，大力地推了他一下「喂！罐頭，下課打球啊！不要睡了啦！」

「吼，別吵，昨天讀到三點，超睏的。」換了一邊，閉上眼睛，手肘順勢曲起置放在頭上遮住光線。小王悻悻然地抱著籃球跑出去了，畢竟高中生活，是需要彼此互相體諒的。其實冠廷根本就沒睡著。今天，國小三年級得獎的那篇作文一直在他腦中陰魂不散。想來真是可笑，怎麼會以為自己的爸爸是超人。國中還想過爸爸可能是機長，才會沒辦法在晚上回家睡覺。可是媽媽總是說爸爸在一間公司上班，很忙很忙。是啊！忙到沒時間回家吃飯，沒時間陪我們。但他每個禮拜總會有兩、三天在家睡午覺，小時候單純覺得爸爸很辛苦。要不是去年暑假，趁爸爸睡午覺的時候，拿了他的身分證和中獎發票去兌獎，冠廷也不會發現，爸爸身分證後面的配偶欄寫的是一個陌生的名字，不是媽媽。

原來，我一直都是私生子。

上課鐘響了，教室裡音響雜訊很重，模糊又分岔的音樂，根本蓋不過漫天的吵雜。

班導一派輕鬆地走進來，用課本敲了敲講桌。「上課了，全部人回座位，睡覺的人都起床了。」接著挑起一枝粉筆在黑板上寫筆記，幾個女生已經開始埋頭苦抄了。國文課的集合速度比體育課還快，班導那寫板書的功底啊，堪稱一絕，速度快字又美，不趕快開始寫，就要被擦掉了。

「喔嗚，老師，還沒抄完啦！」小王哀嚎著。

「不要講話就抄的完。」班導冷漠、帥氣、又乾脆，依然沒有減緩她的速度。一節連著一節枯燥的填鴨，絲毫沒有要讓這些正值青春的孩子去揮灑他們的滿滿的活力。最後，一群洄游的小魚們，用盡最後的力氣，往名為「床」的故鄉游去。

凌晨三點零五分，精靈們整理著冠廷的大腦素材，他們像是一群在混水摸魚的上班族，等待著時間一到，打卡下班。

「看來今天會有小確幸囉！」奇奇會這麼說是因為，盧冠廷好像不打算睡覺。如果他白天才睡覺的話，那造夢的工作就會傳遞到早班的同仁那裡了。

「高中生呀高中生！果然腦袋裡都是裝這些東西，又是排列組合，又是古文觀止。」噁魚翻著素材，無聊感從腳底往頭上竄。

「仔細找找，應該有特別的地方可以做出不一樣的夢。」夢多坐在椅子上喝著普洱茶，雖然嘴上這麼說，不過普洱通常是他下班之後休息時才喝的茶。

好心腸提出了她了疑惑：「他的杏仁體裡卡了一些奇怪的素材：超人、小三、機場……」

「好，就用這個！」夢多把茶一口氣乾完，站了起來。

「什麼！這些怎麼拼在一起啊？」奇奇覺得夢多在整他們。

「夢，本來就是毫無規則的啊！奇奇，你說說看，要讓他做什麼夢，不用太長。」夢多露出一筆信任的眼神反而讓奇奇有點緊張。不過，鬼點子最多的奇奇果然出其不意的說出了一大段劇情。

「有一個小三和有婦之夫打算坐飛機遠走高飛，結果碰上飛機失事，在緊要關頭，一位超人救了他們，於是小三愛上了超人，和超人在一起。我想讓盧冠廷當那個超人，小三就用他們班的女同學好了。地點設在荷蘭的史基浦機場，今天的地理課有提到，他有印象。」儘管奇奇講得頭頭是道，卻時不時偷偷觀察夢多和其他人的反應。

「我蠻喜歡的，是一個幸福的故事，最後第三者有了歸屬，至於有婦之夫，要給一個交代嗎？」好心腸插著腰忖度著。

「我倒覺得不用，反正他本來就是個配角嘛！」惡魚喜孜孜的看著奇奇。

好心腸驚喜地大叫：「夢多，盧冠廷好像準備進入α波了，有睡意了。」

「前一天睡眠不足，今晚一定會想睡的，他還是個孩子嘛！」夢多指了指還沒清醒過來的奇奇。「就用你的故事，我們開始製作夢吧！」

「是！」三隻精靈齊聲回答。其實，比起偷懶，他們更喜歡工作。

二〇一八年　佳作　　作者：王怡凡　篇名：知更鳥與人魚

【依】初秋

夏末秋初，一個新的季節，一個新的開始。我討厭這樣的開始。一年七班，一個新的學校，一個新的班級，一個新的環境，我又得再次小心翼翼地不讓任何人知道自己的祕密。其實這並不是一個非得要隱藏的事情，只是不想讓人對我側目、同情或者欺凌，我想避免掉一切麻煩的瑣事，讓自己可以好好地專注在一件事情上。

即便身邊再怎樣喧囂，我終究寂靜。我的周遭安靜一片，我靠雙眼聆聽世界。周圍的人還是稚氣，女孩逐漸靠近，我知道她們的目的，可惜我一點都不想進入那樣的空間。女人皆善變，一會同情、一會唾棄，高中不過是國中三年的延伸，能大方接納異類的人，在這個年紀少之又少。

於是隱藏，對大家都好。他們既不必和一個麻煩相處，我也不必費神與他們社交。

知道我祕密的，在新的班級裡只有導師，一個很溫柔的、教導英文的老師。

「欸，你的學生證。」一張卡丟到桌上，我才抬起頭，逆著日光燈看到一個高高瘦瘦的男生對我說。

我清楚地看到他的嘴型在嘀咕著我沒有伸手去拿。

接著讀到他背後的女生對他叨念：「人家只是沒聽到，一定要這麼兇嗎？」

男生悻悻然地離去。

余翔仁嗎？他的背……？

【愕】端月

「憑什麼美好跟你告白要被你拒絕啊！」春日甫至，一群人被埋下了發情的種子，即便平日不太交流都成為目標。

我閉口不語，選擇不再讀取他的唇形。

「說話啊！這時候就變啞巴啦！」在他不斷推我的肩，讓我與牆相碰之時我終究還是習慣性地讀了他的唇。

也忽然，刺眼的陽光被擋，不算高的身影遮去了視線。

我一句話也沒有看進去。

安靜的世界裡，畫面是如此喧鬧。而我卻無法融入其中，像看著一場默劇，激烈卻又祥寧。

又忽然，我的腕臂被扣住，直直地被拖跑起來。

從那個人的背脊，我知道他有多渴求氧氣，卻無法聽見他任何聲息。我順著他的起伏，感覺肺部的疼痛。

「你為什麼不逃啊？」角落裡，我通過相纏的手感受震動。只是他在說些什麼我依舊不明白。

這樣的情形我該怎麼面對？我不清楚，從來我就打算在安靜的世界當一個安靜的人。

「看我。」我的雙頰被困住，強行地看上那人的臉。

「你、不、看、我、不、知、道、我、在、說、什、麼，對不對？」余翔仁一字一句地慢慢說，誇張的口型讓我不自覺地笑了出來。

「你還笑。被那群人圍著，就算被打教官也幫不了你。」余翔仁又說。

「你不是來了嗎？」我看著他語塞。

「你為什麼會來？」我又問。
「因為——」
「你為什麼知道我不看就不知道別人在說什麼？」
「因為——」
「你為什——」
「你要不要讓我說完。」於是我的嘴被摀住。
我淺笑，隨即又想起距離，退後一步，還是不要跟任何人有所干係。
「謝謝。」失能並不代表我可以失去禮貌，我向他深深一鞠躬，離開了這個空間。
空氣中有些許的震動傳入我的耳膜，只是我不知道他說了些什麼。

【參】仲夏

「下禮拜開始體育上游泳，記得帶泳具來。如果有特殊原因不能下水，請提早告知體育老師。」
我坐在第一排，距離老師最近的位置。對外是因為我戴著眼鏡，視力不好不方便坐在後頭，所有需要排列的時刻，我都用相同的理由在最前面。這是老師對我的寬容，即便我戴的只是一般的平光鏡片。
為期三週的游泳課程，一起做完暖身操後，我穿著運動服坐在池邊的台階，而身邊還有另外一個人。
我看著泳池裡的同學，回憶著水花的聲音，忽然想起國小的日子。那時候好喜歡游泳課呢，因為只有在水裡，我和別人才沒有不一樣。只要離開水面，所有人的聲音都會變得好小好小。
最後，所有聲音都消失了。拍打水面的聲音、教練鳴笛的聲音、同學歡鬧的聲音，通通都消失了。
冷不防地，我被推了一把。力道不大，但也不小，原本抱腿而坐的我反射性地利用手撐住，迅速地看向兇手。

「你想游就去游啊。」兇手說。

我瞪他一眼，然後繼續看向泳池，不打算搭理。

「你不看我怎麼知道我在說什麼。」兇手又強制我去看他。

「你為什麼會聽不到啊？」他問。

「余翊仁，不要跟我說話。」我說。

「為什麼你聽不到說話還可以跟平常人一樣啊？」他又問。

「余翊仁，不、要、跟、我、說、話。」我說。一字一句，很用力地，很清楚地說。

「為什麼不讓人知道你的不方便啊？」他繼續。

「余翊——」我提高了音量，接著被打斷。

「為什麼不要跟你說話？」他帶著笑意鍥而不捨。

「為什麼要跟我說話？」我皺起眉頭。

「因為我好奇啊。」

語塞。

余翊仁從來不是一個多話的人，雖然在班上人際關係很好，對誰都謙和有禮，卻也不見他如此煩人。自春天開始，余翊仁就喜歡跟在我身邊，強迫我讀取他的每一字每一句。

最後我選擇不予理會，削弱是我對付聒噪最擅長的一種辦法，也是我最常與余翊仁的應對。即便每每都會被強制轉向讀他的唇，每日每日地感到眼睛酸澀。這是自失去聽力以來很少見的現象。

因為失去聽力，我比任何人都更加依賴眼睛，也更加小心地保護這讀取別人訊息的工具，上課專注地盯著老師說話和板書，下課便闔上眼睛休息，所以失去聽力之後，我很少與人交流，我沒多餘的心力可以做多餘的事情。

像余翔仁這樣的人，我根本沒有遇過，更不知道該怎麼拒絕他才明白。

余翔仁突然背過身，順著視線過去，是班上的女同學結伴。

側著臉我沒有辦法讀出余翔仁在說些什麼，只知道他和煦的微笑下似乎有些慌亂。

隱隱從背脊處看出一些端倪，看出他似乎有所瞞藏。

「她們剛剛跟你說什麼？」跟著隊伍前行，我和余翔仁走在最後面。既然我有一雙耳朵，那我也不必一定要讀上誰的唇語。

「你終於對我好奇了呀？」余翔仁笑。

「……當我沒問好了。」

「嗯，就這麼辦。」余翔仁說。

欸？如果按照常理，他應該會直接說下去吧？就這麼結束話題？

刻意地緩下腳步，想走在余翔仁後側，看清楚他背後的祕密，卻被他識破似地勾搭起我的肩膀。

不習慣這樣動作的我向上斜瞪了他一眼。

「不知道今天中午吃什麼呢——」他似乎發現我的視線，便說了句無關要緊的話。我趕緊收回，避免接收到更多無謂的資訊。

我沒有發現的是，在我收回視線後，余翔仁嘴角那抹複雜的微笑。

【肆】葭月

『聾子』『殘障』『做作』

一夜之間，我的桌子被粉筆寫滿了字，想從抽屜拿紙巾抹去，才發現抽屜空空如也。我皺起眉，果然高中生還是有長進的。要和國中一樣三年相安無事還是有困難的吧。前幾天有些東西不見，是這些惡作劇的熱身？想到這裡我也不禁莞爾，多大年紀還像小孩一樣藏東藏西。只是不見的東西，還是得找回來吧，不然我要怎麼上課？

清早的班級人數還寥寥，但隨著時間一分一秒地過去，人也陸陸續續地出現。正當我在翻箱倒櫃四處查看教室每一個角落時，地板傳來震動，我旋過身，班上的幾張桌椅已經不在原本的位置上，轉而或站或坐地四散。

女同學們瑟縮在一個角落，臉上滿是驚慌。

余翊仁在教室中間，被幾個男生架住，在他對面也有相同的情形。漲紅著臉，像兩隻野獸，齜牙裂嘴的神情，像恨不得將對方吃進肚裡。

「幹什麼幹什麼！」不出幾秒就看見前門闖進教官，食指不停地指指點點地。最終兩個人都被帶走，而我也沒有找到上課所需要的東西。

班導師在教官帶離兩人後不久就出現在講台上，她要講些什麼我心中有數，便低頭不想再多看幾眼，可卻又馬上被帶上講台。我是一個活教材、活案例，讓大家知道要多多關愛有殘缺的同學，而不是欺侮他、以捉弄他為樂。

看著台下同學凝重的神情，想到這裡，我止不住笑意，或許有些唐突，我在所有人錯愕的目光下笑了起來。

「我只想知道，你們把我的東西藏去哪了。其他的，就算了吧。」

整天，我沒再回去班上。老師默許了我這樣做。

成績好，表現乖，特殊生。

「你也知道這裡啊。」我坐在琴椅上，鋁製的門被打開，微風透了進來。

來者開了燈後就倚在琴邊，跟我對望。

這是一間沒有用途的多餘教室，一架多餘的老舊鋼琴被送來這裡。

「我聽到你在唱歌了，真像隻知更鳥。」嘴角還帶著傷，余翔仁說。

「你也知道知更鳥啊？」

「我鄰居是英國人，到哪裡都說是知更鳥。」

沉默又再度席捲。我依舊對他背後的祕密感到好奇，只是我不認為現在是個好時機。

「你知道為什麼我知道你聽不見嗎？」他在我回神後又問了一次。

我搖搖頭。或許我能猜測，但我不想。

「你有很多小動作跟我弟弟很像。他跟你一樣大。」

和我一樣大？

「我在醫院住了兩年，照理說我應該要大一了。」

「噢。」我發出短促的一聲。

然後，他一字一句地說出自己的故事。

他說，他有一對雙胞胎弟弟，二弟小時候發了一場高燒失去了聽力。

他說，從那時候開始就不得安寧，父母時不時會為了這件事情大吵特吵。誰勸都不聽，還容易受魚池之殃。

他說，大弟從小就聰明伶俐惹人疼，父母離婚的時候誰都想搶走大弟，誰都想將二弟拋諸腦後。他們以為二弟聽不見所以不懂，但其實二弟常常在夜裡無聲地掉淚。

「他們最後一次吵扶養權時，不知怎麼搞的，放在桌上裝飾的燭台被碰倒了，從來不點火的蠟燭也不知道那天是誰為了什麼點燃，站在桌前的二弟聽不見，沒有注意到，我反射性地護住他，可是沒想到燭火就這樣燒上來。父母爭吵之餘發現了，但他們嚇傻了，留我在那裡掙扎。大弟反應靈敏，趕緊替我滅了火、叫了救護車。鬼門關前走一遭，也留下了這樣的印記。」余翔仁背一轉，拎起他的衣襬，露出半截背部。

怵目驚心的疤痕不難想像當中的痛苦。

余翔仁看著我，突然一笑：「我有沒有跟你說過，其實我很喜歡游泳。」

我搖搖頭。

「我知道你也喜歡游泳，每次游泳課，你和我弟的眼神是一樣的。他也喜歡游泳，他跟我說在水裡大家都一樣聽不見，他覺得大家都是一樣的。」

我訝異，原來在這個世界上，也有和我同想法的人吶。而且離我這樣近。

「我呀，國小可是校隊呢。」雖然嘴角仍揚著，但似乎有些落寞的情緒侵入了笑容「可是，因為復健期、因為受傷，我不能再游泳了。」

我不太明白地看著他。

「因為受傷，我的背肌不能完全復原，競泳已經是不可能的事情了。在班上我也不敢游，並不是所有人都能接受這樣的疤痕。你也知道，在這個世界，所有不一樣都會被側目。」他的笑容轉趨為哀傷。

夕陽西下，窗外的枒杈晃蕩。

我抓起余翔仁的手，離開教室，在走廊上跑了起來。

從指尖能感受到余翔仁的疑惑，此時此刻我卻只想笑。

學校的游泳池大門門鎖是壞掉的，雖然鎖了一個囂張的大鎖，卻也只是掩人耳目的招式。

泳池邊，我停下，我們都還喘息著。

余翔仁轉頭看了我一眼，我一笑，便將還處在慌亂中的他推入池中。

「噗哇！」從泳池中出現的余翔仁整張臉都是不可置信「你幹嘛！很冷欸！」

「去游泳吧！」我蹲在池邊，微笑看他的狼狽。

下一秒，我則比他更狼狽地出現在池中。

我狠狠瞪著他放肆的大笑，卻堅持不了多久。

「你呀，把我當你弟弟嗎？」我問。直直地盯著他的唇。

他相同地凝視我，很久很久才緩緩地吐出字句：「怎麼會。」

夕陽的紅越過天窗映在他的臉頰上及我的手背上。

水中，我感受他的心跳，他感受我的呼吸，我們感受彼此的體溫。

接下來的日子，大家心照不宣，沒有再更多的騷動。日子平凡到了極點，除了偶爾一些無傷大雅的惡作劇外，倒也不見什麼更聳動的事情。或許將課程用品藏起來已經是高中生最大的能耐了吧。

只是平常人緣還算不錯的余翔仁明顯地已經不同往日，雖然身邊的人仍不少，但不難感受到有些人對他的懼怕。

現在，余翔仁不只是纏著我說話，而是到哪裡都要拎著我；我也不再像以前一樣乖僻地在位置上，開始跟在他身邊。即使因為人多嘴雜，無法一一讀懂他們在說什麼，我還是喜歡看著他們對我歡迎的微笑。

越來越多人會主動來問我是否需要幫忙，但其實，除了聽不見之外，我並沒有什麼困難。上課的內容余翔仁會做出一份逐字稿給我、沒來得及抄寫的筆記余翔仁會借給我、沒弄懂的地方余翔仁會再教我一遍，所有大大小小的問題余翔仁都替我解決了，我實在想不出來還有什麼能被幫忙，更何況，我並不喜歡麻煩別人。

我以為我的高中生涯就是這樣了。

【吾】夏至

『明年的這個時候，我們就在等畢業了。』

便利商店裡，我和他對向而坐，他嘴裡咬著冰棍，手快速地比劃著。

我嘲笑這個滑稽的畫面。

見我諷譃的嘴角，余翔仁不高興地取下冰棍：「你說你手語不好我才多比讓你練習的欸，你還笑。」

「你如果坐在我的位置上看你自己，你也會想笑。」

失去聽力之後，我花了很多時間去習慣世界，為了不讓人察覺異樣，我拼命地學習唇語，想像個普通人一樣。手語的姿勢太過惹眼，雖然我多多少少看得懂，但我始終選擇無視它，也造就現在這樣的情勢。

余翔仁知道了便自告奮勇讓我習慣手語，他說，如果懂手語，讀起信息來比較不會那麼累。

只是，一般人哪會特地去學手語？我還不是得靠讀唇嗎？

看他興致勃勃的樣子我也不好潑他冷水，就這樣吧！

「你想上哪間？」我問。

『我沒有要上大學啊。』他比。

「為什麼？」我問。

『沒有為什麼。』他比。

接連幾個舉動引起別人的側目。

「你能不能說話啊？」

『為什麼？』

「沒有為什麼。」

『你又在意別人的目光了？』

受不了他這樣的直白，我起身拿了書包就走。

高中特意選了遠的，教室特意做個靜的，我想遠離人群，不想接受同情，只是現在這一切似乎都顯得沒那麼重要。因為余翔仁的出現，我原先的所有計畫通通都已經被打亂。

選了遠的，他卻特意要我在人群之中和他交談；做個靜的，他卻特意帶我走入同學之間的交流。他知道我不喜歡被人關注，所以特別幫我，讓我可以遠離其他人的援手。

我不知道他在想什麼，真的不知道。

有時候我會覺得他的行為模式很單一，但更多時候我已經無法揣度他這麼做的原因。

「你要去游泳嗎？」他跟在我身後出了商店。

「不要。」

「那你跟我去。」

「天要黑了，我要去搭車。」

他佯裝沒聽見，抓著我又回到學校。

無奈之餘，只好拿出手機，迅速地打了幾個字給家裡的人。

他們見過他。那次，他不請自來跟著我回家，然後蹭了一頓飯。他們都很開心，差點就留他過夜。他們放心我身邊有他，甚至感到欣慰，我不再獨自坐在教室的最角落處。

在這個時間回到泳池，不曉得會不會被警衛巡見？為了避免麻煩，燈一盞也沒有開，單靠滿月的皎潔。只有他在池子裡，月光打在他優游的背部，混雜著水花，像是魚鱗般閃閃發亮。受過傷讓他的泳姿沒有那麼平衡，可是卻不難看出以前的豐功偉業。看著他順暢地轉身、隨意變換姿勢，要說他是隻人魚也不為過吧！

小腿泡在池子裡，不自覺地哼起了歌，又曾幾何時他已經游到我面前，我卻入神地完全沒有發覺。

『你不是海鳥，你是愛唱歌的鳥。』他比『而且是隻唱歌很好聽的鳥。』

光線不足的環境，確實手的姿勢比嘴的唇形還容易辨別。

『我也不是魚，我還有人類的血統呢。』他比。

「你要起來了沒有啊？很晚了。」

「所以我們並不是一場意外。」

「什麼？」我隱約看到他動了嘴，卻難以讀懂他說了些什麼。

接著他上岸，拿走我替他保管的毛巾，隨意擦了擦便把校服再度套回去。

我想，余翔仁也是隻唱歌很好聽的人魚吧。

【留】晚冬

『你願意讓我陪你活在安靜的世界裡嗎？』午休時間，我被一個女孩帶走。

不知道是天氣凍紅了她的臉或其他原因，舉著素描本的手有點顫抖。

我將頭向左傾斜約十五度，露出困惑的表情。

『我喜歡你。請跟我交往。』素描本被翻了一頁。

「美好，妳是個好女孩，但是我跟妳說過了……」我有些為難，怕再次傷她的心、怕舊事重演，可是我也無法因此答應她。

『如果你不答應，你會後悔。』素描本後面的臉，像是壯士斷腕般，說不出口的慘烈。

接下來的幾天都相安無事，我實在不明白美好所表達的意思。我和余翔仁仍三不五時地跑去那間多餘的教室，也常常在放學過後偷偷進到游泳池中，逐漸地，我不再在意美好說的話。

「接下來，高三就要學測了，希望大家放寒假的同時，也能幫高三的學長學姊加油，高三的同學，就算放假了也要好好自主複習。」司令台上，校長在結業式做最後的勉勵。

忽然，所有學生都躁動了起來。

從司令台的正上方落下片片雪白的紙花，紙花又隨著颳起的陣陣冷風四處飛散，出於好奇，我撿起了一張落在腳邊的影印紙。

美好說的事情，就是這個嗎？

我輕蔑一笑，這就是她的水準？

全校因為這件事情，在寒風中多待了半小時，而我和余翔仁則被帶到教官室裡「受關懷」。

「上面寫的事情是真的嗎？」鄭教官嚴肅地問。

我垂下眼，看著會議桌上斗大的字眼和一張一張的照片。還特意用彩色印刷呢，真是大手筆。

「我知道你聽不見很不方便，但教官和老師都想幫你啊。」導師在我身邊蹲下來，讓我好好讀取她的唇語。

「有就有，沒有就沒有，不管是哪一邊，我們都會幫你們。」鄭教官說。

從我入學以來，身為我們班的輔導教官，鄭教官總是特別關心我。雖然不苟言笑，我還是能從他眼中看出痛心。

坐在我身邊余翔仁攥緊拳頭，站起。

從玻璃桌墊的倒影我清楚看見余翔仁說的話：「是我強迫他跟我一起的。」

我驚慌地抬頭，怎麼會這麼說？

「不——」我才脫口一個字，就被阻斷。

「你先回家吧。」鄭教官冷冷地打斷「余翔仁，我們好好談談。」

【悽】雨月

陰雨綿綿，已經接連下了好幾場雨。余翔仁也接連好幾天沒有來了。

我知道，他不會來了。

結業式的事情像完全沒有發生過一樣，大家都稀鬆平常地交談，我也參雜其中，美好也像以前一樣在教室和其他人談笑風生。

我和余翔仁還在一起，和人聊天、和人說笑，時光像是倒流至一年級的春天一樣，我和他保持著詭異的距離，就像那段時光不曾存在一樣，就像所有人的記憶都被改寫了一樣，要不是那條我們一起買的銀鍊還留在我的書包內，我還以為自己做了一場夢。

我們不再私下跑去那間教室，也不再偷溜進泳池，放學後我們各奔東西，除了在班上外，我們不再有任何交集。

「這是你們高中最後一首英文歌了，是很有名的一首童謠，我們先聽一遍，等等再跟著唱。」導師坐在電腦前操作著軟體，音樂慢慢地從喇叭中傾瀉而出。

「Who killed Cock Robin? I, said the Sparrow,
With my bow and arrow, I killed Cock Robin.
Who saw him die? I, said the Fly.
With my little eye, I saw him die.」

教室的門被急促地敲了兩下，我跟著同學抬起的頭看過去。

「王老師！」

「你們先聽歌，我跟鄭教官說個話。」

歌曲繼續放著，聽不見自然不影響我去觀察他倆的動作。

瞇起眼仔細地看鄭教官說些什麼，隱隱約約地讀到了句「找到了，在海邊。」

我明白他們在說什麼。

他曾經說過，不管發生什麼事，他都不想要迎接二十歲。成人，是最汙穢的一件事情，再也不能不帶任何眼光地看待的事物，再也不能無憂無慮自由自在，再也不能……。

但誰又知道，隨著時代變遷，所有人都會改變。以前大家都說孩子是最單純的，可我們多少次被這些披著單純皮衣的孩子愚弄。

曾有人說「有在進步的青春叫成熟，沒有進步的青春叫幼稚」，而我們又被寫作青春讀做幼稚的孩子傷害多少次。

畢業前夕，雨還是下個不停。

「NOTICE
To all it concerns,

This notice apprises,
The Sparrow's for trial,
At next bird assizes.」

我沒有聽過這首歌，不知道該怎麼唱，但歌詞很有意思，便背了下來。

對不起，最後還是沒能再唱一次歌給你聽。

那時候我回應你的事情你還記得嗎？

既然你不迎接二十歲，那我就停留在十七歲吧。

知更鳥不只會唱歌，還會飛翔呢。

【別】

「……日前一名即將畢業的高中生被發現陳屍岸邊，屍體有腫脹的跡象，疑似獨自前往海邊玩水溺斃，詳細情形警方還在釐清當中。今日同間高中也不得安寧，傍晚時分該校一名聽障生自頂樓一躍而下，送醫不治，據校方表示，兩名學生同為一個班級，平時表現皆乖巧良好，並無任何異狀，這兩起……」

啪一聲，新聞畫面被切掉了。

「美好，吃飯囉。」

「好——」女孩回應，想起清晨那張被寫了『Sparrow』的桌子。

夜裡，月光落入了乾涸的池子中央，正好閃爍了一枚銀鍊子，風從天窗闖進游泳館，吹動了銀鍊子鎮著的一張紙。

『海鳥和魚相愛，只是一場意外。
但我們既不是海鳥也不是魚。
我愛你。』

『我也是。』

二〇一八年　佳作　作者：劉庭羽　篇名：百年樹人

女孩與男孩面對著面，兩人身旁是被人稱之為校長的男人，他們之間瀰漫著一股無以名狀的焦灼感，圍繞著山雨欲來風滿樓的氣勢。但這樣的畫面如同按下暫停鍵，三個人只是沉默以對，並沒有發生腥風血雨的戰爭。

接著，辦公室的門被人推開，前頭是一對夫妻，男的衣衫不整，嘴裡叼著一根牙籤，女的濃妝豔抹，一進門就嚷嚷：「反正能用錢搞定的都是小事。」跟在他們後面、穿著沒什麼質感的女人聞言，緩緩走到兩人面前，波瀾不驚地開口：「不必，那種破錢不收也罷，我現在就讓我女兒轉學，然後提告！」

這句話如同拿著一把刀架在校長的脖子上，逼得他立刻急眼，「這位家長，您先別激動，肯定有更好的辦法讓雙方和解的。」

穿著樸素的女人充耳不聞，走到女孩面前，拉起她的手就要離開辦公室，校長立刻攔下她們，「這位家長，您要怎樣的賠償我們都可以談，我只是不希望這件事傳開，造成學校的名譽受損。」

「好啊，我們就來談。」女人雖然打扮平凡，但眉宇間卻藏著不怒而威的氣勢，她從容地走到一旁的沙發，女孩跟了過去，「但是我先聲明了，有些東西，用錢是打發不了的。」

有些東西，用錢是打發不了的。

※※※

「我們學校以學生為上，並且要求師生間的道德、紀律、人倫和公平……」開學第一天朝會，校長鏗鏘有力的嗓音遠遠散播至校園各處。

此時烈日當頭，司令台前的人群開始有些騷動，喧嘩聲隨著時間流逝漸漸地快蓋過校長的聲音，他怒斥一聲，再度聲明這所優質高中講究的是紀律，何謂紀律？紀律就是守規矩、尊師重道……等學生慢慢安靜下來，他便繼續口沫橫飛地宣導他親自定下的校規。

「你覺得這次校長會用掉多久時間？」高三某班一個男同學拐了拐隔壁的男生。

「反正怎樣都得浪費一個小時。」

這時陳老師經過他們面前，投來一記凌厲的眼刀，低喝：「校長在說話你們聊什麼天？」語落，見兩男孩站直了身板，她便快速走回最後一排，和隔壁班的李老師低聲耳語：「真的好熱，校長為什麼不挑重點說就好？」

李老師正用早上收到的傳單搧風呢，一聽就把手裡的傳單塞給陳老師，淡淡地說：「再忍忍吧，應該快結束了。」

陳老師才剛大學畢業沒多久，和這屆的高三同時進來這所學校，李老師認為她身上還帶著年輕人浮躁且怕事的性子，還會趁下課時間跑去洗手間補妝，好多次經過她的班級，都看到很多同學在桌子底下偷玩手機，明明陳老師也發現了卻睜一隻眼閉一隻眼，不知道是不是擔心吱了聲就會惹事生非。

畢竟大家都明瞭，這是一間優質的貴族學校。

而李老師已年過半百，算是一路堅持下來的開國元老，甚至比張校長的資歷還高，在老師同學之間還算有權威，想想當年她剛進到這間學校時，也是膚如凝脂的年紀，那時可受歡迎了，可一轉眼十年過去，二十年過去，後來的學生開始嫌她老，嘲弄她的年齡，她想辯解但事實勝於雄辯，那些給自己的圓場漸漸變成火爆的喝斥，然後她開始納悶，怎麼近年來的學生越來越不聽話了？過分一點的，還會明目張膽地挑戰她。

李老師現在便時常會想著：別說什麼長江後浪推前浪了，前浪簡直可以倒追後浪，真是一代不如一代，然後邊搖著頭回到辦公室。

※※※

下午召開校務會議，陳老師早早就進了會議室，她選擇離主席位置最遠的地方坐下，約莫過了半小時，其他班級的導師也魚貫而入，李老師走在最前面，見陳老師已經就位，她笑了笑說：「陳老師這麼早？怎麼來了也不先開投影機？」

說著她轉身朝一旁的何老師說：「你去開一下，順便開個冷氣，你看看我，人老了就是容易怕熱。」

何老師什麼也沒說，慢吞吞地照做，他一向是個溫馴的人，帶著一副斯文的無框眼鏡，看上去有八分畏首畏尾。事實上他比陳老師的資歷高兩年，是台大中文系畢業，來到這所高中當國文老師。但陳老師特別看不慣他滿口的之乎者也，可她沒資格糾正，因為她只是東吳中文系畢業的，還晚了何老師兩年進來。

又過了一會兒，剩下的老師們都到了，張校長也拿著馬克杯進入會議室，一入座便說：「有家長認為我們的學校有問題，我認為是校規出了錯，你們覺得哪裡有錯誤？通通指出來，我好做修改。」

陳老師聞言，悄悄掏出手機，傳了一條訊息給某個人：「如果真的會修改，我不會當了三年老師都聽一樣的東西，結果學校還是亂。真該改的根本不是校規，怎麼校長都不懂？」

坐在距離陳老師三個位置旁的方老師感覺口袋震了幾下，她掏出手機解開鎖屏，嘴角揚了揚，回覆：「那問題出在哪？陳老師不如提出高見，直接讓校長明白。」

問題出在哪，難道只有陳老師一個人看出來？如果並不是只有她看出來，那就說明了其他老師都在裝傻？還是在等待第一隻替罪羔羊出現？她春風化雨之路不過三年，在老師群中年紀最小，她拿什麼資格指正校長？對，她並沒有資格糾正。

於是她不再回覆，直接關上螢幕，若無其事地研究起自己的指甲，研究完了再研究髮尾的分岔，期間她聽見張校長說：「在我看來，學生的紀律就出了問題，所以我們應該多加強這部分的校規，明文規定更多不能做的事。」

前半段陳老師還能點頭稱是，聽到後面兩句，她皺起了眉。

拔掉一小截分岔，她又抓起另外一撮。心裡想著：校長真是不明事理。

這時李老師開口：「我覺得老師之間也要多約束學生，要懂得以身作則，學生違規，老師們要指點出來。」目光有意無意地飄向陳老師。

這句話頓時如醍醐灌頂，在座的老師們同時點頭附和，就像在告誡對方：你們都要懂得如何對學生指點迷津。

會議在一小時後散會。

李老師叫住正要離開的陳老師，她說：「我一直想告訴妳，你們班經常有霸凌事件，還有很多同學都在上課玩手機，我剛才那番話就是在提醒妳，身為老師，就算再沒勇氣，也要學著如何管理學生。」

陳老師沉默點頭，但事實上她並不覺得自己疏於管理。

「那個霸凌事件我覺得妳要處理一下，我都已經看過不只一次了。」語落，她拍拍陳老師的肩膀，繞過她離去。

李老師覺得陳老師呆若木雞的樣子真不討人喜歡，她臉上的妝容也不討人喜歡，她看起來散漫又無知的樣子更不討人喜歡。自己的班級鬧出霸凌事件，而且如今已摻了性成分，這是多嚴重的事，班導卻不自知，她覺得陳老師實在不配為人師。

但其實那起霸凌事件陳老師是知道的，受害者就是班上某個披頭散髮的女孩，和人說話時眼神總是飄移不定，時常一個人縮在角落。她是單親家庭，她母親一個人兼了三份工，披星戴月地掙錢供應她學費，就是為了讓她能在優秀的高中成長，以後出去走路才有風，但女孩一直以來都不適應學校的環境，課業也不盡理想，加上背景清寒，讓她在高一下學期就被班上同學視為眼中釘，霸凌的開端就是從那時開始。

陳老師不想解決嗎？她是很想解決，但某次她在洗手間看見那位女孩被一個男生拽進廁所的時候，李老師就在旁邊，卻用無奈又惋惜的語氣說：「現在的孩子是越來越不懂節操了，唉，真是一代不如一代。」然後甩掉手上的水珠，和陳老師點點頭就轉身離去。

陳老師頓時慌了，難道李老師看不出來那是霸凌嗎？她覺得李老師那副置身事外的態度根本不配為人師。她正猶豫要不要進去廁所把人抓出來，上課鐘聲正好響起，她想到下一堂還有課，便對自己說：「下課了再來解決，嗯，下課再解決吧。」說著也離開洗手間。

於是錯過了女孩朝她投來的眼神。

陳老師邊想著這件發生在高二的事，邊回到導師辦公室，前腳才剛踏進去，就聽李老師不知道在跟誰說話：「他們正在裡面吵架呢。我就說這件事怎麼都沒被爆出來，現在的小孩就是無法無天，連這種事都幹得出來。」

陳老師好奇她在說什麼，一問之下，才知道那起霸凌事件就在他們會議結束後被揭發，爆料者就是那位長期被迫害的女孩，現在雙方家長都已經到校，正在校長辦公室談判。

她躲到門外偷聽，一道強勢的女人嗓音正好響起：「我不知道這種傷天害理的事情竟然能持續兩年都不被發現，我應該佩服學校的隱藏能力嗎？不如我先怪自己忙於工作好了。」

接著另一道嗓音開口，陳老師聽出那是張校長的聲音，「這位家長，您先別激動，您要怎樣的賠償都可以提出來。」

另外又有一男一女在一旁附和。

原先說話的女人冷笑一聲，淡淡地回應：「張校長，別看我窮就認為我傻，你們口口聲聲說的賠償，誰不知道那是什麼意思？」

陳老師本還想聽下去，卻被突如其來的鐘聲打斷，她心想：該死的鐘，每次都在關鍵時刻響起！邊碎念著邊離開校長辦公室。

隔天下午，風和日麗。

最東邊的仁愛樓在寧靜的上課時間突然傳來一聲巨響，接著是一陣尖叫，陳老師與其他班導從和平樓衝出，看見一個女孩雙眼緊閉躺在血跡斑斑裡，一股腥甜突然竄進她的鼻腔，她頓時跪倒在地上。

她想起昨天回到教室後，仍在班上看見那個女孩，她依舊蓬首垢面，孤獨地活在邊緣，些許不同的地方，恐怕就是她眼裡曾經還存有的淡淡光澤，如今已不復存在。於是陳老師把女孩留了下來，問她為什麼沒有離開？最後到底怎麼了？但女孩只說了一句話。

她說：「妳看過〈離開奧美拉城的人〉這個故事嗎？」

語落，她給了陳老師一個眼神，不等她回應便緩緩起身走出教室。

陳老師此刻突然想起了當時她並未留心的那道目光，女孩毫無色澤的眼神裡其實隱約閃爍著某種情緒，隱晦而透明，但它真實地藏在眼底。

她想起了昨天回家立刻看的〈離開奧美拉城的人〉。

她也想起，當時她只想著隔天再找女孩談談。

「結果她媽還是收了巨額賠償金，妳也知道，一個人再有骨氣，也抵不過現實的壓力，那賠償可是硬生生多了五倍。」方老師雙手環胸，嘆了口氣。

「做家長的怎麼可以就這樣賣掉自己女兒？」李老師皺起眉頭，滿臉唾棄。

陳老師還沒從震驚中清醒，嘴裡喃喃唸著：「我什麼都沒做、什麼都沒做啊……」

張校長站在自己辦公室的窗台，從百葉窗的縫隙中看著躁動的人群，他不斷告訴自己：「我只是為了學校的名譽，只是為了學校的名譽。」

救護車很快地趕來，在把女孩搬上擔架時，一張揉爛的紙條滾到了陳老師腳邊，她顫抖著撿起，上頭只寫了一句話：我一直在求救，可我只是奧美拉地牢裡的人。

陳老師的視線逐漸模糊，在朦朧的世界裡，她看見擔架上的女孩眼角隱約也滲出淚滴。

「我一直在求救，可我只是奧美拉地牢裡的人。」

※※※

距離那起自殺案件又過了一學期，就像個禁忌，全校很一致地對那件事絕口不提。

新的一年，這所優質學校再度注入一批新血，開學的第一天朝會，校長仍然將鏗鏘有力的嗓音遠遠散播至校園各處。

氣候依舊炎熱，司令台前依舊人群騷動，透過麥克風，校長依舊精力充沛地喊著亙古不變的標語。

「我們學校以學生為上，並且要求師生間的道德、紀律、人倫和公平……」

二〇一七　第一名　作者：劉庭羽　篇名：Stacey

於是許多年以後，當我終於遇見她，已能由衷微笑了。

監獄裡始終瀰漫著一股腐朽的味道，全面性地撲鼻而來，散不掉，很難聞。

我坐在靠近門的角落，在習慣這個味道以前，試圖讓自己多吸一些新鮮空氣。

獄友們正在玩牌，大多數都是上了年紀的大媽，玩起牌的叫聲就跟殺豬似的。

真無聊。我漸漸覺得厭煩。

「如果妳老是擺出這種不合群的表情，她們肯定會弄死妳。」突然，一道尖細的嗓音在耳邊響起，距離太近，紮紮實實地嚇了我一跳。

我轉頭，和一個頂著俐落短髮的女孩四目相接，她的年紀似乎不大，也許只大我幾歲，眼睛細細的，不是水汪汪的小狗眼，但是特別有氣質，她的小嘴微微張著，看起來習慣用嘴呼吸。

我將視線移向那些大媽，想起曾經看過的犯罪片裡最常出現監獄中老鳥欺負菜鳥的畫面，例如讓他睡廁所、例如不由分說就是一陣暴打。但是這些玩牌的女人打從我進來到現在四個小時的時間，始終保持著吆喝狀態，沒有要找我麻煩的意思。

「因為還沒到晚上。」似乎看出我的心思，女孩淡淡地說。

在我旁邊坐下，她直視著前方，「會進來這裡的人，大多是真的犯下重罪，妳自己想想，這些人的個性會好到哪裡去？」

「那妳呢？」我問，「我是指妳的罪刑。」

聞言，她忽然勾起一邊唇角，看起來有點壞，然而我卻沒有錯過她眼裡一閃即逝的痛苦，「妳看過《刺激1995》嗎？」

《刺激1995》，那是我最愛的一部老片。聞言，我點點頭。

她望向我，又回到先前的冷淡，沉默了一秒，接著說：「『進來這裡的人都說自己無罪』，這是電影裡那些獄友們說的，也是我想說的。」

她始終沒有告訴我她犯的是什麼罪，只用最適合她外表的淡漠語氣說：「我只想說，對我而言，監獄的生活就是選擇性地隨波逐流，適時配合他們，但是別忘了自己是誰。」

「假如《刺激1995》的安迪不能沒有音樂，那我會告訴妳，我是不能沒有對白。」

好多好多年以後，我站在監獄門外，終於明白了當年女孩的意思。

※※※

監獄裡的日子比想像中艱苦，但還算過得去。

如女孩所料，當天晚上大媽們果然行動了。

似乎想把一切的壓力和憤怒轉嫁到我身上似的，她們很認真地拚著老命找我麻煩。

她們欺壓我，叫我替她們擦鞋、伸手向我要錢、規定我不能吃午餐，我不聽話，她們便會動手，反正不被監獄長發現的行為，她們全都一併施加在我身上。

而那個女孩只是坐在角落，沒有參與，也不打算伸出援手。

於是我單打獨鬥，面對大媽們的攻擊，我見招拆招。我做不到女孩所謂的隨波逐流，畢竟我生來吃軟不吃硬。

但我也不還擊，畢竟誰也沒有興致逗弄一隻沒有反應的貓。

也許是我的不為所動，大媽們也漸漸覺得無趣，時間久了，他們依舊例行玩牌，卻不再對我呼來喚去。

我們的關係一直沒有改善，但也沒有惡化。就像兩個世界，井水不犯河水。

「我知道妳為什麼進來。」某一天，女孩嘴裡叼著一塊麵包坐到我旁邊。

她的處境和我沒什麼不同，差別只在於她能夠三餐得食，而我依舊沒有午餐。

但是無所謂，我本來就對食物不感興趣。

我不作聲，思考著她將要問的問題，以及我該如何回應。

但是一陣沉默過後，她的問題卻讓我微微詫異。

「妳為什麼不替自己平反？」

我愣愣地看著她，許久說不出話。

「妳沒有殺人吧？」她也回望著我，眼裡沒有迫切的好奇，這種距離剛剛好。

我低下了頭。

從來沒人這樣問過我，沒有人在意我是不是無辜的，只在意我為什麼殺人。他們想要的只是一個結果，中間的過程如何，那不是他們的興趣。

但是，

「妳沒有殺人吧？」

她是第一個懷疑我殺人事實的女孩。

我看著自己的手，許久後，才低聲呢喃。不是說給她聽，是說給自己聽的，「其實我明白他們為什麼會認為人是我殺的。」

女孩靜靜地聽著。

「畢竟……距離乖小孩的年紀，也已經有好一陣子了。」

我抬起頭望著遠方，思緒飄回好久好久以前。

※※※

「妳真是個無藥可救的孩子。」

高二的某個春日，辦公室裡，班導對著我說教的表情好無奈好無奈似的。

我沒有回話，不是無話可說，是懶得說。

「如果這是妳要的人生，那我也不想管了。」

原本該是讓人喪志的一句話，我卻毫無所動，依舊平靜地盯著自己的鞋子。

見我不反駁，班導冷淡地說：「回去吧。」

回去吧。

三個字，一句話，將我推進了最黑暗的囚牢。

人不是一出生就是壞小孩。

所以理所當然的，我也曾經是街坊鄰居讚不絕口的乖孩子。

「你們家姊姊好聰明呢！」「對呀，跟她妹妹相較起來，妹妹就稍微遜色得多。」「要是我們家的孩子也能像姊姊一樣出色就好了。」

這些讚美聽久了，也漸漸發覺掛在身上這塊名為「乖巧」的牌子越來越沉重，甚至除了這塊無形的牌子之外，還有另一方面的壓力束縛著我的思想、我的行為、我的人生。

曾幾何時，我連痛快地笑一場，都做不到了。

「我真的很討厭妳。」

我曾在很多小說裡看過這段情節。

關於兩個孩子被重視的程度不同而產生的忌妒，這種故事我總是看得心有戚戚焉。

「為什麼不管我做什麼都要被拿來跟妳比較？」

妹妹的眼裡充滿不服，我想起了某個小說裡的弟弟。

原來當時他就是用這樣的眼神和語氣在對自己的哥哥咆哮。

我沒作聲，只是望著妹妹。

「妳現在連回應我的態度都拿不出來了嗎？被大家捧得很高興吧？姊姊，當妳擁有一切的時候，哪怕一次，一次也好，有想到我嗎？」

有。

我在心裡答覆了上萬遍，但是看著她，我卻沒能說出口。

不知道為什麼，僅僅一個字，一個堅定的答案，卻讓我猶豫不決。

她見我依舊不說話，搖了搖頭，轉身離去時的眼神寫滿失望。

我想，假如我再沉默下去，恐怕連最後的機會都要失去。

「都給妳。」

我說。

她的腳步一頓，「什麼？」

我望進她眼裡，深吸一口氣，「妳想要的，我全都給妳。」

假如我再沉默下去，恐怕連最後丟棄牌子的機會都要失去。

※※※

「妳不是個好姊姊。」聽完故事，女孩做出評論。

即便是負評，我仍笑了出來，「我知道。」

「而且還很失敗。」她搖搖頭。

「我知道。」

我知道。

所以從那時候開始抽菸酗酒翹課打架，盡做一些不良行為的我，漸漸地失去了家人，失去了朋友，也失去了自己。

我真的很失敗。

「妳以為妳自由了，」女孩的語氣依舊冷漠，「但妳只是跳進了另一個牢籠。」

「妳以為妳很寬容，」她似乎很怨懟，好像她就是我妹妹似的，「但妳只是個為了自己著想的自私鬼。」

我沉默。

這是我第一次把自己的故事說出來，即便被女孩否定，也感覺輕鬆許多。

「但是，」女孩的聲音突然軟化，我抬頭望向她，「我好像看見了以前的自己。」

她躲開我的視線，低下了頭，只有這樣，她才能好好說完一個故事。

那是一個很悲傷的故事。

女孩是個孤兒。

她曾經以為自己被全世界拋棄，直到十七歲那年，一位身材略顯福氣的男人找到了她，並且毫不猶豫地將她帶走。

她以為她的人生將有所改變，但是沒多久，男人的性情大變。

「應該說原形畢露。」女孩再次勾起一邊唇角，試圖笑得輕鬆好掩飾痛苦。

原來男人就是當時新聞上吵得沸沸揚揚的通緝犯，作奸犯科，酒駕肇事，神奇的是沒人抓得到他。為了掩飾自己的身分，他領養了女孩，但是從來沒盡到養父的責任。

「那段時間沒有一天好過，每天除了擔心那個人會不會突然發酒瘋，晚上睡覺也害怕聽見腳步聲，房門加了三道鎖都沒用，妳知道那種感覺嗎？那種時時刻刻提心吊膽的感覺。」

女孩說，一開始她不斷抵抗，抵抗著男人的暴行，「我不能什麼都不做就放棄。」

直到她漸漸地墮落自己，甚至曾打算屈就於養父。

「那種自我放棄的感覺不是解脫，是更痛苦的深淵。有時候我很痛恨自己的懦弱，假如再勇敢一點，或許我可以親手把他帶到警局。」

所以女孩試圖振作，學習和自己對話，好找回自己。

「這就是為什麼我不能沒有對白的原因，因為某天，我似乎聽見了一個聲音回應我，她說：『不要撐了，放手一搏吧。』當我回過神的時候，那個人已經倒在血泊裡，那時我快十九歲，已經過了適用少年事件處理法的年紀。」

我始終安靜地聽著。

聽著女孩如何逃脫她的黑暗，聽著女孩如何冷靜地走進監獄，聽著女孩如何用雲淡風輕的語氣說著她的故事。

「很諷刺吧？原來生理上的不自由，才是真正的自由。」

當時，她理智地走進警局自首，提供了自己殺人的事實，然而她並沒有多言自己是義憤殺人，所以這樣的情節只適用刑法二七二條。

「為什麼？」我問，「為什麼不解釋？」

「我不想讓大家知道，領養我的人就是通緝犯。」她淡淡一笑，「聽起來挺屈辱的。」

我沉默。

「妳呢？妳的故事還沒說完。」過了一會兒，女孩輕鬆地換了個話題。

我啊……

我仰頭望著天花板，思緒再度拉回過去。

※※※

同儕殺人事件，其實我只是旁觀者。

當時被害人與肇事者發生口角，接著扭打起來。

事情越演越烈，兩個人從天台中心打到邊緣，我有點擔心，但也只是往前靠近了幾步。

然而上一秒才預想的畫面，下一秒就發生了。肇事者打中被害者的腹部，他向後仰倒，跌出了欄杆。

從頭到尾我都沒有動手，甚至當他摔落時，我還有伸手救他，雖然為時已晚。

「當時我不該衝過去的。」我看著女孩，「這讓所有人把矛頭全指向了我，畢竟打架這種事，我也不是第一次做了。」

他們說，是我和被害人發生摩擦，一氣之下伸手推他，才導致他墜落身亡。

「看著他們一個個堅定地說著，連我都差點相信。」我聳聳肩，漫不經心地扳著手指，「那一瞬間，我突然不想反抗了。」

女孩沒有露出困惑的眼神，只靜靜地聽著。

「當你發現全世界都跟你作對的時候，你會有股衝動連自己也放棄自己。」我靠著牆，想起當時的我。篤定，或者是自暴自棄。

「對，是我。」我看著所有人，意外地平靜，**「是我做的，我會去自首。」**

他們面露詫異，尤其是那位罪魁禍首。然而沒有人替我說話，好像我真的是兇手一樣。

「但是很奇怪，我竟然沒有任何恐懼和憤怒。」我回憶著那時的心情，說道：「我反而覺得解脫。」

直到現在，我仍不明白這到底是怎樣的情緒。

「也許，妳是想和自己和解吧。」女孩輕輕地說。

我望著她，沉默。

「曾幾何時，妳有沒有後悔過拋棄了原本的自己？」女孩問。

我依舊望著她，不作聲。

「當妳發現妳做的這個決定其實影響不了任何人的時候，妳有沒有後悔過，哪怕僅僅一瞬間？」

有。

我低下頭，聽見自己這麼說。

「我和妳不同，我從沒後悔過，因為當我摸著自己的心臟，能感覺它跳得很賣力，為了讓它這樣活著，我不後悔進來這裡。」

「但是妳不一樣，妳在和自己作對，所以妳才心甘情願地進來，因為妳試圖彌補些什麼，好對得起自己。」

女孩精準地解剖我，讓我一瞬間無法言語。

「如果想要被原諒，妳首先得原諒自己。」

她說，就算是整個宇宙失憶，也請別忘了妳是誰。

「當妳覺得困惑無助、沒有希望的時候，寫信給十年後的自己吧，問問她該怎麼做，或許妳會找到解答。」

監獄長查房時，女孩鋪好了自己的床位，躺到我旁邊，低聲說。

※※※

無風無雨的早晨，站在某間學校的禮堂後台，我閉著眼思忖著一路走來經歷的風霜。

脫離監獄生活的日子已過了一段時間，我不會想再回去，卻仍會在某個適合祭奠過往的日子裡，偶爾緬懷著那段曾經。

小時候，我曾設想過自己長大後的樣子。

可能是下一個突破雲端跨出人類一大步的太空人、可能是站上國家舞台宣示自己政見的領袖、可能是讓所有人一致讚嘆與崇拜的偶像，幻想過無數次的不切實際，然而如今，

「不好意思，演講時間開始了。」

工作人員的一句話打斷我的思緒。

我捏了捏包包裡的一疊信，深吸一口氣，緩緩走上舞台。

看著台下青澀的面孔，每一張臉似乎都在嘲笑我當年的自私。

「都給妳。」

「妳想要的，我全都給妳。」

假如當時我放棄了那最後拋棄牌子的機會，一切會不會變得不同？

我總是這麼問自己。

輕輕握起麥克風，我深吸一口氣，說：「我從沒想過，也不敢想像能夠收到十年後的自己的回信。」台下的孩子們表情變得專注，望著我的眼神有不相信也有詫異。

我的手放在包包裡，緊緊捏著那疊信，「當時我就像你們一樣不敢置信。」我聽見自己的聲音透過麥克風遠遠傳出去，在整個禮堂縈繞。

「我的獄友告訴我，『當妳覺得困惑無助、沒有希望的時候，寫信給十年後的自己吧，問問她該怎麼做，或許妳會找到解答。』那時候，我以為她只是單純地讓我與自己對話，並沒有言外之意。」

「然而我寫完了信，隔天卻在枕頭下發現了回信。」

※※※

假如當時我放棄了最後拋棄牌子的機會，一切會不會變得不同？

我總是這麼問自己。

「怎麼有封信？」隔天一早，正在收床墊的我發現了枕頭下的信，上頭寫了些字：致Stacey

「Stacey?」我喃喃唸著，轉頭遞給女孩，「是妳的嗎？」

「我已經不需要重新振作了。」女孩瞥了一眼，邊捲床墊邊說。

我困惑地望著她，不理解這句話的意思。

「先打開看看吧。」女孩說完，便轉身走進廁所。

儘管不明就裡，我仍打開了信紙，**「假如當時放棄了，肯定會變得不同，妳不會像現在這樣茫然，不會像現在這樣失敗，妳仍然會是大家心中的模範，但妳不會學到任何事情。」**

我瞪大雙眼，不敢相信前一晚寫給自己的信竟然收到了答覆。

「每一件事情的發生，都在教會妳一些道理，所以別後悔，這樣才不會對不起妳的曾經。」

有沒有體驗過手榴彈一瞬間爆炸的震撼？當時，這封信就像手榴彈一樣，震懾我的每個細胞。

「親愛的，當錯誤發生的同時，經驗也在累積，妳無法阻止現在的錯誤發生，但妳可以阻止下一次的錯誤發生。」

我盯著信紙，久久說不出話。

「我說過吧，當妳覺得困惑無助的時候，寫信給十年後的自己，她會給妳答覆的。」突然，女孩的聲音在我背後響起。

我嚇了一跳，轉頭望向她，只見她回望我，輕輕一笑。

※※※

「我相信你們現在肯定覺得神奇，或者依舊不相信我的話，但是無所謂，我只是想告訴你們，人生中無可避免地總會迎來幾場雨季，那些沖刷而去的，大多是再也無法相見的人或事。即便茫然無措，在淋雨的當下，也請別否定自己，因為風雨過後總會天晴。」我巡視著台下每一張臉，輕輕揚起唇角。

「當你覺得困惑無助、沒有希望的時候，寫信給十年後的自己吧，問問他該怎麼做，或許你會找到解答。」

結束演講，我站在廁所的化妝鏡前。

看著鏡中的自己，我想起了某些曾經。

「為什麼妳總是叫我*Stacey?*」

「妳要知道，每個名字都有意義。」

「我希望妳能重新振作，因為我想見見妳。」

「妳在哪裡?我該怎麼做才能找到妳?」

「我在一個很遙遠的地方。等妳終於願意出發來找我，哪怕一地的碎石子扎破了膝蓋，只要不斷前行，總會在那個地方與我相遇。」

「到時候，我會在那裡等妳，接棒替妳走下去。」

「所以妳一定要來。」

與自己和解真不容易，起碼我花了十年。

望著鏡中倒影，我緩緩揚起了唇角。

至少，至少在我差點要放棄之際，已經與她相遇。

「既然妳能和我對話，為什麼不出現在我面前？」

「親愛的，時光是不能倒流的。」

「所以妳只能不停地跑，才能追上我。」

就這樣在鏡子前定格許久，我的目光始終沒有從鏡中的自己身上移開。

那抹笑輕鬆地掛在臉上，連心臟也強烈地附和著，我彷彿看見鏡子裡的自己點了點頭，像在肯定我。

「現在，我終於找到妳了，」我低聲說，「是該換妳接棒了。」

「不。」我似乎聽見了細微的聲音，來自左心房，「我不需要替妳接棒。親愛的Stacey，妳還不明白嗎？既然妳已經獨自走到了這裡，那也一定能夠繼續走下去。」

「我希望妳能重新振作，因為我想見見妳。」

「所以妳一定要來。」

我輕輕按住自己胸口，緩緩地、緩緩地點頭。

一道沖水聲從第二間廁所傳出來，門打開，一個頂著俐落短髮的女孩走到了我身邊。

她的眼睛細細的，不是水汪汪的小狗眼，但是特別氣質。

和某個人很相似。

「大姊姊，妳真的有收到十年後的回信嗎？」她偏頭，用與我印象中那個女孩不同的語氣可愛地問道。

我望著她，沉默了大約五秒鐘，接著伸出手摸摸她的頭，

「親愛的，如果妳真想知道答案，何不自己去試試看呢？」

小時候，我曾設想過自己長大後的樣子。

可能是下一個突破雲端跨出人類一大步的太空人、可能是站上國家舞台宣示自己政見的領袖、可能是讓所有人一致讚嘆與崇拜的偶像，幻想過無數次的不切實際，然而如今……

如今，我只是平庸地站在這裡，用最自然的姿態，雲淡風輕地說一個故事給台下的孩子們聽。同時也說給自己聽。

於是多年後，當我終於遇見她，已能由衷微笑了。

二〇一七　佳作　作者：張雅萱　篇名：也許妳在捫心自問，什麼時候妳才可以真的忘掉

第一節　鯉魚

籃球系際盃已經到了尾聲，只剩下冠軍賽。

許娜知道真琴她們一定可以贏的，因為這是一直以來的信念。只是許娜不明白，昨天課後為何真琴要對她這麼說。

「我們要是輸了，我就跟妳交往。」

中午用餐時間，學生餐廳充滿前來用餐的學生與師長。坐在餐桌前，許娜腦中不斷浮現真琴的模樣與說這句話時認真的語氣。看著桌上的飯菜，拿著筷子的右手一下抬起瞬間又放下。

今天的比賽是晚上七點。許娜雖然可以不用去游泳隊的練習，但心中又有些抗拒。許娜不想看見真琴

輸掉比賽，卻無法放棄唯一可以跟她在一起的機會。矛盾複雜的心情讓她毫無食慾，終於，許娜還是放下手中的筷子。

「小娜，怎麼一個人在這？」熟悉的聲音喚起自己，許娜抬頭看，是怡蓁跟真琴。

「學、學姊好。」許娜有些驚慌，尤其是看著真琴的時候。

兩人隨後坐在許娜的對面。點完餐後，怡蓁去隔壁買杯飲料，留下真琴和許娜獨處。許娜一直不敢抬頭看真琴，埋頭吃著飯菜，但完全吃不出味道。

「妳很餓嗎？」真琴疑惑問道，也許是想化解僵局。

「嗯……」許娜仍然低頭。

真琴看著許娜怪異的模樣感到無奈，雖然知道是自己讓她變成這樣，卻也無法說些什麼。

「你們聊什麼？」怡蓁剛坐回座位，許娜便站起身。

「我吃飽了，學、學姊再見。」許娜低頭快速離開，連背包都忘了帶。

怡蓁納悶，真琴卻顯得很平靜，只是拿起對面座位的白色背包，隨後走出學生餐廳。

徘徊於第一學生宿舍的大門，許娜慌張的模樣跟真琴猜想的一模一樣。

「許娜。」名字被人喚起，轉身便看見真琴拿著自己的背包。

黑色長髮披肩垂落，五官深邃，雖然穿著藍色系外套與運動服，卻還是充滿女性魅力。

「背包不要了嗎？」許娜定格許久，直到真琴問出這句話。

安靜地接過背包，兩人不再說話。隨後真琴轉身準備離開，卻被許娜從身後抱住。

也許只聽見咚的一聲，白色的就是容易髒。

許娜的臉都紅了，逐漸冒汗的雙手，真琴也感覺到了，卻也無法做出什麼。

「學姊……我、我不想跟妳交往。」許娜盡力讓自己的聲音聽起來正常些，但她根本做不到。

真琴知道許娜這句話的意思。雖然這本是她希望的結果，心中卻有些失望。不直接開口拒絕，也許是不想傷害許娜。但是不直接說出口，許娜就真的不會受傷了嗎。

第二節　少女

「不試試嗎？」怡蓁指著在籃球場奔跑的人影。

「我喜歡的是男生。」稍微黝黑的膚色，不知是長期在外運動曬成的，或是基因給予真琴的。混血的身分，一直都是吸引人的目光。

「呵啊！」許娜睜開雙眼，淚不自覺流出。宿舍的白色天花板，米黃色的窗簾隨風飄動。

一年級在籃球新生盃時無意間聽到的對話，如今做夢都還是會夢到。

看著手機螢幕上顯示的時間，已經傍晚了。爬下床，許娜決定先去吃些東西，晚上還要練習游泳，也許。

走到鏡子前，許娜摸了摸蓋過耳朵的髮。

「必須去剪了。」許娜對著鏡子的自己說著。

十分鐘後，許娜整理好一切準備出門，此時小琪與柔安正好回來。

「你要出門啊，學生證給妳，剛好副班代蓋完註冊章了。」小琪遞給許娜學生證，看著這張證件，她突然有些感慨。過往的長髮，似乎不會再出現。

許娜謹慎的將學生證收回皮夾裡，因為如果沒有學生證是無法進出宿舍的。而許娜也希望這是唯一讓她這麼重視學生證的原因，真心希望。

夜晚，游泳池的水花不斷且相當大，自由式已游了八趟，不過許娜的速度並沒有慢下來太多。然而，教練卻覺得今日的許娜狀況不好。

選手都希望比賽的時候，心可以靜如止水沒有過多雜念。只是情緒這種東西，向來都不是由自己控制的。

當許娜即將游完第十趟，教練已下水阻止她繼續游下去。許娜站起身，泳池的水位在她肩膀的位置。

「我以為妳今天不會來，但妳來練習了。我也以為妳已經可以控制妳的腦袋，卻忘了妳還不會釋放妳的心。」教練語重心長對許娜說這些話。

許娜拿下泳鏡，她也以為自己已經哭完了，此刻卻發現自己只想拿練習當藉口，把心情沉入池水中，以為就可以瀟灑的拋棄所有，可惜她根本做不到。

「許娜，從妳進學校後，女子的紀錄保持人一直是妳。妳表現得很好，可我不知道妳這麼努力是為了什麼，但我猜一定不是為了妳自己。」離開水面，許娜雖看不清方向，卻聽得很清楚。

瘦小的身體，顫抖的雙肩，三月的空氣還是有些冰冷。

泳池內的打水聲此起彼落，許娜卻再也聽不見。

熱水流過全身，只有全身赤裸的時候，許娜才會重新檢討自己。水蒸氣讓鏡面起霧，許娜不再理會。重新整理好自己，雖然已經遲到，但還不算晚。揹起白色背包，走出泳池才發現的雨，抓緊背帶，只是毛毛細雨，一定不會結束的。

許娜以為自己是很平靜的走著，直到室外籃球場的燈照亮影子，她才承認自己是有點喘。

第三節　籃板球

「真琴畢業後會去日本。」怡蓁不忍說，卻也無法隱瞞。也許替許娜感到難過，但兩人會分離，並不是最傷心的主因。

「謝謝學姊。」許娜一說出口，身旁的客人便用異樣的眼光看向兩人。

自從為真琴做了無數的改變，許娜已不再對自己的樣貌感到不適。儘管生理上還是女性。

日本大學與體育系有了交流，雖然在語言方面許娜有些困難，但透過真琴的翻譯與日語課的練習，使大家與留學生有了交集。

「學姊，妳雖然不常回日本，但是很喜歡日本吧。連手機的頁面都是使用日文的。」日語課的十分鐘休息期間，許娜總是圍繞在真琴身邊。

「不，我只是習慣了，所以懶得換掉。」真琴關掉手機螢幕，黑色屏幕映照出自己的臉。

有一個台灣的父親，讓真琴姓林，而不是小林。有一個日本的母親，為她取名真琴而不是真心。原住民的遺傳讓真琴擁有深色的皮膚，日本的文化也因此讓她穿上和服。良好的運動細胞，認真負責的態度，偶爾的沉默不語，使她多了成熟神祕的氣質。不到一百六十公分的嬌小身材使異性們喜歡，與人也不會有距離感。也許就某些方面來看，真琴可以說是毫無缺點。真琴也願自己真的這麼完美，可惜人越完美就越會遭受上天忌妒。

課後要與朋友們一同吃飯，走到一半許娜才發現手機遺忘在日語教室。回頭走回教室，見怡蓁在擦黑板，今日的打掃工作是她與真琴。說來也讓許娜有些吃醋，雖然怡蓁早已心有所屬，卻總是和真琴走在一塊。高中同學的身分，不免讓人在意。

「為何一直看著我，不是找到手機了嗎？」放下板擦，怡蓁感覺許娜的眼神略帶敵意。

擁有一百七十二公分的身高，未過耳的灰色短髮，中性穿著，若單看外貌，確實有很多人將怡蓁看成男孩子。而且她的成績優異，是球隊的中鋒，個性幽默風趣，還是個富二代。基本上，高怡蓁就是許娜夢寐以求的集合體。

「學、學姊，妳為什麼不會喜歡真琴學姊呢？」握緊了手機，許娜不禁問出口。

怡蓁微笑，她已猜出許娜的心思。隨後怡蓁拿起白色粉筆開始在黑板上寫字，不過只寫了兩個字，漢字。

「元、元彼？」許娜不自覺將字說出。此時去倒垃圾的真琴已走回教室，感覺眼前兩人氣氛詭異，直到看見黑板上的字，她才瞪了怡蓁一眼。

怡蓁放下粉筆，向前摸了摸許娜的頭，走出教室。

獨處並非適合每個人，尤其是在突如其來的時候。

三月的微風吹過站在前門口的許娜，唯一能做的只有漸漸鬆開手。雖然不懂這兩個字的意思，但許娜想聽真琴訴說這個詞對她的意義。可惜，這個世界不論誰都不可以要求誰看見自己的付出。

真琴默默走向講台將字擦掉，不說話因為不需要，所以她說了自己的決定。其實早在許娜第一次向自己表白時，這個決定就該說了。

第四節　別來無恙

記分板上顯示著兩方差距，只有兩分。

逐漸下大的雨，許娜分不出誰領先誰落後。因為她唯一看見的，只有綁著馬尾，雖然矮小卻速度極快的真琴。不論是雨是汗還是淚，哨聲響起，許娜只想大聲吶喊，不要輸。

室外球場的涼亭擠滿了人，真琴和許娜也在其中。

雨大場地濕滑，會延賽是為了大家好，卻讓所有人看不見結果。

「現在呢？再等半小時？」身旁學長們的討論許娜聽在耳裡，隨後轉頭望向真琴。見真琴頭上蓋著毛巾，身上的球衣早已濕透。幾分鐘下來真琴沒有說話，但先打破沉默的是她。

「下雨很煩。」真琴將外套穿起，大概已猜到比賽是不會繼續了。

「那、那我是不是可以繼續……」許娜低下頭，說話的聲音越說越小。

真琴轉頭注視著許娜，如今已不見當初新生時的長髮，而男版運動服更顯得許娜的身材瘦小，刻意的壓低聲音與假裝瀟灑的行為只讓人覺得不協調。雖然不曾開口告訴過許娜，但她的改變太突兀，讓真琴有些自責。

「小娜，妳怕冷嗎？」真琴握拳推了推許娜，試圖讓此刻的氣氛不那麼緊張。

「我，有一點。」

「其實我有一個方法讓妳不會再怕冷。不用花錢，隨時隨地都可以保暖，只是需要一點時間。」真琴淺笑，許娜好奇。

「小娜。」許娜仔細聽著。

「去留長髮吧。」

二〇一六　第一名　作者：江芳瑜　篇名：王蕙蕙

甲乙丙三個人的媽媽提著水走在路上聊天。甲的媽媽說：「我的兒子最乖了，國語數學樣樣科目都拿手，上次還考了全班第一名呢！」。乙的媽媽說：「我的兒子比較好，力氣大，又擅長運動，上次在全縣的田徑比賽拿了第一名呢！」。走到家門前，丙一個箭步上來幫媽媽提水，並說到：「母親，您辛苦了，我來幫您提吧！」。

整篇都是紅色圈圈，市集套圈圈攤位也是長這樣，小時候爸爸帶我去街市散步，最常玩的就是套圈圈了，爸爸很會玩套圈，他常跟我說要瞄準目標，抓到自己適合的角度，一套，兔寶寶就被套牢了。有時候走著走著，我累了，就會在爸爸背上睡著，醒來後爸爸就會拿隻兔寶寶在我面前，那是爸爸的魔法。

「蕙蕙，過來訂正」，吳老師拿著棍子一直戳我的國語作業簿，好像套圈圈的老闆到最後總會拿個木棍把地上的圈圈全部套到木棍上收好。

「問你說哪一個人的兒子最孝順，最孝順喔，你再去看一下。」

我的眼睛一直停留在文章上。

「你在發什麼呆，這篇文章是說孝順對吧？懂嗎？」

我的眼睛一直停留在文章上。

「我們學校老師沒有說文章是在講孝順！」跟我同班的張嘉哲跑過來跟吳老師說。

「題目不是問你『如果你是媽媽，你覺得哪個小孩比較孝順』嗎？」吳老師把套圈圈棍子指向嘉哲。

「可是這篇文章沒有標題。」

「那我現在告訴你，它是有關於孝順的一篇文章，回去訂正。」嘉哲身上沒有紅圈圈，因為他的作業已經訂正完了。

「我就覺得是丙啦，反正你就寫丙吧，快寫完我們才可以一起玩。」嘉哲悄悄地跑過來蹲在我旁邊，大力地拉著我的外套袖子。

「王蕙蕙回家，王蕙蕙回家」

廣播！是廣播！

「蕙蕙，你下去請爸爸等五分鐘，說你還在寫作業。」

右腳一步，左腳一步，樓梯對我來說很大很高，我怕摔倒，小心翼翼地用兩腳同時採一個階梯，別人笑我走得慢。

一下來透過玻璃門，我就看到家裡的爸爸兩手插腰，雙眼正盯著天花板，看那飛蛾圍著燈泡跳舞，牠們都不會覺得熱嗎？

「啊你好了沒？又要等你嗎？」

我點頭。

「怎麼又這樣呢？我今天工作很累，想快點回家。」

我看到飛蛾在家裡的爸爸頭上繞圈圈。

家裡的爸爸想回家，他是屬於家裡的人，不能隨便出來，更別說等我下課。

「功課快點給我，蕙蕙。」

「這次終於寫對了，這題你懂了嗎？」

我點頭。

「你快點收拾書包，免得爸爸又生氣。」

吳老師低下頭了。

「王蕙蕙掰掰。」

「張嘉哲掰掰。」

安親班的樓梯特別滑。

我坐上摩托車，在家裡的爸爸背後，吹著風，好舒服，好想睡。

在夜晚，路旁的田有種奇怪的味道，濕濕的蟲子味，小時候在越南的家，我也嚐過這個味道，好像是有次因為好奇隨手把泥巴拿起來吃，不小心吃到蟲子，濕濕的蟲子就是這種味道。

回家的路好黑。

今晚沒有月亮。

只有黃黃又灰灰的路燈。

路燈周圍全都是飛蛾。

「伊功課閣袂曉啊。」家裡的爸爸跟媽媽說。

「有哪一題不會啊，蕙蕙？」

媽媽很溫柔。

「我明天六點就欲去做工啊，我先來睏，汝給伊教乎會。」

「你要吃草莓嗎？我有買。」

「免。」

「來，吃草莓，媽媽今天去市場買的，王阿姨那一攤，很好吃喔！」

草莓有很紅的，有黃的，甚至還有白色的。

我喜歡從長得最奇怪的開始吃，最後吃又大又紅長得又漂亮的。

很甜。

「好吃嗎？」

我點頭。

「聯絡簿拿出來吧，還有功課哪一題不會寫給我看。」

我不想把聯絡簿拿出來，不過我還是拿了。

我不想讓媽媽生氣難過。

蕙蕙的媽媽：

蕙蕙最近國語都錯很多題，越來越退步，我有跟安親班老師聯絡，並一起討論如何給蕙蕙增強語文能力，還請媽媽在家也要緊盯她的功課喔！

老師　夏若萍

「蕙蕙，你的國語退步了嗎？」

我知道媽媽看不懂老師寫的生字，但媽媽永遠跟聯絡簿上的字有心電感應。

我點頭。

「沒關係我們慢慢來。」

「嗯。」

「今天的數學功課給我看。」

數學課本是本很破的本子，有次被夏老師狠狠的摔出窗外，我有哭。

「老師早上十時三十二分搭飛機去美國，經過一七小時四十九分終於到達目的地，請問到美國的時間是隔天上午幾時幾分？」

老師……是幾點幾分……？

「這邊三十二分加上四十九分等於幾分？」

我列出算式。

「七十一分。」

「你忘記加一了。」

「八十一分。」

「很好。那十時加十七時呢？」

「二十七時。」

「答對了。那八十一分是不是要進位，一小時幾分啊？」

「六十分。」

「很好，所以這邊進一小時變成二十一分，二十七小時變成二十八小時，那一天幾小時呢？」

一天幾小時？一天幾小時？

「六十。」

「不對，再來。」

我記得課本上有教過，好像擺在左下方，告訴我們一天有幾小時，老師說那叫「常識」，好像是不需要背就會的東西。

「一天二十四小時喔，給我唸十次。」

「一天二十四小時，一天二十四小時，一天二十四小時……」一邊念，一邊手數著到底念幾次了，我昨天在安親班念了十五次。

「所以這樣進位，就是隔天了嘛，變成四時二十一分，所以答案是隔天早上……？」

「四時二十一分。」

我好像懂了。

我跟媽媽一起複習了好久好久的功課，好像有用到二十四個小時，我終於可以去洗澡，然後睡覺了。

明天我要到學校操場去看黃弘霖跑步，我很喜歡他，我希望有一天黃弘霖來跟我說話。

明天莊佳萱說要帶串珠給我玩，我希望我們可以做很多條手鍊。

我希望明天陳柔恩告訴我她喜歡誰，她都一直不告訴我。
我希望明天夏老師可以稱讚我，然後不要那麼兇，希望她明天心情很好。
希望明天的營養午餐有肉燥。
希望明天功課很少，甚至沒有功課。

五月十八日／星期三／下一點點雨

今天在操場玩鬼抓人，我們玩的（錯誤：得）很高興，後來一進教室時，張嘉哲就告訴我我的國語小考考六十四分，張嘉哲考了九十五分，我以後要努力的付（錯誤：複）習功課。
今天老師穿得很漂亮，粉紅色的裙子，我最喜歡粉紅色了，紅色的高跟鞋，白色的髮箍，長長的黑頭髮，好像童話故事裡的公主。如果是森林小動物，那老師一定是小白兔。
全校的老師、同學都覺得夏老師是全部的老師裡最漂亮的，媽媽也這樣覺得。
「今天線上語文測驗的成績出來了，你們考得有點差。」
大家都跟我一樣安靜。
「我們考得比四年二班差，我給你們的功課你們真的有認真複習嗎？」老師用力的拍著桌子。
看來夏老師今天心情不好，我很難過，我們又犯錯了。
「聯絡簿拿出來，今天的功課就是罰寫一次錯的題目！」
大家拿起聯絡簿。
「等我寫完你們再寫。」
老師在黑板上寫著今天的功課有什麼，我們等著。
啪。

張嘉哲在裝筆芯，很大聲。

全班好安靜，一起看著張嘉哲。

「張嘉哲你給我站起來！」

老師大聲的吼。

「我不是說上課不能有裝筆芯的聲音嗎？」

老師走到張嘉哲的旁邊，大力拍了一下他的頭。

張嘉哲哭了。

張嘉哲完蛋了。

「你去廁所給我把眼淚擦乾，老師喜歡哭的孩子嗎？」

「不喜歡。」全班像機器人一樣回答。

「我已經說過多少次了，我不喜歡聽到上課裝筆芯的聲音，這是班規。」

「現在，沒有七十分的，通通到前面排隊，陳柔恩，張佳琪，吳子瑄，許明哲，葉信佑，王蕙蕙……」

慘了。

「……林智維，許順平。」

「來領一下棍子。」

老師用力地朝我們手心揮，那根棍子也像是安親班吳老師的棍子，也像是套圈圈的木棍。

「下次要用功，知道嗎？」

大家都點頭。

「好，現在，把黑板上的功課抄一抄。今天除了罰寫，還有一項作文。」

又是寫作文。

「這次的題目是『我最喜歡的水果』，今天先寫前面兩段。」

老師把稿紙發下來，我喜歡綠色格子的稿紙，稿紙有一種香味。

「第一段，請大家簡單描述自己喜歡吃的水果，寫外表，或是味道。第二段，為什麼喜歡這種水果？你可以想到它可以做成什麼東西？來，我們請同學說一下，莊佳萱。」

「我最喜歡的水果是蘋果，因為媽媽說它有豐富的維他命c。」

「很好，下一個，林昀琦。」

「我最喜歡的水果是香蕉，因為它香香甜甜的，又可以做成香蕉巧克力蛋糕。」

「很好，王蕙蕙。」

我的心跳很快。

「怎麼了？說啊。」

「我喜歡草莓。」

「你說大聲一點。」

「我喜歡草莓。」

「為什麼呢？」

「因為……」

我停頓了好久，有二十四個小時那麼久。

下課鐘打。

「好，希望你明天作業交得出來。大家下課。」

「我們一起去操場玩吧。」我跟柔恩還有佳萱說。

「好啊。欸，你們剛剛考幾分啊？」佳萱問。

「我考六十七。我的手好痛。」柔恩說。

「我才六十四而已欸，哈哈」

柔恩竟然比我高。

「考最高的應該是你吧？」柔恩指著佳萱。

「我考九十八。」

「哇，好厲害。」我跟柔恩一起說。

我很羨慕佳萱，成績很好，又會彈鋼琴，我很喜歡她這個朋友，她有好吃的東西都會分我們吃。

我也喜歡柔恩，因為她都跟我考同分。

太陽好大。

我好失望。

黃弘霖沒有來操場。

「下一節課一定可以看到他。」柔恩安慰我說。

「我們先回去吧，太陽好大，下一節課再來。」佳萱很怕大太陽。

下一節課還是沒看到他。

「我們回去玩串珠吧。」柔恩跟我們說。

「好啊，好啊。」

我想一次黃弘霖，我的串珠就多一顆，本來想做手鍊的，我把它作成項鍊了。

我戴在身上，希望黃弘霖會看見。

今天我都沒看到黃弘霖。
連經過五年一班的教室時也沒有看到他。
今天就這樣過了。
我想不出來「最喜歡的水果」作文要怎麼寫，我去問吳老師。
吳老師依然把句子寫在紙上，我把它抄上去。
「我跟你說，『草莓紅紅的，甜甜的，外表像鑽石，但是卻很脆弱』，是『脆弱』，不是『脆若』，不會寫去查字典。」
我抄完，又拿給老師看下一段。
「你下一段可以寫草莓製成的東西，你有吃過糖葫蘆嗎？」
我搖頭。
「夜市在賣的那種，你沒吃過？」
我搖頭。
「那你有吃過草莓蛋糕嗎？」
我搖頭。
「好，沒關係，你有看過草莓蛋糕吧？」
我點頭。
「好，你就介紹草莓可以做成糖葫蘆、草莓蛋糕、或是草莓牛奶，你聽過的都寫上去。」
我點頭。
「對了蕙蕙，今天夏老師有處罰你們嗎？」
我點頭。

「老師，今天我被老師打頭。」嘉哲跟老師抱怨。
「什麼？你被夏老師打頭。」
「對啊，我還哭了。」
「好，你快去寫作業。」
嘉哲看起來心情恢復了。趁著吳老師去上廁所的空檔跟陳佑勳玩射橡皮筋。
「欸，王蕙蕙今天也被打。」嘉哲跟陳佑勳在聊天。
「真的假的，可是你們班老師很漂亮欸，跟我媽媽一樣漂亮。」
「也跟方瑜綾的媽媽一樣漂亮啊。」
方瑜綾的媽媽真的很漂亮，瘦瘦的，白白的，又有咖啡色的捲髮，很像芭比娃娃，都穿著花花綠綠的裙子，講話很溫柔。方瑜綾長得跟她媽媽很像，又會跳舞，很多人喜歡她，我們班也有男生喜歡她。
「我知道誰的媽媽很俗。」方瑜綾說話了。
方瑜綾看著我，一邊偷笑。
「王蕙蕙，很痛嗎？」陳佑勳問我。
我點頭。
「今天黃弘霖沒有來安慰她。」嘉哲一直說我的祕密。
「你是說我們班的黃弘霖嗎？」方瑜綾又說話了。
「對啊，王蕙蕙喜歡你們班的黃弘霖。」
瑜綾又偷偷笑。
「欸王蕙蕙，你脖子上那個項鍊是什麼東西啊？好俗喔。」
好希望他們安靜。

老師終於下來了。

「瑜綾，你爸爸來囉。」

瑜綾開心地收拾書包，準備去舞蹈班上課，她每個禮拜四都會去，不管功課有沒有寫完，都會提早下課去練舞，走過我旁邊時還飄過了一陣香味。

我的作文終於寫完了，今天不用留下來寫，可以六點下課。

我在一樓跟嘉哲玩串橡皮筋，橡皮筋像套圈圈的圈圈，也很好玩。

我聽到拖鞋下樓梯的聲音，那是吳老師。

「劉老師，我跟你說，今天夏老師又打他們了。」

我在外面玩，聽得到吳老師跟劉老師說的話。

「這樣啊，他們老師有這種習慣喔，聽說之前更嚴重，現在有點收斂了。」

「這沒必要通知家長嗎？」

「其實他們家長都知道。」

「那怎麼還會這樣呢？」

「我們其實也不知道事情的原委輕重，那一定是小朋友不乖，老師才會處罰，家長也是這樣認為。」

「可是，打頭有點太嚴重了。」

「對啊，可是家長沒反應，我們也不能說什麼。」

「我想要打給學校反應一下，可以嗎？」

「我們安親班立場有點尷尬，因為我們必須要跟學校老師保持良好關係，如果不清楚事情的來龍去脈就告發老師，我怕在學校小朋友會被老師貼標籤。」

「嗯。」

「聽說這次蕙蕙語文測驗考不好，夏老師怪到我們安親班頭上來。」

「真的假的？」

「對啊，之前學校作業都會好心地提供我們解答，現在都不會了，因為她會想說我們是不是把解答給小朋友們看，不然為什麼作業都ok，但測驗成績都退步，但她也沒想到這次用電腦測驗，小朋友點錯答案都有可能，你也知道蕙蕙有學習上的困難……。」

「可是……」

「其實我們跟夏老師的關係還不錯，也很照顧我們安親班。」

「是喔。」

「聽說她之前比較過分，是穿高跟鞋踢人喔！但現在有比較收斂，但是夏老師很漂亮喔！」

「這麼恐怖。」

「所以我勸老師，你不要問了，要告發就交由家長去，如果家長沒反應那我們也沒辦法。」

「恩，謝謝劉老師。」

我喜歡不打人的夏老師，希望老師可以不要那麼常生氣。

今天是媽媽來接我下課，媽媽說家裡的爸爸已經睡著了。

我把串珠項鍊塞到媽媽的手心，媽媽摸著我的頭微笑著，並馬上戴上。

媽媽背的味道沒有像家裡爸爸的背的味道那樣是汗臭味，是浴室沐浴乳的味道。

今天也是沒有月亮，但回家的路很亮，媽媽騎另外一條比較亮的路，路邊有很多賣水果的跟小吃攤，這條路沒有濕濕的蟲子味。

功課都完成了，我今天很快就睡著了，我跟家裡的爸爸一樣很累。

五月十九／星期四／天氣晴

今天陳柔恩帶了串珠給我們玩，我串了好多顆，把他（錯誤：它）串成一條大項練（錯誤：鍊），我覺得我們做的項鍊都很漂亮，希望下次可以做很多條。

今天柔恩請假沒來，聽說是感冒了。

「我們今天要去看黃弘霖嗎，蕙蕙？」佳萱問我。

「今天我想去逛福利社，我不想去操場。」

我不想看到黃弘霖。

我不想嘉哲又把我的祕密說出去。

我不想被方瑜綾笑。

「蕙蕙，你過來一下。」

我過去。

老師今天穿著白色的洋裝，綁著馬尾，看起來心情很好。

「你的作文，是安親班老師指導你寫的嗎？」

我點頭。

「好，那今天第三、第四段不准寫草莓蛋糕喔！太沒創意了。」

我點頭。

回到安親班，大家一直圍著劉老師班的窗外，好像裡面有什麼怪物。圍著一個我沒看過的男生。

「他是誰？」我問嘉哲。

「他是○○國小一年級的，新來的，聽說之前住在越南。」

越南！我之前也住越南。

我好奇的看著那個小男生，他平頭，頭頂上有一撮少少的頭髮，好像玩具總動員的蛋頭先生，胖胖嘟嘟的，身上戴了一個超大的平安符，我好想認識他，說不定我們以後可以一起回越南，但他講的話好像迪士尼的布魯托，我都聽不懂他在說什麼。

「欸，剛剛那個新來的，好奇怪喔。」陳佑勳跟吳老師說。

「欸，不准說別人奇怪，有人說你奇怪你會高興嗎？」

「我聽說他都不吃菜，只吃肉和醬油。」

「好噁心喔，只吃肉？」方瑜綾說話了。

「我那天聽劉老師說，他在越南的家人只給他吃飯配醬油，有時候會吃肉，所以他來台灣都吃不下菜。」嘉哲知道很多八卦。

「所以越南都沒有菜喔？」楊惠婷擺出很奇怪的表情。

「對啊，而且他好像也不會說國語。」陳佑勳也知道很多八卦。

越南明明就很多很好吃的蔬菜，有蟲子的土怎麼可能沒有種蔬菜？雖然越南的肉真的很好吃。

「好了好了，閉嘴，快寫功課。」

我還是拿著作文去問吳老師。

「夏老師說不可以寫草莓蛋糕。」

「你說什麼？為什麼不可以寫草莓蛋糕？」

「我們老師說沒創意。」

我覺得吳老師很生氣，我不希望吳老師生氣。

「嘉哲，你的作文拿給我看一下。」

嘉哲還是比我早完成功課。

「我們老師說要寫創意料理啊，我寫把鳳梨加上很多水果做成水果派。」
「哦，我懂了。蕙蕙，那你就去想個很創意的東西，隨便你要寫什麼都可以。」
「可是我想不出來。」
吳老師嘆氣，我不想讓吳老師生氣。
「啊，那你就寫『草莓火鍋』，夠創意吧！」
我點頭。
「唉唷，草莓火鍋，聽起來好噁心。」嘉哲講話很大聲。
「不是要創意料理嗎？」
我點頭。
「你就寫『我想把草莓加在火鍋裡，因為冬天吃很適合，保暖又有豐富的營養，我以後會把它做出來』，最後再寫『希望老師和同學會喜歡這鍋粉紅色湯頭的草莓火鍋。』」
我也覺得草莓火鍋很噁心，但我寫不出來別的，因為草莓很貴，媽媽也不常買給我吃。吳老師也跟我說要怎麼寫了，她看起來好像很開心，我也覺得很開心。
今天我的功課很快就完成了，吳老師撥電話給媽媽說可以早一點來接我。
希望今天是媽媽來接我，今天有夜市，媽媽都會帶我去，家裡的爸爸不會帶我去。
「王蕙蕙回家。」今天的廣播好大聲。
很不巧，今天是家裡的爸爸來接我。
「卡緊，今仔日有夜市，我帶汝去迺迺。」
我有沒有聽錯？家裡的爸爸竟然這樣跟我說。
今天我看到一點點彎彎的月亮掛在天上。

回家的路因為經過夜市，所以很亮很亮。
家裡的爸爸的棉被依然有汗臭味，因為今天太陽很大，工作很辛苦吧。
「媽媽講，汝尚愛套圈圈啦，我帶汝去玩。」
今天明明沒下雨，但路上卻有濕濕的蟲子味。
這是家裡爸爸第一次帶我來夜市玩。
很可惜，我什麼都沒套到。
「不要緊，下次再擱來。」
我叫家裡的爸爸玩給我看，但他拒絕了，他說不會玩。
「汝想欲吃啥？草莓好嗎？」
「好。」
我竟然買了草莓，一盤小小顆的草莓，真的好像鑽石。
今天好好玩。
我趕緊回家把草莓吃完，我怕草莓被做成草莓火鍋。
「媽，草莓可以做成草莓火鍋嗎？」
「哈哈，你想吃，下次可以試試看啊！」
「草莓火鍋啊，真趣味。」家裡的爸爸笑了。
「蕙蕙，等一下幫媽媽洗碗好嗎？」
「好啊。」我點頭。
「想毋到，汝也真友孝。有孝，孝順啦，聽有嘸?汝很乖。」
我點頭。

孝順是幫忙做家事。

晚上睡覺時，媽媽來哄我睡。

「蕙蕙，今天一定很高興吧？」

我點頭。

「爸爸很辛苦工作，存錢讓我們從越南過來台灣，讓你在台灣讀書，交到很多朋友，你要感謝他，以後也要一起孝順他喔。」

「好。」我今天很喜歡家裡的爸爸，希望我每天都可以玩到套圈圈。

我也不會忘記在越南的爸爸，那是我真的爸爸，套圈圈很厲害的爸爸。

我記得爸爸有天沒有回來。

我記得媽媽在越南一直哭。

我記得我姓阮，後來忽然姓王。

我記得我睡在越南的小房間，一覺醒來忽然降落在台灣。

夏老師有一次說：「有坐過飛機的舉手。」，我應該有坐過，不過我忘記了。

我記得我在越南讀幼稚園常常被老師處罰，因為太愛講話。

可是後來不知道為什麼我不想說話，我覺得講話很累。

在越南時住在我旁邊的鄰居哥哥，他是大人了，但很喜歡跟我們這些小孩玩，有天他把我叫過去脫掉我的褲子，用他尿尿的地方一直撞我尿尿的地方，大哥哥說那也叫套圈圈，後來我哭了，哭得很大聲，因為很痛。

有人把門撞開，然後我就睡著了。

後來醒來我就看到媽媽在我的旁邊一直哭，叫我不准再去找鄰居大哥哥玩。

隔天醒來我們就在一個全新的地方生活。

沒有很高的房子，只有矮矮的，舊舊的房子；沒有鄰居大哥哥，只有老老的，皺巴巴的奶奶。

我不知道為什麼媽媽要帶我來這裡，我有點想念鄰居大哥哥的糖果，我不喜歡會兇媽媽的奶奶。

之後來到台灣，我喜歡台灣。

我喜歡陳柔恩。

我喜歡串珠珠。

我喜歡莊佳萱。

我喜歡張嘉哲。

我喜歡不生氣又很美麗的夏老師。

我喜歡安親班的吳老師。

我喜歡的男生是黃弘霖，聽說他很會套圈圈。

我喜歡台灣的夜市。

我喜歡台灣的套圈圈。

我喜歡台灣的草莓。

我喜歡幫媽媽疊荖葉的工作。

我今天開始喜歡台灣的爸爸。

五月二十日／星期五／天氣晴

今天家裡的爸爸帶我去夜市套圈圈，我很喜歡套圈圈，但今天沒有套中很可惜，今天還吃了草莓，草莓很好吃，我希望以後可以每天吃。

老師評語：寫「爸爸」就好了，不用寫「家裡的」那麼多餘。

二〇一六　第二名　作者：鄭若珣　篇名：寄生動物

做為一個有良心的受害者，我將這些日子被寄生動物附著的過程詳實報告，以期讓人有機會在此生物壯大之前加以防備，減少生命精神之損失。此寄生動物充斥人間，初期微小眼不易見，只能以心防範。請細緻觀察比對徵兆，小心為妙。以下描述若有遺漏，請同為受害者之人加以補充，並不吝指正。

〈孕育期　體長0.5公分　體重1公克　卵狀　成型時間一星期〉

牠孕生於一個凝視，那一日那個人突然被美附身，而你凝視了她的雙眼。那一刻你覺得有顆重量入了心，像石投入湖。石子在心中下沉佔據了一個位置，綻開的波紋讓血液新陳代謝了一次。那實是一顆寄生卵，附著在右心室的潮汐地帶。牠安住了地點，準備在呼吸與心跳間逐漸成型，牠伸出了濾塞用以篩過心的種種感覺。篩出相關於那人的思念，是一個字，一個表情，一聲呼喚；牠以細小瑣碎的口糧讓自己存活，泌出一些些消溶血液抗體的激素，時間是牠的助手。

做為宿主的你的生命並不感覺不安，只是會有些暫時性的停格在時間之外。所謂時間之外是指，溢出日常的精神幻遊，那使你突然從這個世界被拉開。來自於一個字、一個表情、一聲呼喚。你時不時會嘆口氣，帶著神聖悠長，你會感覺心有點重量。

這時期的宿主因為間歇性放空的狀態，導致看起來精神有點渙散，因徵兆輕微不易察覺，十分容易忽略。但這種特殊型態的嘆氣也許可以看出一些端倪，宿主眼光失焦一刻，做一深深呼吸，然後自鼻腔大氣噴出，或以口嘆之，全無旁人風景。

〈雛型期　體長2公分　體重5公克　胚胎狀　成型時間一個月〉

牠成型於日夜醞釀，潮汐助牠生長，夢是牠的生長液。牠的口鼻逐具形貌，長出粗短四隻，有眼有心，吸收又影響夢境。因為造夢需要材料，加上宿主的轉化創意，因此牠放出尋求的意念，直接影響腦神經。

腦神經構造的變異當然會帶來身體的抵抗性，就如以往不愛的顏色突然變得有意義，或是不斷的想要尋找那個人眼裡的風景，抗拒與驅力交錯的片刻，一種短路造成的火花，讓你誤以為是感情被觸動的心悸。循環就是這麼進行，而牠

在那裡撩撥著，藉以生命延續。

你的感覺交錯，突然有一陣狂喜，突然有一陣哀戚。情緒像不穩定的心跳電波儀。她的身影開始在日間增生，在某個人微笑的嘴角邊，在那個人彎曲的髮線裡，她墊著腳尖偷偷入了夢境。你追著牠的身影，在跨越日與夜的邊界之時發現那條界線逐漸擴增，長成一個灰階凝固的世界。那裡堆滿了她的影子疊過的物件，重複她的形狀與表情。

這時期的宿主開始對環境敏感，物體的邊角弧度與色彩，都加入了新的意義。

那不只是頭髮的顏色與麥子的聯繫，還趨近於瑪德蓮蛋糕與歲月初期的關係，就像那一滴明星花露水的氣味重建了整個時代，你也開始用一絲絲的細節編織她的存在。你開始賦予各種材料意義，為了拼湊出相關於她的實體。

〈幼體期　體長5公分　體重20公克　蟲體型　成型時間二個月〉

牠的幼體逐漸成型，開始能夠轉動身體，做一些細微的肢體動作，像樂團指揮指著宿主的心跳聲擺頭搖尾。騷動的潮汐在你體內開始盈滿，充血的腦部將血液灌注四肢。上個階段足量的建構，使得她的身影從扁平成為立體，你需要更多的填充物來維持她的厚度。你開始做主動性的資料拓展與蒐集，不知不覺帶著比較與懷疑。比如你需要迫切知道她的血型關連於個性、星座關連於速配的祕密。你需要知道關於她所有生物性與精神性的知識，你像一隻吞吃一切的狂獸，尋求與她關聯的知識藉此來建構你與她的關係，然而這些全部成立於精神的虛線，你不能自主的不斷加上連接。就如幼體長出的骨與肉，從關聯的虛線中你架構了故事的想像，一些情節自動的在生活中的場景加以演繹，演出在你視網膜的底線裡。

那天你看見你與她坐在湖邊的長椅上，因為陽光透過葉片灑下如此斑斕，暖風吹過適合掀起她的裙襬。你看見你們在長椅上相依。那天你路過那裏，看見你與她一同散步走過舊鐵道，行道兩旁的樹在夜裡散出香氣，正適合倆人散步同行。那是你們共飲咖啡一同閱書的店家，那是你們共享晚餐的小廚房。未曾發生不斷預演的景象，構成了生活的重重殘影，在轉角不斷出現。直到那天睡前，你就要為她留一盞燈，才發現這場獨角戲是否太過逼真。

〈成長期　體長10公分　體重30公克　魚型　成型時間四個月〉

牠已能夠自體活動完全，在心房的血液裡上下潛泳，如同鯨豚於海洋嬉戲。牠有尾鰭，也有如同她的半身，遠觀似人魚。在你的心室養一隻人魚，聽來像是一句美麗的詩。而你的生活也開始朦朧，你過著雙棲生活，帶著雙重的意識與感官渡過一日。上一階段的模擬想像是你與她相處的歷史，如此時間累積出的深刻情感讓你能忍受魚鰭刮過心室的煎熬。牠在夜晚的騷動總讓你難以成眠，那人魚要你與牠一同共遊更廣闊的藍色海洋，關於完整的需求在你心中擴展。完整的涵意是，真正的感知與對視，真正的回應，真正的對歌。

人魚想望真實，為了驅除疼痛，你必須在物質界開始行動。你展開一張復古的信紙，從事一件亙古人類不斷重複的行為。你將夜晚人魚唱的歌謠化成紙張上的符號，你的手描繪著牠唱出的美麗願景，於是你寫下冒昧的詞句，文字如此客氣，情感卻如此接近。那些文字帶著請求與願望成型，你等著以想像醞釀的花朵結成果實。你寫出「是否？」「也許？」「如果可以……」這類飽含期盼的語句、文字承著祈願以各種方式飛向現實中的她。你從累積的知識中抽出可以遇見的所有管道，帶著雙倍的勇氣與你的字句去產生一個真實的邂逅。終於你在她的雙眼面前現出形貌，才發現自己在她的眼底是如此陌生。

你的心掉進了一塊冰，人魚抖著一身寒顫。

這個階段，患得患失的念頭讓你日夜顛簸，猜測與擔心頻頻傳來。你心中的人魚騷動，以未得回應的焦慮促使你有更多積極行動，然而現實畫出斷線，當回應與否不在你手的掌握中，你開始感覺失衡。這種如履薄冰的感覺，開始在你日子的隙縫中漫開。你如渴望海洋的人魚，束縛在岸上得不到海洋的滋潤，你感覺痛苦又枯乾。

〈完成期　體長15公分　體重60公克　人魚型　成型時間六個月〉

牠的體積成長，體重重壓，你時時有心臟爆裂的衝動，顯然須以專注在生活中的其他瑣事與之對抗。得不到海洋的人魚在你心臟內裡哭嚎，掙扎的尾鰭重擊心室，牠的爪在肌肉間留下條條刻痕，牠用盡氣力敲打這個使牠誕生又令他拘禁的空間，如果不能及時得到她的回應，人魚將更為猛烈的殘害宿主。心臟將要裂開的痛苦使你產生必須割離的決斷，如果不將牠嘔出，心臟彷彿就要爆開。宿主時時感覺呼吸困難，心律不穩。前面所有階段的徵兆在此一一浮現，加總的感覺使你不能負荷，你的行為樣態讓人陌生又驚訝。像是在她會經過的巷口等待一晚又一晚。如果到這時期，你還未能向那日的傳染源說一聲「嗨」，你的生命將十分淒慘。

做為宿主的你這時才驚覺，畜養這隻動物可能造成的生命危害，日夜不得好眠的結果使宿主的體重削減、神魂不安。此時期宿主可以觀察的徵兆，除了黑眼圈和面色慘惻，更有走路重心不穩，時時跌倒之貌。宿命又可悲的是，這種狀態的宿主以如此病入膏肓的形貌，叫人難以靠近反而趨向逃離，那便像是你小時候喜愛玩的磁鐵遊戲，相同的兩極怎樣也無法接合，如此相互抗拒而走向悲劇。對於這些消磨你無能減緩又無力阻擋，只能鐵青著臉等待時間帶來的轉折機會，虛弱無語的你，與內裡的寄生動物以時間與生命力肉搏，看誰能留下存活。

〈消亡期　消亡時間因人而異　一個月到半年不等〉

聽說此寄生動物沒有特別解藥，莫約忍耐再忍耐，唯有時間與冷眼使牠消亡。冷處理是最佳良方。就冷冷地把牠擺在一角，觀察以眼角餘光。這操作並不困難，就像你如何將那個舊娃娃收起放在櫥櫃最高的夾層，或是每每刻意略過那通舊友的電話遺跡，那一瞬間你把牠挪移到記憶的邊邊，就要溢出意識的那個灰色邊緣。只是這一次你以意志推送，用力地推到那個灰色地帶，那裏堆滿不可辨的形貌，要呼其名卻難以呼出。

〈宿主解方與康復期建議〉

你必須將牠帶往那個位於心之角落消亡地帶，用一個叫做理智的紙箱，紙箱重得幾乎難以雙手捧起。別怕，時間將幫你消融重量。那一隻叫做「念」的寄生動物，消亡的方法是不再「思」牠。

是的，那需要一些殘忍與決斷，無論牠想要怎樣以動作或呼聲吸引你的回應，切都不要再次搭理。當你把牠驅開，將感覺自己的生命時間少了一塊，畢竟那些日日夜夜你為牠所困，帶著疼痛與重壓度過了一個個看似孤單的夜晚。而疼痛多少使你意識到自己的想望與存在，不輕省卻清晰的，聽見自己深重的呼吸。割斷的失衡感讓你覺得不太習慣，恍然若失。一種虛空感貫穿心臟腸胃，如此輕飄飄的感觸讓你覺得自己失去某種意義帶來的的重量。但切勿喪志，切記，這只是「念」離去的種種副作用。

陽光像是失去顏色，種種氣味暗淡無聲，日子這部電影有默片的味道。一切啞然，世界失語。你走在失去重量的街景中，意義解離成粉塵隨風散去。時光開始沒有盡頭，這是一個中介期，帶著延長拍的休止符。宿主會帶著這種食不知味的感觸生活，康復時間因人而異。（註：根據資料考察，近代康復期時間逐漸縮減，推測人類世代累積的抗體增強，有些宿主一個星期即恢復生龍活虎，實為奇觀。）

〈最後的良心建議〉

在感覺調和回來之前，請淨空一切靜養。就像等待一顆石子投入池中的漣漪漸漸平息、寂靜。而千萬記住，在這靜養期間，躲開一切人多茂密地帶，勿貪看美，勿再招惹另一隻來。

以上過程記錄詳實，盼對醫界有所裨益。

二〇一六　第三名　作者：王柔蘋　篇名：賴吾

私娼街前那顆楊柳，被夏風吹撫，經常沙沙地響著。綠色細薄的葉片，像垂墜的珠簾，接連不斷地輕碰一起，來來去去，潮漲潮落。學長黑三後面跟著一群探頭探腦，佯裝天不怕地不怕的學弟們。冷冷的風從穿透的巷子當中吹過，夾雜在令所有熱血少年只有衝動沒有思考的香水脂粉氣中，是一絲絲蒸饅頭的甜香氣味，濃郁與清香混成的矛盾，成了幾個毛頭小子初次性經驗的深刻回憶。

這是賴吾第一次遇見李帛萱的地方。

第二次是在半年多後。那時賴吾成了學校的不良少年，整天翹課抽菸打網咖，逞兇鬥狠打仇家。誰的女人被騷擾了，就拿著球棒木棍找人去，賴吾在這方面從不畏縮，總是喊破嗓子：「再跑！打斷你們的腳！」有一次，經常被咒罵的腳就這麼出事了，不過這隻腳不是長在被追打的人身上，而是賴吾的身上。他跳過被推倒的垃圾桶，落腳時剛好踏在一個不穩的廢棄鋼樑上，工字樑一倒，匡噹一聲，腳踝也跟著碎裂了。他忍著疼痛尖叫著，可是哪還有人停下來看他，全都繼續玩你追我跑的遊戲。

「有事嗎？」背靠著的牆壁上，窗戶被推開，一個女人的眼睛從欄杆後探出來看了賴吾一眼，「拐到了？要不要送你去醫院？」賴吾疼得臉都扭曲了，從掙扎的視線當中，對上一個不算陌生的眼睛。正是他第一次買春時，千挑萬選選中的流鶯。原來他們跑到了私娼街的另一邊，而李帛萱恰好接待完客人，正在房間中清理物事。

兩人就這麼發展成交往關係。賴吾大字不識幾個，都喊李帛萱叫李萱。除了翹課打架之外，他經常會買點心零食，從窗口遞給李萱。前幾個禮拜，他終於還是進了警局。出事那天晚上奶奶收完回收，在家裡等不到賴吾回來吃飯，才四處打聽賴吾的蹤影。五個年輕人被抓現行犯，在警局做筆錄時，其中有四份是的說法是賴吾動手的，其他人只是把風；只有唯獨那一份的說法是他們是去討債的。

直到深夜，奶奶才將獨自坐在拘留室裡的賴吾接回家去。路上，奶奶沒有說話，賴吾從小吃她的藤條吃到大，多少還是會害怕她的，只敢低頭跟在後面。經過那棵長年茂盛的楊柳，駝背的影子被路燈拉得老長，沉重緩慢的腳步聲中，間或雜夾著步履蹣跚的嘆息。直到回到家，奶奶推開大門，賴吾見到裡面桌上擺著兩盤青菜，還有兩碗都沒動過的飯。

平常賴吾都會準時回來吃飯的，然後再找藉口出去。回身合攏木門，在吱呀聲中，奶奶只是動作吃力地坐上板凳，沒有情緒地說了一句：「叫你好好讀書，別搞這些有的沒的。」

賴吾心裡充滿愧疚，小心翼翼地盯著奶奶的一舉一動。這時才突然發覺，自己上一次被打是多久以前？記憶中奶奶一直都花白著頭髮，可如今卻更像是被時光踐踏，白髮稀疏且清晰可見的頭皮之上，有著長年在烈日下撿回收，長了的黑斑一塊一塊。

這一夜只有沉默的飯局。

搶奪罪判定，賴吾接下來人生的四年五個月被劃進預定表當中。此行正是來向李萱告別的。他什麼都沒有跟李萱說，只是像往常一樣，靠著牆壁抽菸，聽李萱清洗衣物時的水聲，不時聊個幾句話。女人一向敏感，李帛萱察覺出他的不對，所以在他要離開時，把手搭著欄杆，問他：「下次還來嗎？」

賴吾把菸捻熄在斑駁的牆壁上：「會來，不過可能要讓妳等了。」

「我還怕你忘了回來。」她笑著點點頭，在一群流鶯當中她嘴邊笑起來的酒窩依舊可愛純真，任何時候，都讓賴吾產生一種想要給這個女人一個家的衝動。

不是冷菜殘羹，而是可以安心歸來，一屋子明晃晃的溫暖。

賴吾再次見到奶奶，是掛在牆壁上的照片。

他已經被社會蓋上重獲新生的戳章，身上只有單薄的襯衫皮褲，哪裡像是呱呱墜地的嬰兒，一絲不掛。不過哭得特別醜這點倒是一樣。從入獄到假釋這三年間，李帛萱被人介紹到酒店工作，終於能靠自己自立營生，能有一份固定的薪水。賴吾出獄後，回到故地，卻見不到預料中滿布灰塵像是廢墟一樣的古厝。而是一個五臟俱全的小小紅磚瓦房，以及李帛萱清秀的身影。

之後的日子漸漸回到正軌，回到社會所期待的正軌之上。

賴吾在家附近的工地當了工人，在烈日下不停歇地努力打拼。因為笨手笨腳，不時得承受工頭的怒罵，汗水像是淋過一場大雨般，鼻尖眉骨都不停的有汗水掉落。粗重的工作賺得多，他夢想嚮往的家，除了李帛萱這個命定之人外，就只剩穩定安心的經濟收入。

這天深夜凌晨，李帛萱回家之後，面對的不是空無一人昏暗的客廳，而是賴吾一個人靜靜地坐在凳子上，腳邊擺著好多罐喝完的空啤酒。

「發生什麼事了？」她注意到賴吾身上還穿著工地服，因為省錢，衣服洗薄之後，也就到處破了小洞。如今更是淒慘狼狽，該白的地方，都沾上了稀黃泥土。最後一節菸燃盡，灰落地，賴吾長長嘆了口氣：「今天在吊鋼樑的時候，繩子斷了，砸到了黑三。還是沒有救回來。」

當初是黑三帶領著青澀的學弟們第一次買春，也因此賴吾能與李萱相識；而現在這份工作，卻也是黑三介紹給他的。在賴吾心裡，黑三是他生活的另外一個不可或缺的人物。如果說有人拿著刀威脅他，要數出幾個對他來說至關重要的人，黑三會是排在奶奶、李萱之後的那個人。

李帛萱明白賴吾的痛苦，都是一起走過來的人，互相的提攜拉拔，她都看在眼裡。黑三年近而立，沒有成家立業，只留老家白髮人送黑髮人，他的後事都由賴吾親手主持。出殯那天，他站在火化場外的一處光禿的畸零地上，抽光了整包菸。

他望著遠處光禿禿的防風林，以及火葬場那冉冉騰空而起的灰黑煙霧，心裡更加堅定了。

他無論如何，一定要把握住此次重生的機會，過上正常的日子。

因為除了自己，再沒人可以給自己機會。

賴吾忙的時候，接了兩份工地的工作，經常一去就是七天半月不回家。這天賴吾好不容易多了個晚上的休閒假期，他躺在床上，伸出一手摸著李帛萱的肚子，感覺到裏頭的胎兒動得厲害。他滿心虔誠地在撐大的肚皮上親上一吻，說：「為了我們的寶貝，爸爸再怎麼辛苦，也值得了。」

床頭燈昏暗的光線下，即使渾身上下無一處不在痠痛，賴吾依舊笑得很滿足。

女兒出生時，賴吾還在工地當中，接到消息後，他馬上去跟老闆請了半天假。老闆卻說，如果要早退，每個月的全勤獎金二千元就沒了，賴吾站在原地忍了一忍，最終還是從沾滿灰塵的褲子口袋中拿出手套套上，繼續幹活。他想，撐過這麼一時，賺到夠多的錢，他們一家三口就能過上普通的日子了。

後來，賴吾終於捱到下班，驅車趕到醫院，他找了許久，才在嬰兒房裡，找到一塊上面寫著「賴姿雅」牌子。他站在玻璃窗外，看著小寶寶那渾身紅通通又皺巴巴的樣子，心中彷彿擠滿了軟軟的棉花糖。

幸運地，賴吾在工地認識了一間鋼鐵工廠的老闆，老闆讚賞他積極任命的本份，把他挖角去自己的公司，沒過幾年的打拼，他就當上外銷課主任。不用再在外面風吹雨淋，看別人的臉色做事，也不必一次工程就得在外面住上半個月才能回家一次，每天都能準時下班回家看寶貝女兒。

女兒一天天的長大，從趴在門口迎接爸爸回來，到站著擁抱他，到她剛上小學時，拿著一張在學校裡畫的圖畫要給下班後的爸爸看。那是一幅一家三口的畫，有大樹，有房子，有笑得開開心心的姿雅，以及分別牽著她左手右手的爸爸媽媽。

日子一步一步好了起來，賴吾覺得一切都值得了，太他媽值了。

賴姿雅遺傳了媽媽的好皮相，大眼挺鼻，髮質也好，細細柔柔的，在學校中不乏收到許多或匿名或不匿名的情書。不過可惜的是，那暴躁的脾氣卻是十成十地與爸爸相像，小學時候，好幾次把人家男同學打哭，還叫了家長。

在賴姿雅國二時，李帛萱忽然接到電話，卻是學校主任要她趕快到學校來一趟。她趕到學校，導師跟她解釋說是賴姿雅推了人，小朋友不小心撞到石頭上，小手臂給縫了七針，氣壞人家父母。李帛萱再三道歉，還陪了醫療費加一包不薄的紅包，在校長與老師的陪笑下，才好說歹說讓人家不再追究，不過卻提了一個要求，讓賴姿雅轉去別的班上，不然還是要報警。

李帛萱從不打小孩的，她緊緊抓著賴姿雅的手，感覺那仍舊小小軟軟的手似乎在發冷，她問：「為什麼推人家？」賴姿雅沉默著沒有回答。李帛萱笑笑：「你爸從小也是不良少年。」賴姿雅立刻反駁：「我才不是不良少年！」

倆人途經業已廢棄的私娼街，多年前一場掃黃行動，這地方就澈底的沒落了。盛夏午後，陽光照耀得柏油路面上一派熱氣騰蒸，賴姿雅抹了一下臉頰上的汗，李帛萱瞥見女兒的脖子上也有一道紅痕，看樣子是被指甲劃到的。

「只有不良少年會沒有原因的打人，妳既然說妳不是，那就跟媽媽說到底怎麼了？」賴姿雅依舊沒有回答。李帛萱只好用最後一招：「老師也打電話給爸爸了，如果不想被打那麼慘，就快跟我說，這樣我才能在爸爸面前多說一點妳的好話。」

賴姿雅一聽到爸爸也知道，手緊張地緊握了一下。她的個性子就像個小男孩，愛惡作劇，從小時候就少不了被爸爸修理。

「……他們說我媽媽酒店小姐，要我給他們服務。」李帛萱愣了一下，隨即笑道：「然後呢？怎麼就動手了？」「我不理他們，他們抓了我頭髮，我一生氣就推倒他們。」

「妳原本做得好，別理他們是對的。但是下次記得要說是他們先動手的，知道嗎？」李帛萱的聲音平淡自若，好像這樣一件在賴姿雅心中忍無可忍的事，卻只是如同誰家的狗失蹤了一樣。賴姿雅不懂媽媽為什麼沒有生氣：「說出來有用嗎？我沒事，可是人家手都破掉了。」

李帛萱微頓了一頓，她從沒想過女兒思慮得這麼深，只得拉了賴姿雅的手，說：「的確是沒用，不過妳自己就不會這麼委屈了，而且媽媽相信只要事實攤在眾人眼前，就會有其他人替妳打抱不平的。還沒吃過午餐吧？我們去吃妳最喜歡的炸雞好不好？」

李帛萱平常不給賴姿雅吃這種油炸食物的，對孩子的身體不好。

但今天是例外。

晚上的時候，賴吾什麼話也沒說，只是要賴姿雅罰跪在自己的床前，一個鐘頭之後才可以起來。一牆之隔的客廳當中，賴吾手指夾著菸，心思卻早就不在了電視上面。倓在他旁邊的李帛萱幽幽地說：「都這麼多年了，早就有感情了，我也無法不去顧看那些老客人，很多人白天辛苦工作，就等著晚上這些自由自在的時刻。況且我只是賣笑，又不賣身。」

賴吾皺著眉頭，把菸捻熄在菸灰缸中：「早些年讓妳去那種地方工作，是我無能，但最近我也能在社會當中抬起頭來走，就不需要委屈妳待在那種地方了。妳就當作是為了女兒，辭職，當個全職的家庭主婦吧？」

李帛萱點了根菸，心情有些悶，畢竟要離開一個已經習慣多年的地方，總會有些不捨，好像是自己把他們丟下在那黑暗當中，自己去過好日子。但在這煩悶中，更多的一絲絲喜悅的甜，家裡有人養她，她終於可以卸下肩上的擔子，放掉過去的陰影。

「總要給我些時間吧？我跟我的客人朋友們說說，也是時候退休了。」「好，然後還有一件事。」賴吾輕輕一笑，「公司最近要擴展下游據點，已經選好了地點，就在高雄小港區，老闆派我去監督工程——之後沒意外的話，我就是那裡的廠長了。」

李帛萱初時聽來沒聽懂，仔細一想，睜大了眼，開心地抱著賴吾，一連迭聲地問：「真的？是真的嗎？那這樣我們要搬過去囉？」賴吾笑著點頭：「存款存了不少，頭期款應該多少能應付，我們就找個時間先去看看房子吧？」李帛萱一聽到能離開這個地方，方才的鬱悶也消散無蹤，頓時來了興趣：「那我們什麼時候要去？反正都要辭職了，請個幾天假也沒差了。」賴吾寵溺點了點李帛萱的鼻頭：「公司這樣也要準備資料什麼的，估計會忙一陣子，等忙完了再找時間。」

賴吾已經有好多天加班到九、十點才下班回家。李帛萱因為工作，每次都是等著賴姿雅回來，吃過飯之後才出門上班去。

這一天賴姿雅晚上做了惡夢，在黑漆漆的房中驚醒，她心有餘悸地往房門底下的門縫一瞄，見客廳的燈還亮著，於是下了床，推門而出。她看了眼時鐘，凌晨一點三十。賴吾躺在沙發上睡著了，桌子上是吃到一半的晚餐。

賴姿雅靜靜地走過去，見到爸爸還是那一套工作服，似乎從工地換去鋼鐵工廠，他的工作服就一直是藍色牛仔褲配洗得寬鬆的素色汗衫。早年在工地搬磚挖土，那雙厚實粗糙的手上有著黑黑髒髒的十隻指甲，其中左手食、中二指的指甲還長得歪七扭八的。

賴姿雅小時候曾經坐在爸爸的腿上，問爸爸為什麼手指這麼醜？賴吾那時跟她訴說了一個無奈的故事。現在她只能依稀想起，卻並不能清晰地記得全部，不過大致就是工地發生了意外，爸爸為了救他的朋友，掰斷了這兩個手指的指甲。然而朋友卻依舊沒有救回來。

賴姿雅微一恍神的功夫，賴吾的手機忽然響了。賴吾醒來，看見賴姿雅站在房門口，隨手問了一句：「這麼晚了還不睡？」最近因為擴展據點的關係，公務繁忙，這個時間有電話突然來也不是什麼怪事，他看都沒看來電顯示，便接了起來：「喂？」

電話那頭傳來一個略為倉促的女聲：「請問是李帛萱的家屬嗎？」

小酒店氣爆意外在當時的新聞媒體上連續播放了好幾日。

因為是小巷弄內的違章建築，消防車開不進來，大火悶著蔓燒了許久，統共死了八人。其中李帛萱被倒塌的鋼筋壓住了右腳，被人救出時嚴重嗆傷，在加護病房裡急救一夜一日，仍舊是回天乏術。

賴吾獨自來到私娼街的一隅。這一片地最近開始在整，那顆高大的楊柳樹已經被切割去大多數的枝幹，落在地上的葉子，枯黃地四散著。他翻過封鎖線，走進當初李帛萱待的那個屋子旁，靠著牆壁抽菸。

當初那條砸碎了他腳骨的鋼條居然還在。他怔怔地望著，想起以往的年少，卻彷彿上一個世紀一樣模糊，只記得在那些爭逐逞鬥當中，義氣脆弱得彷彿豆腐渣一樣。當時的他是害怕的，害怕如果去在意，去尋求對等的付出，就會被排擠丟下。

然後，他又會回到獨自在院子裡跟牆壁推球的日子。

球滾了，他得自己去撿。

賴吾望著面前那一片灰駁的牆上發呆，上面滿是青苔汙垢，就彷彿是他的人生中經歷過的種種汙點一樣，刺眼地讓他渾身越來越不自在，越想逃離這樣一個地方。

回家後，賴姿雅依舊在客廳中，她正窩在沙發裡，眼皮垂墜著，從門外看，也不知道是不是在睡覺。賴吾推開門，賴姿雅便抬起頭來，見到是爸爸，愣了一下，隨後把眼神一轉，頭靠往沙發上，不去看賴吾。牆上的日曆停留在半個多月前的那天。賴吾說：「去學校辦休學吧，我們搬去高雄。」賴姿雅冷冷地回：「我不去。」賴吾板起臉來，自從李帛萱意外死亡，他與賴姿雅幾乎沒講兩句話就吵架：「不行，那邊房子的頭期款也付了，如果妳媽沒死，我們也還是要搬過去的。」

「你心裡根本沒有媽媽！」賴姿雅大吼，「媽媽還在加護病房裡，你為什麼隔天還可以去公司上班？你知道我根本不能簽放棄急救，看著媽媽痛得哀嚎，我居然只能等！等著你他媽的開完會議！」賴吾顫抖著手點起根菸：「我不是說了，我是監督，重要的會議我必須在，不能缺席。」

「誰管你這麼多，你不在就是不在。」

這一句冰冷的話彷彿一根針刺進了耳膜，賴吾想，自己的確錯過了好多東西。錯過童年、錯過奶奶的逝世、錯過本來可以自由自在的人生，錯過太多太多；

然而他卻不能因為這麼一個意外，就不去高雄，不去親手接下那在社會上翻身的機會。他要出人頭地，他要可以毫無心虛地挺起胸膛在這社會上行走，不怕異樣的眼光。

這也是他跟李帛萱二人共同的願望。

才剛十六歲的賴姿雅無能為力自立營生，只能跟著賴吾搬到新家。父女關係降至冰點，生活在同個屋簷下，半年都講不到三句話。賴吾先時還想等賴姿雅從李帛萱離去的悲傷中走出後，二人就能回復到從前的關係。只是賴吾的工作越來越忙，有時乾脆睡在了公司。沒想到，這樣一拖，五年就這麼過去了。

這天晚上，公司股票順利上市，賴吾跟公司幾個同事朋友約去喝酒慶祝。

鬧街上燈紅酒綠，賴吾見到一群穿著制服的高中生蹲在路邊抽菸，心裡一股優越感頓時油然而生，近些年他已經開始買房置產，穿西裝革履，出入不是開車就是坐計程車。

即使進過監牢的那段過去偶爾被人提起，卻也不足以威脅到他。他已經爬到很高的位置，擁有足夠強大的能力去抹消過去的種種不堪，甚至能雲淡風清地抽著根菸，毫不介意地取笑從前的自己：都是年少不懂事。

這天他們慶祝到深夜凌晨，因為回家的方向不一樣，賴吾自己乘了一臺計程車。途中下起大雨，司機突然回過頭來問賴吾：「前面有位小姐要搭車，可以一起共乘嗎？」賴吾點頭，從副駕駛後面的座位移到駕駛後面：「你怎麼知道她跟我順路？」

司機笑得不明所以：「都是彼此的老顧客了，她跟你同一條街下車。」

計程車靠邊停下，車門被打開，一陣大雨嘩啦聲在相對寂靜的車廂中響起，遮掩住了原本收音機裡輕快活潑的流行音樂。女子收了傘，跟朋友們道別。賴吾聽到聲音，有些不敢置信地轉過頭去盯著那個穿著緊身裙的女子，就在她抬頭的瞬間，四目相對之間彷彿迸出了驚天動地的火花。

然而現實卻只有司機的話語在沉寂的兩人之間忽遠忽近地漂浮著：「賴小姐，跟別人共乘可以吧？」

賴吾付了車錢，轉頭就看賴姿雅已經走到家門口，並且已經掏出鑰匙準備開門。他怒氣炙盛，上前過去把賴姿雅推進房裡，反手拉上門，轉過身一巴掌就下去了：「妳這是在幹嘛？」

賴姿雅瞪著賴吾，臉上濃妝豔抹不見素顏時的淡雅清秀，更多的是陌生的嬌嫵邪魅。賴吾想起剛才賴姿雅上車的地方是有名的酒店街，怒火翻騰好似濤天巨浪，遏都遏止不住，找了條水管對折一抓就往賴姿雅身上打去。每打一下，就伴隨一句質問的怒吼：「我每個月給妳零用錢，不是讓妳去那種地方！妳不好好讀書，將來要怎麼找好工作？啊？妳就甘心成為那種被社會唾棄的人？」

「你自己還不是渾身酒氣！有什麼資格說我！」賴姿雅尖叫著，不甘被打，伸手抓住了不停往身上招呼的水管，往後用力一扯。賴吾正氣頭上，沒抓穩就被扯了去，他改換用手打人。賴姿雅怒吼著：「不要打了！」用力一把把賴吾推開。

「你不是最愛你的工作？關心我個屁！」

賴吾酒醉本就站不穩，這麼一推就被推開了，跌坐在地上。賴姿雅在賴吾不敢置信的目光中，冷冷地撿起地上的手提包，轉身回了自己的房間。

隔天早上，賴吾醒了酒，開始後悔昨天這麼激動，把兩人關係搞得又更僵了。

他拿起床頭櫃上有著李帛萱照片的相框，拇指透過玻璃上輕輕撫摸著李帛萱的臉，恍恍惚惚地想著，生與死就彷彿這一片玻璃一樣，清楚卻永遠隔絕著相愛的兩個人。

昨天他處於一種混亂的狀態，以為賴姿雅只是去酒店廝混，如今細細想來昨天的每一處細節，他卻突然感到一陣冰冷從腳趾冷到背脊頭頂。早上他請了假，去到賴姿雅的學校，學校老師卻面有難色地說賴姿雅早就因為曠課太多被退學了。賴吾腦袋已經跟一團糨糊一樣無法思考，他請老師叫來了賴姿雅的朋友，向他們打聽賴姿雅現在在幹嘛。

朋友們看似也頗有顧忌。賴吾說：「你們把知道的聽來的不管什麼都跟我說，我心裡已經多少有數了。」於是朋友便一五一十地說了，賴姿雅在高一時交了不好的男朋友，現在在酒店裡工作，聽說是當傳播妹。

賴吾不知如何走出了學校，在路邊坐了整天，等到天黑，霓虹燈一片處處亮起，彷彿早晨的雞鳴，提醒著社會上的人們，夜生活即將開始。賴吾來到了賴姿雅工作的地點，跟櫃台人員問了詳細之後，櫃檯人員說：「雅雅現在正要接客，先生您請先等等吧，大概過兩個鐘頭……」

賴吾眼角看見一個陌生卻必定不會認錯的身影正要進去面前的包廂，瞪著眼睛大吼一聲。突如其來地舉動驚嚇到了服務人員，一時怔愣居然就讓賴吾闖了進去。隔音門厚重的扉在面前還來不及闔上，就又被推了開來，賴吾目光先是看見昏暗的包廂中幾個幾乎全裸的女子，接著才是才剛進門的賴姿雅。

賴姿雅回眸過來的眉眼像極了年輕時的李帛萱。

賴吾彷彿聽見了楊柳窸窸窣窣的聲音，彷彿聞見了夾雜在香水氣味中，那一絲白饅頭的甜香氣。

那一年夏天，他還是個躁動不安的少年。

二〇一六　佳作　作者：顏雅玲　篇名：僵化

「天下莫柔弱於水，而攻堅強者莫之能勝，以其無以易之。」

台上那白髮蒼蒼的國文老師，用枯枝般的手拿著剛印好還熱騰騰的講義，像台複印機般把講義上的字句僵硬的吐出，底下的學生們就像是抄書機似的全都低著頭紀錄，筆不斷刷過紙張而發出的沙沙聲，不絕於耳。

「弱之勝強，柔之勝剛。」

抬著頭看向黑板的江允柔顯然與周圍的同學們格格不入，雖然她一臉呆滯地望著前方，很明顯已經脫離了課程，但反正也沒影響到其他認真的學生，老師也就對她睜隻眼閉隻眼，繼續接下來的講解。

「天下莫不知，莫能行。」

江允柔當然知道自己的心思已經不在這份苦讀之中，但並不是她不想認真向上，而是她還沒從她突然跳出石堆的現實中反應過來而已，沒錯，就是石堆。

因為下午學校舉辦了一場作文比賽，優勝者便可以有資格和他校代表在全市比賽中一較高低，為了能在這場比賽中獲得佳績，原先的江允柔也和同學們一樣埋頭苦抄，就怕漏聽一句能用上的名言佳句，而等到她意識到似乎哪裡不對勁時，才發現自己竟陷在石堆之中，差點被石塊給埋了。

江允柔幾乎不敢相信眼前的景象，每個同學無論男女，座位周圍都堆滿了石塊，腳踝被石塊掩埋到連鞋都看不見，一個個頭上還頂著誇張的巨石，不可思議的是這些兩個人頭大的石頭竟能穩固的接在腦袋上，就像手腳般自然地連接著人體……

但相較於這些同學，更令她驚訝的是台上的老師——雖然講台上那塊固定在原地的石像看不出長相，但從石像中斷斷續續吐出的句句名言判斷，江允柔很清楚那石像鐵定是她的國文老師！

也不過是坐在教室裡安分地聽著課，怎麼一回過神來就成了這副德性？這到底是出了什麼事？

驚訝之後江允柔感受到劇烈的不安，這份不安並不全是因為周圍的劇變，更多是來自於她對自身存在於此的恐慌。

雖然是她自己跳出石堆的，但現在整間教室就只有她一個人和別人不同，她覺得自己就像個跑錯表演棚的小丑，待在這個地方使她不禁手足無措的慌了手腳，眾人的無視便是無聲的否定，他們否定著她的存在。

他們知道我和他們不一樣嗎？我是不是應該和他們一樣才是對的呢？江允柔左顧右盼了下卻對不上任何一個人的眼神，她慌張的用筆敲著桌子希望吸引到周圍同學的注意力，也不知是否刻意，很遺憾整個教室的人都正振筆疾書，沒人對她的干擾有反應，彷彿她是個隱形人。

江允柔很快地放棄干擾別人，她呆呆地坐在座位上，看著台上的石像不斷往台下散著小石子，很快的同學們腳邊的石堆高度就升上了膝蓋。

自己與其他人的差距越來越大，江允柔已經搞不懂怪的是他們還是自己，索性心一橫，蹲下身將散落在走道上的石頭一一堆到自己腳上，企圖讓自己看起來像其他同學們的模樣，想方設法的盡全力偽裝……

「江允柔，你蹲著做什麼？」江允柔被突然的一喊，反射性抬起頭仰望著說話的石像，也許是角度的緣故使石像看上去威嚴了許多，就連投射來的視線都毒辣辣的，連帶讓她成為全班的目光焦點。

「沒……沒什麼。」江允柔羞紅了耳朵坐回椅子，重新獲得關注使她心裡湧上一絲雀躍，手自然的握上原子筆，準備繼續好好用功。

「記住，工欲善其事，必先利其器。」石像……不，是國文老師，他嚴肅瞪了她一眼做為警告。

沙沙沙沙……沙沙沙沙……

凡是出自國文老師口中的佳句，即便講義上沒有學生們也不可能放過，訊息一輸入耳朵瞬間就能佔據大腦，手便自動的將字句抄上了白紙，一點兒時間都不停頓。

再次回到石堆的江允柔忍著腳上的不適飛快的抄寫，但同時她的雙眼卻不安分的瞄著其他人頭上的巨石——她是可以假裝待在石堆裡，但要她頂著那東西上課絕對辦不到！

上課氣氛緊張的跟在戰場沒兩樣，時間一分一秒的過去，時鐘上的分針走的再慢也終於走到了十二，下課鐘響起的那一剎那，江允柔才真正感覺到有空氣流進她的胸腔，本以為大口吸氣能使她頭腦清醒，誰知竟意外吸入了空氣中的粉塵，嗆得她忍不住大聲咳了起來，直奔出這間烏煙瘴氣的教室。

江允柔趴在欄杆上努力將吸附在喉腔內的粉塵咳出，稍微舒坦些後她往樓下一看，驚訝得活像掛了兩顆雞蛋在臉上似的，將雙眼瞪到最大。

「這到底是怎麼了……」

放眼望去，全校無論師生有九成以上的人身上都灰茫茫的一片！除了勉強露出臉部外，他們全身上下都附滿了堅硬的石頭，就連整間學校都像是用石頭搭建的一樣看不見絲毫鮮豔的色彩，表面望去堅固但牆面其實卻爬滿了龜裂，彷彿輕輕一碰就會粉碎般脆弱。

眼前的一切都是那麼的不真實，但也許是短時間內受了太多刺激，很快的江允柔就接受了這個石化的人們與世界……畢竟不接受也不行吧？只有她一個人正常是能改變什麼呢？

其實看過去還是有幾個人和她一樣身上沒有受到石頭覆蓋的痕跡，但那些人只是做著自己的事，好像沒發現世界有異狀似的，即使有所察覺，想來也不像是會在乎的樣子，他們不約而同地，將自己與這個石化的世界隔絕，在自己的世界過著自己的生活。

孤獨，讓江允柔對那樣的生活模式感到卻步，若她不願被世界拋棄，就必須學會對現實妥協。

她認命地回到灰撲撲的教室，吸著充滿粉塵的空氣，坐在一堆漸漸石化的同學之間，抽出一本作文範例打算全部心力放在下午的比賽上，努力和周圍的人一樣。

「同學們！同學們！快聽我說！」一尊快成型的石像從教室外衝到黑板前面，興奮地拍著講桌迫不及待的說：「老師我聽說了下午的比賽題目是『談權力』，所有人快點先打個草稿！把可以用到的好句子都找出來用上去！」

江允柔看著石化中的同學們以音速坐回座位，從書包裡拿出一本本自製的必勝語錄，也不管消息是真是假就聚精會神的將與權力有關的名言抄下，動作快的甚至還寫好了綱要，一臉自信地等著下午比賽時間一到好大放異彩。

咦？大家就這麼自然地打起稿了嗎？這……這樣是不公平的吧？

「老師，我們先寫草稿沒關係嗎？」某位怯生生的男同學舉手發問，江允柔注意到他石化的程度不高，也和自己一樣不認同這種作弊般的行為，心理不由得燃起了一點希望，也許他會是自己難得的同伴……

台上的石像用種朽木不可雕也的眼神瞪著那位男同學，理直氣壯地高喊：「三班的老師更早就聽到題目了，他們班都早就寫好文章只等比賽時再寫一次了！你還不快點寫！」

被催促後男同學驚覺不妙，立刻翻開筆記本打起了草稿，做著和班上同學一樣的事，江允柔看著他身上被石頭覆蓋的面積越是擴大心就越發寒冷，直到眼睜睜看著那名男同學變成硬邦邦的石像，澈底融入群體中。

原先期待的心被重摔在地，她也只能失望的回過頭來，有一頁沒一頁的翻著範本，半個字也沒讀進去。

比賽時間逐漸逼近，大多數同學都分散到其他考場，江允柔也不例外，坐在她周圍的同學她沒一個認識，而且這些人身上的石頭也已經多到掩蓋住他們的臉，根本分不出誰是誰，然而，坐在這一群陌生人之中她竟會覺得熟悉的可怕。

江允柔這才反應過來，也許誰是誰根本沒那麼重要，終歸他們都是同一類的。

「比賽開始！」監考官一聲令下的同時，翻開題目卷的聲音隨之響起，此起彼落。

但翻卷後江允柔卻愣在當場，題目卷上大大的兩個字彷彿對著她施了術法般，害她震驚得一時做不出任何反應。

比賽的題目竟然不是「談權力」而是「談權利」！

她這才想起，老師們是「聽見」題目而不是「看見」，難怪會出這樣的差錯！

她小心翼翼地往周遭看去，參賽者頭上頂著的巨石不知何時開始刻滿了談權力三個字在上頭，幾乎所有人都提著筆在稿紙上刷刷刷的迅速寫著，連多看一眼題目卷的力氣都沒有，想必這些人根本沒發現題目和老師說的有異吧？

江允柔看著這堆硬梆梆的石頭腦袋盲目地在不知不覺中偏離勝利的軌道，只留下她一個人，獨自走在正軌緩慢的往前進，此刻的她雖然孤獨，心裡卻慶幸著她與這些人的不同，至少她還有心思多看一眼題目，能知道指標所指的正確方向。

比試時間一過，監考老師便像收割機般將每張桌子上的稿紙收走，熟練的將稿紙裝進牛皮紙袋後便將學生趕出考場，直到學生們一一離開學校，這才抱著參賽作品將它們交給評審批改。

批改作文的其中一個評審王老師收到稿紙後隨意的抽出了一小疊，他戴上老花眼鏡，才往稿紙上一看便立刻定格了兩秒，往下翻幾張後顯得一臉疑惑，馬上叫住準備要離開的監考員問道：「這次的題目不是『談權利』嗎？」

監考員停下離開的腳步不耐煩的對天翻了記白眼，要下班了難道就不能讓我乾脆地走嗎？他不耐煩地連轉身都嫌麻煩，便隨口應了句：「是啊，那我走了。」

「咦？你等……」話還有一半卡在喉頭人就一溜煙的離開了，王老師無奈地嘆了口氣，看著桌上這堆頭痛的文章不知該作何處置。

「那個……王老師……」

察覺到有人在叫他，王老師朝聲音傳來的方向望去，原來是另外兩位評審，盧老師和黃老師。

三人六隻眼睛對上的那一瞬間他們就立刻明白了，他們手中的文章都出現了同一個問題，三個人把文章暫先放到一邊，開始對該怎麼評分這件事討論了起來。

「既然和比賽題目不符，那就應該要算零級分吧？但這麼多……」照常理當然是這樣，但要一口氣打下幾百份零級分的文章盧老師還是下不太了這狠手，深怕會因此有遺珠之憾。

「不，規則就是規則不是嗎？」說一不二的黃老師嚴厲地看了眼遲疑的盧老師，說話時吐出來的氣將蓋在盧老師身上的灰沙吹落，任其在空中飄散，最後落入塵埃。

果然只能淘汰啊，這次的比賽該不會因為這樣優勝從缺吧？王老師擔憂的重新翻看了一次文章，翻看到一半時突然雙眼一亮，抽出一張字跡工整的文稿，攤在三人面前驚呼：「這一份的題目是正確的啊！」

三個人有點意外地接下文稿細細評審，這份作文雖然稱不上全校第一，但也不失為一篇佳作，再說現在淘汰掉這麼多篇，優勝從缺就表示沒人能代表學校對外參賽，沒決定出人選難道還要再辦一次嗎？怎麼可能！

「那就這篇吧。」黃老師敲敲稿紙，確認沒人有異議後，便在這篇作文上貼上了優勝的標記。

「那剩下這些……」盧老師指著被無情淘汰的一大疊「談權力」，略顯遲疑地問。

黃老師連看都不看一眼，只是擺擺手說：「直接處理掉吧，不用發回了。」

「這麼多東西竟然看都不看一眼就被扔了，要是被那些學生知道他們一定會抓狂吧？」一想到這件事被傳出去後可能造成的後果，盧老師就忍不住後怕。

「自己搞錯題目就別怪評審狠心。」黃老師依舊堅持己見，不願通融。

「話說到底為什麼大家都寫錯題目啊？太詭異了吧？難道是腦袋同時被入侵了嗎？」

「誰知道呢。」王老師將稿紙放入碎紙機，親眼見著它們被分成碎片。「反正我也不想知道。」

一疊又一疊費盡心思寫出的「談權力」，就這樣成了碎紙機裡的垃圾，混在廢紙碎屑裡頭，誰也分不出是誰。

二〇一六　佳作　作者：趙琛　篇名：玉雪生

白城地處北地風口，一年裡一大半時間都飄揚著紛紛白雪。

城外雲婆山有一處靈谷，地勢錯雜，三步九折。傳說谷內仙霧繚繞，紫氣翻湧，靈芝老參星羅其間，珍禽異獸漫步雲中。雖說偏僻險峻，進得谷中的人古來稀少，卻也吸引了無數各有所圖者前來犯險。

宋涼在城外雪地被發現時，幾無生氣，雙臂還緊緊箍著胸前的書篋。他彷佛於迷暗中看到一道佛光，蓋過了現實中的晦暗與無奈。在光芒中，兩道墨眉長飛入鬢。

雪寂千年，漫天肆揚。庭間一本紅梅正開得張烈，灰白天地間無他色與之相攜。宋涼醒來時，一陣清寒撲面而來，他看到那人孑然立於樹下，穿一身素白長裘，一圈毛領擁著如雪玉般的臉頰。兩道墨眉，平潤入鬢，兩片薄唇，嫣如泣血。紛揚的雪花如珠粉玉屑般寂靜無聲地灑落。

宋涼望向遠山，霧影濛澹，渺渺然如雲中踏歌。四下院落里皆點著鶴頂小燈，黃色的燈光從窗紙里透出來，在這冰天雪地間溫暖火光輕輕搖曳，隔著一片朦朧細碎望去，安靜恬淡地如詩如畫。

那人轉身，寒風吹起衣角，翩翩好似白鶴揮翅。很多年以後，宋涼仍清晰地記得今日的場景，記得飄落的第幾片雪花，剛好落在那人的眉角。也許那抹淺得幾乎無痕的笑容，能夠慰藉所有的怨懟傷痛。

「你醒了。」那人寡淡的聲音不摻世俗的半點油鹽，如玉碎空靈直擊心底。

「敢問閣下是……？」宋涼驀地聽到自己的聲音，竟迷惘得像個陌生人。

「靈谷，玉雪生。」

大雪封山，寒傷初癒。宋涼已在靈谷已住下一段時日，他不得不感歎靈谷藥材之起死人肉白骨的奇效，自己寒傷之後非但絲毫無恙，反而精力更勝從前。這宋涼，字炎驅，本是南邊一世族公子，因其父陷入黨爭而家道中落。

這日，涼生執卷鎖眉，在案前思索文章。玉雪生翩然來到時，並沒有打招呼，直接勾起狼毫便在涼生文章上直筆刪改。

宋涼並不惱，反而含笑看著身旁那人兩道墨眉微皺。多日的相處讓宋涼不得不佩服這個年輕的小公子：世居城外靈谷，父母雙逝，旁無兄弟，極善辭賦，兼工政略。他常常感慨，「雪生若入仕，怕不到金堂玉馬」。而玉雪生必譏言回之，「世間熙攘，嗅腐銅以為蘭，枕荒絮以為錦，愚者趨之」。宋涼苦笑，「若雪生誠為女，必日月以誓之」。玉雪生抬頭看著他，墨眉無瀾，彷彿透過他在看一位古人，良久才道：「讀書人最易昧心」。

光陰在手上一吋一吋滑落，曾經美好的事物難以復刻，塞北春野，江南微甜，輕易消歇。宋涼該走了，玉雪生親自領他出谷。那時的涼生並不知道，雪生是為了讓他記得回來的路，他卻只顧著對谷內的靈寶嘖嘖稱奇，這裡皆是外頭連城之物。臨別之際，玉雪生靠在他胸口，似是貪戀地聽著那壯志勃勃的心跳聲，二十年前它就這樣跳動著。

「待我重振門戶，定歸靈谷尋你。」

「切莫負我。」

宋涼本有雄才偉略，加之玉雪生多日點撥，不久便在長安風生水起，但也引來不少敵視和刁難。宋涼在長安並無靠山，遭欺受辱只能暗記於心。銅鶴薰爐香氳裊裊，龍涎的紅光從鏤空的連綿鶴翎紋中漏出，隱約照亮了宋涼沉鬱的臉。長安繁華世人皆嚮往，卻不知華麗的錦袍下覆蓋著蟲蟻腐絮。當真如雪生所說一般，宋涼想起少年的臉龐嘴角微微一扯。他曾經許諾帶雪生去看長安的人來人往，卻不知道如何告訴他靈谷外的罡風有多大，吹在肌膚上有多疼。

他黯淡的眸子籠了一層霧氣，縈繞著盡是與年齡不符的倦怠。

時逢公主大病，御醫束手無策，皇帝震怒之下以株連問罪，一位耆老才戰戰兢兢地說：「唯有白城靈谷曠世靈藥可治。」然而眾人皆知靈谷之險，無人有把握可取回聖藥。宋涼緩緩請旨，心底卻說不上喜悅或是悲哀。

「臣願前往尋藥。」

靈谷地勢複雜，外人若無指引，必為迷霧奇獸所困。宋涼正襟坐在轎中，眾人手中已有他繪製的地圖。宋涼不願讓人見到雪生，便留了一手，地圖繞開了雪生所居處。可他亦不願親自回去那座承載生命中最不容碰觸的回憶的宅子。

宋涼攜靈藥回到白城中時，皇帝派來的監人心生貪念，命人毀了一大片林子，生生地闖進靈谷深處。遍地珍奇令眾人欣喜若狂，監人私下向皇帝請旨，便開始了獵殺、挖掘，不辭辛勞的大火蔓延五天五夜，靈谷終匿。監人懼宋涼搶功，便先回長安稟報。皇帝大喜，重賞監人，又將小女賜予涼生，只是再無召見。

大婚當日，長安飄雪，山河齊暗，人人都道不詳。

「倉庚於飛，熠耀其羽。之子於歸，皇駁其馬。親結其縭，九十其儀。」宋涼怔怔地望著新嫁娘的精心裝扮的臉龐，胸腔內卻不斷悲鳴，他飲下合巹酒時苦澀地想：「終是回不去了吧。」

「其新孔嘉，其舊如之何？」

幾年後北地飢荒，皇帝乏策。

宋涼欲出奇謀重獲賞識。正冥思苦想間，突然窗門洞開，風夾雜著落葉飄進。只見玉雪生翩然而至，墨眉如昨。宋涼大懼，恐其報復。

眼前的少年人白皙如玉的面龐，月描煙畫，這張臉比宋涼此生見過的任一張臉都細膩，如春蠶絲織的絹，手撫摸一下都怕鉤出絲頭來。玉雪生無言，依舊巧勾狼毫，在案前揮筆寫下一策後離去。宋涼大驚未定，察此一計果然妙哉，暗道翻身之日到來。

此後宋涼步步高升，每當苦悶無策時，玉雪生都靜默會前來拂紙磨墨，一如在靈谷時。宋涼初還驚疑，詢問近況，然玉雪生從不開口，只是淺笑。宋涼見並未有何不妥之事發生，便安於此狀。只是一游方高人見到宋涼，言其陰寒之氣繞身，需作法以驅。宋涼不以為意。

宋涼分外珍惜這段不可琢磨的日子，他們的相逢太晚，於是恩賜也被時間蹉跎成了差錯。

玉雪生寫道，守都城則遭忌恨，擢外郡而天地闊。

不久，宋涼得任白城主，玉雪生卻也不再出現。宋涼在此地幾無所縛，他一介落魄寒骨驟得專城五馬，卻失去了一生最為可貴之人，每每想起從前所為不仁不義之事，心底便焦灼悲痛，早已自棄。他盤剝百姓，虐待貴妻，甚至貪污鉅款，受賄庇罪。事情敗露後，皇帝怒甚，下旨當市處斬。

行刑那天，白城的雪下得比往年都大。東市商販已經在收攤了，所有人面上都寫著焦急與哀怨，有人高聲吆喝最後折價，有人推著車匆匆回家，有人擔著貨架，有人揚鞭抽打牲畜催促它們快行。這群紛紛攘攘的人們，無論今日收穫與否，都盼著早一刻回家，在寒冷疲憊的時刻，能與親人一同窩一處安然。可這些人，又幾時與他有過聯繫呢？宋涼想著。

宋涼披髮敞襟，再也不用著深綠官服了，再也不用佩戴九銙銀帶了，再也不用一絲不苟了。他終於可以釋懷了，宋涼高高拋起的頭顱與純白的雪花一起，在寂寞的天地間盤旋飛舞。

這些年的榮華富貴竟是一點兒也記不起了，他似乎又在大雪紛飛間見看到了那株紅梅，樹下那人墨眉如畫，紅唇如血，眸光清寒，似怨未怨。宋涼突然有個遺憾，這一生都記不住玉雪生的眼神。那眼神似乎很久前就見過。

他小時候大病，家族傾財尋來白城靈獸一雙。

《異獸志》載，白城靈獸，可化人形，尤善植奇花異草珍藥，世間至情至性之獸，有恩必還，有仇必究。

「取獸心一片，服以六月雪，可癒。」

小宋涼見小獸可愛，偷偷地放了一隻，他也記不清那只小獸的眼神。

二〇一六　佳作　作者：蘇元廷　篇名：Hush

樹上蟲兒吱呀的炙熱午後，樹蔭在艷陽的映襯下格外漆黑，像是能吞噬一切的巨獸⋯⋯。

不對，錯了！這段描寫是錯誤的。首先「炙熱」說的應該是仲夏，那逗留的蟲兒應該是蟬，蟬鳴不該是「吱呀」。而珍貴的樹蔭是夏日最溫柔的處所，每一塊都存著一點等待清爽微風吹來的期待，不該是怪獸。

我們重頭來過。

葉色青翠的樹，枝幹上知了唧唧的仲夏，樹蔭是上天給予旅人在艷陽下最大的關懷。旅人沿著稀疏樹蔭漫步走在柏油路上，直到看見通往林境的路口。哪裡的路口？拜訪妳所在的路口。

旅人沿著被些許樹蔭遮蓋的石階，一步一步，忽高忽低，一會兒顛簸，一會兒泥濘的步道，緩緩地走向樹林深處，期間蟬鳴不曾停止。漸漸地，樹蔭一塊一塊地拼貼成片，石階被青苔布滿、佔據，直到穿過綠葉的陽光變得刺眼後，旅人找到妳所在的屋子。

那是一棟和室的老舊建築。外觀特別古典，老朽的木牆在綠蔭染色下透出高尚的風雅。門前十公尺處流過一條小河，源頭是屋後一處從山丘地底溢出，被鵝卵石抵住，匯聚而成的小湖。湖水清澈，能看見底部裹著綠苔的小石子與一株株矮小、褐紅色的水草。湖水被老屋的水車打起嘩嘩的水聲，是妳託自然為旅人彈奏的序章。

清幽、優雅，妳鍾愛的感覺。

拉開正門時，得先出力將門抬起，再往左邊平撞過去，才能走進玄關。帶上門時卻是只需輕輕地往右推去即可。旅人脫下鞋子，踏上發出嗚嗚聲的檜木長廊，朝著傳來古箏清柔卻彷若使人沉浸在森林浴的旋律走去。也可以依靠鼻子去聞妳愛的檀香尋找方位。旅人拉開上頭印有花瓣淡紫、垂顏羞赧的堅香子的拉門。而妳正準備撫出下一曲。

「打擾了。」旅人隨興地舉起右手向妳打招呼。

妳伸出食指放在粉紅色的唇上，示意要他安靜。

旅人走到正對妳前方兩尺處，大剌剌地盤腿坐下，幾秒後將右腳彎曲折起，右手靠在膝蓋上，左手向後撐直。頭偏左，任由銀白色的中長秀髮飄散。朱紅色眼球不曾從妳身上離去，悠哉悠哉地端詳妳每一寸肌膚。

妳穿著一件米黃色的和服，上頭有幾處桔梗印花，腰帶是酒紅與粉紅相融而成的色調，搶眼卻又保有矜持。樸素感又因桔梗的烘托，完全襯出妳與世隔絕、高貴的氣質。

妳的面容依舊如此動人，白皙的皮膚、纖細的手指、清秀的瓜子臉蛋、淡而細緻的眉，令女孩欽羨的長睫毛與那翡翠般的瞳。黝黑的斜瀏海在穿過扇門與床柱的風，與妳悠揚的琴聲輕輕飄動下，化作世間最美的一幅風景。旅人不存一絲邪念，只是微笑地「保存」這難能可貴的美畫。

「伊人撫琴，花語溢思，思起曲起，曲終思逸。」

旅人時而若有所思，呢喃耳語，時而靜坐不語，只賞妳一世傾城。一曲又一曲，有思念、有閨怨，從歡樂相聚到離情依依，兩人始終不語，任由旋律與仲夏的涼風盡情演奏。直到太陽從西側照進和室，陽光從炙熱灼燒變成溫暖和煦，蟬鳴也逐漸稀少，悠哉的旅人才意識到時間不多了。旅人拿起房裡早已備好的墨筆，在創作俳句的紙上寫下「何以停留？」的字樣。

起身靠近，直到妳正在彈奏的古箏前，蹲坐，將紙遞於妳的眼前。

「因為等待。」妳輕聲而語。

旅人寫下一詞「良人？」。

妳低頭沉思一陣後，抬頭輕說：「故事漫長，何須著墨？」

旅人開口應答：「我只等妳一個故事。」

霎時，知了禁聲，一陣狂風襲來，斷了古箏一弦，也吹散了方才的優雅。

妳深呼吸，輕微地調整姿勢，看著好奇的旅人，娓娓道來。

於是、於是，於是——

十年前，又或者沒有這麼久……

七年前，正值二八年華，出生於書香世家的少女，因為興趣使然，從小便以古箏作為熱衷事物與將來夢想。成績優異又才華洋溢的她，於同儕間可謂是出類拔萃，長輩間更無不交口薦譽，稱之為天才。

但少女並沒有因此自滿，準確來說，少女沒有過多的情緒起伏。所以就讀女子高中的她沒有無話不說的知心好友，也不存在著充滿敵意的對手。她只將情感寄託於箏曲之中，揣摩並抒發各種心境，從渺小乃至宏闊的變化。

那年，在一場全國古樂樂賞比賽，少女與大她兩歲的少年相遇。那次是少女第一次挫敗，卻也是她第一次動情，不因屈居第二感到悔恨，反倒因為那勝過她，比她更為動人、悠揚的琴聲而愛慕。

少年長相不算出眾，但外貌清秀，文質彬彬，使他人緣廣闊。若論及那凡人難以觸及的音樂天分，專家業界更是給予了超過天才的讚賞：「鬼才」。

從那次之後，少女與少年便時常碰面，有時是另一次的音樂比賽，有時是某位老師的古樂講座，到最後更求精於同一位名師下作為師兄妹。

兩人私下碰面的時間也一點一滴地增加，雖然話題不離古箏，但從古箏的材質、弦的差異、曲調的表現方式，到每場比賽的心得，他們的話題如茗茶，越久越香，越品越濃，卻又如初一般，不膩。

漸漸的，感情亦是。他們有了第一次約會，在潔淨的海岸一起欣賞夕陽落下，昏黃將皓白卻又湛藍的浪花染色的瞬間，彼此依偎感受海邊晚風的涼爽。

不久，也迎來第一次水乳交融，明白愛戀與誓言交織的美好。少女的感情也漸漸地豐富，不只流於古箏的旋律中，也獻給了她的愛人。

就這樣，在名師與長輩半推半就下，兩人年紀輕輕便步入禮堂。

然而，如果婚姻是倚靠興趣便能撐起的，那世間就不會存在著這麼多的悲劇。僅憑藉古箏這一弦，仍無法留住漸漸流逝的愛情。幾年的婚姻生活，等待他們的不是誓言下的永恆幸福，而是無數次的爭吵與旁人的閒言閒語。

閒言閒語？是的，天才與鬼才走在一起，如此門當戶對的共結連理，自然是業界關注的焦點。外界隨便、不負責任地施加壓力，使得兩人的婚姻與古箏一起變了調。天才所彈的曲只剩無盡的疲憊，而鬼才的旋律更是瞬間跌成連凡人都能隨意把玩，難以入耳的噪音。

所以少年不再彈奏一弦一曲，兩人珍貴、唯一的聯繫也就這樣，斷了。

少女曾提議搬到人煙稀少的鄉下，隱蔽的林間小徑生活。遠離世俗，也許兩人可以找回最初對古箏的熱愛，更重要的是，也能找回當初夕陽下的感動與交織後的誓言。

然而，他們之間的爭吵卻趕在搬家計畫之前。第一次爭吵，少年奪門而出，不久買回一件桔梗印花的和服送給少女；第二次爭吵，少年順從少女的意思，帶她去看了久違的海邊晚霞；第三次爭吵，少女本想當晚與少年溫存，哪怕只是一點，她想找回當初那小心翼翼呵護的愛情。然而少年婉拒了；第四次爭吵後，少年離開，再也沒有回到少女身邊。

起初，少女四處探聽，卻無法得知任何關於少年的消息。在絕望與覺悟的提醒下，少女獨自一人搬到林間的老舊建築，日復一日，一次又一次，彈奏著與少年相遇、相識、相愛，過程中的每一首曲目。

「伊人撫琴，琴律溢思，思起曲起，曲終思逸。」這是給少年的話語，即使曲終，我仍任由我的思念飄逸，只念著你，只等著你。

故事結束，妳在等待旅人消化這段單相思的故事同時，已經換好剛剛斷掉的弦，準備繼續彈奏妳對少年的思念。

正當妳的手輕放在古箏上，打算彈奏那首與少年相遇的比賽歌曲時，旅人伸出右手慢慢地向左滑去。緊隨旅人右手小指後的，是一部外觀簡陋，仿製名作的古箏。

「不如，妳稍事休息，輪我為妳彈奏一曲吧！」旅人雙手張開，掌心向內，氣勢煥發，顯然是有備而來。

等待蟬鳴間的留白，旅人撥弄出第一個音，隨之而來的，是沉著而穩定的琴音，旋律如教科書般標準，音符與音符間沒有曖昧不清的雜亂感，時而沉重，時而輕柔，著實高明。

然而，他的音沒有妳那鳳凰于飛的快樂，也奏不出妳那撕心裂肺的悲痛與無窮無盡的思念。他的音沒有感情，即使多麼的標準，也勝不過妳，更無法觸及鬼才的領域。

曲畢，妳禮貌性地掌聲，感謝旅人的回饋，帶來這首熟悉的佳作演出。等等！熟悉？妳怎麼感到熟悉？這音可沒有動聽到能讓妳銘記於心，應該是錯覺吧！

當妳略有所思，努力回想時候，旅人抬頭看著眼神露出疑惑的妳：「怎麼了？這首曲目令妳懷念嗎？是否也是某次比賽中聽來的呢？」

這番話，像是早已料到妳的表情與想法。旅人是刻意彈奏這首曲目的。

他露出詭異的笑容，將話題回到剛剛的故事：「嗯，妳的故事跟我聽聞的有些出入呢？」

「什麼意思？」妳困惑了，什麼叫做有些出入，那可是妳自己的記憶。

為了幫妳想起，旅人提出第一問：「仔細看看四周，這裡像是妳自己獨自生活的家嗎？」

待他語畢，妳環顧周圍，從夕陽斜射進的窗邊，隱約看見有個人影坐在那兒欣賞妳彈琴。妳將頭望向不受拉門阻擋的視角，看到廚房餐桌上，整齊地放著兩組餐具。

「仔細看看妳自己，妳和服上的花，是桔梗花嗎？」不等妳思緒理清，旅人提出第二問。奇妙的是，當旅人說完以後，妳身上桔梗印花竟然漸漸退去，成了淡紫色，垂顏的堅香子。這份詭譎終於讓妳的理智消逝殆盡。

妳猛然站起，抽出盤起妳秀髮的髮釵，防衛性地將尖端對著一臉詭異笑容的旅人。妳的雙手顫抖得厲害，眼眶的淚開始打轉，四周的一切順應妳的情緒，開始崩塌。

旅人絲毫不受影響，一派輕鬆地提出第三問：「妳與妳丈夫的第一次約會，真的是在海邊看夕陽嗎？」

這一問，妳記憶的拼圖瞬間散落一地。妳不斷重複地質問自己：「海邊？夕陽？真有其事？真有其人？是他嗎？不是他嗎？」這種恐慌，瞬間轉化成針，狠狠地扎著妳的心，一次又一次地，狠狠地扎。

夕陽射進和室的光扭曲成一彎一彎，古箏被彎曲的陽光照射的瞬間裂成兩半，先前所說的清幽、優雅已然化成沙塵，被襲來的一陣陣狂風吹盡。

旅人將食指放在嘴巴前，讓妳安靜，放鬆一點。

不知多久的時間，依稀記得，自旅人豎起食指後，扭曲的夕陽、斷裂的古箏不見了，外頭突然掛起一輪明月。狂風停止，蚊香點燃，微風再次吹來，將妳散亂的秀髮輕輕地整理一番。房間再次尋回優雅，妳也冷靜了。

知了再次鳴起。旅人呢喃，念出一句不如之前來得唯美的詞。

「相思隔岸，情深難解，吾願成雁，為汝祈願。」

作為故事的開始。

這次，旅人開口，為妳訴說同一段故事，以及故事真正的結局。

於是、於是，於是——

一樣正值二八年華的少女，成績優異，對古箏擁有極高的天分與執著的熱衷，同儕間出類拔萃，亦受長輩讚賞和肯定，是難能可貴的天才。

一樣在那場全國性的比賽，天才少女與鬼才少年相遇。從此交流音樂心得，求師於同一門下。然後第一次的看海約會，感受海風。第一次感受彼此的體溫，享受愛戀的不可思議，並許諾同一個未來。

不一樣的是，他們沒有門當戶對地踏上紅毯。

一次的比賽中，少女第一次勝過少年，取下冠軍。少年與少女的愛情，使得少女漸漸地明白情為何物，這並沒有使她變得平凡，她的琴聲反而比過去都還要穿透人心，而且在勾住聽眾思緒之後，卻又能拉出一段朦朧的距離，給人一種平易近人卻又高尚優雅的感覺。聆聽一曲就像是享受大自然的芬多精一樣酣暢淋漓。

雖然那是一場小比賽，少年心中卻種下難以抹去的陰霾，陰霾來自外界施加的壓力，來自自己的自尊心作祟。他不願承認如今的少女已經技高一籌，他寧可相信那只是因為自己刻意為愛人放水的關係。

但從那之後，少年再也沒有勝過少女任何一次。即便他用盡各種技巧，或是選擇其他更為艱難的曲目，他越是刻意下足功夫，琴聲就離最初「鬼斧神工」的境界越遠。最後一次聽見少年彈奏，是少女並未參賽，而他只獲得佳作肯定的地方性比賽。

兩人珍貴的聯繫因此，斷了。

少年被逐出師門，生活也開始變得荒亂不堪，四處拈花惹草，當初的清秀、文質彬彬，不過是上帝一次過分的玩笑。「鬼才」也成為親朋好友茶餘飯後的笑話。

少女因為自責，也因為失去珍貴的愛情，內心的扭曲、崩毀使得曲中出現「疲憊」，成績也一落千丈。直至另一場比賽，她也同樣地只得到佳作，直到她遇上了另一個少年。

拯救少女的少年，是與少女同期的同門。從小生活顛沛流離，又因為平凡，根本沒有誰願意栽培。原本自甘墮落的少年，卻在意外巧合下，愛上古箏，從此刻苦耐勞、努力向上，到處拜師學藝。最後在那場「鬼才」只得佳作的地方性比賽勇奪冠軍，獲得部分師長的讚賞。

與少女邂逅的那場比賽，專家對於少女走下坡的頹勢，只當作是另一個年少得志的鬼才縮影，沒人去細聽她琴音中的吶喊，只給予少女佳作敷衍了事。同期的他卻在評審頒獎時，不顧旁人的眼光，將自己的冠軍遞給少女，並說道：「我聽到妳的曲，那種吶喊很疼、很痛，是我無法做到的。妳比我更適合。」

因為他明白自己的音，只是按照樂譜所標註的反覆練習罷了，背好每一個答案，認真地填空而已，越是精準，就越是普通。而少女的音，有時過重，有時又太輕，起伏若過大時，可能還會走調。可是，她的音是活的，像是在對著誰用心訴說一樣，揪心、動人。那不是走下坡或不愛戴自己旋律的人的表現。

他比誰都清楚自己的努力只是凡人的延伸，而少女早就是超越天才的境界。正因如此，他沒有一絲消極，反而惜英雄地，不顧評審顏面，替少女平反。於是，經歷漫長的調適，以及少年的用心陪伴，少女重拾信心。最後首次奪得全國冠軍殊榮，也重新尋回愛的衝動。

兩人在一起了。

但是，回歸最單純的愛情層面，感情並不是「陪伴」就能長久。婚姻也確實不是只依靠興趣便能撐起的。

除了夫妻間大大小小的爭吵外，最嚴重的問題便是業界對少女的期待。外人無不期許重新振作的少女，成為第一把交椅，她必須超越大師，又得作為伯樂，提拔後輩。對於純粹熱衷興趣，好不容易振作的少女，這重擔難以負荷。

最後，身心俱疲的少女向她的丈夫提出一同斷絕與古箏所有關係的想法，一起專注經營彼此之間的婚姻生活。

然而，少年不願看見少女放棄她的夢想，因此他向他的愛人提出折衷方案，搬到鄉下，選個隱蔽的地方生活。也許遠離世俗後，少女可以慢慢地找回最初對古箏的愛，重新奏出一曲驚艷世人的旋律。

少女答應了，但她卻沒有因為搬到鄉下就重新拾回對古箏的熱愛，反而因為長期的壓力，產上了對古箏的恐慌，陷入矛盾與無止盡的憂愁當中，因此時常無緣無故地對她的丈夫大發脾氣。

最後焦慮淹沒了最初為愛人著想的用心，少年無法忍受這種單方面的努力卻不得回應的痛苦，兩人陷入無止盡的爭辯與冷戰、執拗與妥協的輪迴。

第一次，少年買回一件印有堅香子的和服，以花語暗示著，即使我們無法回到從前，妳仍是我的「初戀」，我會「忍受寂寞」等妳，直至妳走出傷痛。少年依舊努力地修補這得來不易的緣分。

第二次，冷戰過後，少女主動提出去海邊欣賞晚霞的要求，這澈底擊碎少年的心。因為晚霞是少女與鬼才的回憶，並不是與他的回憶，也許她早就忘卻。至此，少年明白他得到的只是感謝，從來不是對他的愛戀。

第三次，是少年第一次無理取鬧，也是最後一次。少女在荒廢許久後，重新彈奏的曲，竟是那首少女屈居第二，而他只是一旁作為聽眾給予掌聲的，那首她與鬼才的相遇。憤怒至極地，他第一次否認她的音。但是在當晚，他也決定放下一切了。

第四次，少年離家後，獨自前往曾經與少女的回憶，是他以戒指許了少女一個未來的地方。於是少年再也沒回來了。

「相思隔岸，情深難解，吾願成雁，為汝祈願。」少年對愛人的訴說，如果情深難以解脫，我願成為飛雁，拍展羽翼飛向彼岸，向菩薩為妳祈求幸福。

故事迎來一次放手，畫下真正的休止符。這次，蟬鳴真的停了。在妳的視線被淚水掩蓋的時候，周圍的和室出現一道道裂痕，一段接著一段，最後碎裂成一片片，散落一地，轉瞬間化成塵煙散去。

妳是否看清楚了？這裡已經不是妳從前的處所，現在，是一間只有妳一位客人的酒吧。燈光是宜人水晶吊燈，架上琳琅滿目的酒，則是從世界各地「抄襲」而來的名酒。至於椅子及其他設施，則是老闆刻意「親民」地請知名家具廠牌打造。

然後，妳眼前的旅人還是旅人嗎？不是，他是這裡唯一的酒保，也是這裡的老闆。

哦！不過，妳早就明白，他不是酒保，也不是老闆。但姑且還是稱他老闆吧。

老闆一身合身的工作服，襯衫加黑色背心，襯出他標準的身形，身高約莫一百八左右。銀白色的髮與朱紅色的眼，以及常人不太可能出現的標緻五官，擁有詭譎卻又充滿魅力。目前，確實是一位美少年。

至於最重要的個性，仍舊是那悠哉悠哉，置身事外的樣子：「如何？想起來了嗎？我可是認真地陪妳優雅一番了。」

妳的淚水依舊在眼眶打轉，語氣透著歉疚：「所以，我對他……」

老闆再次伸出食指，這次是停在妳的嘴唇：「噓！妳該知道的，有些事實不能講明，很殘忍的！」

「對不起，對不起，對不起！」久違地，妳的情感再次宣洩而出。

「抱歉，我無法配合妳的悲傷。人類的情愛，我實在看多了。」他兩手一攤，微微聳肩，又是一次置身事外。

妳不責備他的無情，堅強地問：「他呢？」

老闆平靜應答：「他來過，而且再也沒有離開了。但我想妳應該知道去哪裡找他。」

「嗯，我記得。」妳語氣充滿肯定。

「我親愛的莎士比亞們，你們總愛寫下一齣又一齣的悲劇，然後自己鬧得折騰。不過，既然已經是齣悲劇了，那就像羅密歐與茱麗葉一樣，為他與世界為敵，為他捨棄一切吧！」這一次，他語重心長地給出誠懇的建議。

聽完後，妳深呼吸了一口氣，從高腳椅上撐了起來：「嗯，我該走了。」

走沒幾步，妳靈光一閃，背對著他提問：「為什麼要幫我？」

「嗯，為什麼呢？大概是因為上面的門檻對於這個世代實在太高了，所以什麼稀奇古怪的都往我這送。我還在整頓，妳這種輕微的，可以不用這麼著急。」

「原來如此。」妳明白他的意思。

「對了，謝謝你，讓我再彈了一次古箏。」推開酒吧的門前，妳向他致上最誠摯的謝意。

他稍微瞪大眼睛，覺得不可思議：「不客氣。可以的話別再來了，不然，也別太早來。」

於是，妳踏出那間只有妳與老闆的酒吧。當門漸漸闔上之時，裡頭的空間再次扭曲，妳轉頭看見離開吧台的老闆正注視著妳，那銀白色的頭髮長出一對向前突刺的山羊角，瞳孔中的眼白被深淵的漆黑取代，最後背脊長出數對滅紫色與黑色交織的天使羽翼。

門闔上後，隔著那扇門，妳感受到刺骨的惡寒與不屬於人間的灼熱。

妳有些猶豫，但妳知道妳還是會回去。

酒吧的門闔上了，妳病房的門也打開了。

是準備為妳換上新的點滴的護士小姐開的門。看見清醒、坐在病床上的妳，她有點驚嚇：「哦！妳醒了呀！我等等去叫醫生，先幫妳換上新的點滴。」

妳望著窗外與妳相襯的雨天，仔細地盯著每一個在玻璃上聚集的水珠：「護士小姐，這雨會下多久呢？」

妳早已不在乎纏繞妳左腕繃帶下，密密麻麻的刀痕了。

「呃……大概會到這個周日吧，畢竟是梅雨季節。怎麼了？」對於妳牛頭不對馬嘴的發言，護士還是很專業地，很努力地與妳聊天。

「我跟我的愛人約好，要一起去第一次約會的山上，等日出、欣賞雲海。我欠他很久了。」妳轉頭看著護士小姐，努力地撐起太久沒笑，僵硬的嘴，給予一抹久違的笑容。

「哇！真的假的？也太幸福了。」護士小姐的少女心對妳來說，是如此開朗、耀眼。

妳再次將頭轉向窗外，靜靜地望向彼岸：「是啊！很幸福的。」

散文類

二〇一八年　第一名　作者：林琬芪　篇名：曼珠沙華

她像朵夏天的花，只在冬天時盛開。

第一次見到她，是在十六歲那年升高中，「你長得那麼漂亮，又聰明，以後前途一定不可限量。」、「你以後一定是人生勝利組。」「要是我女兒也跟你一樣優秀就好了。」類似性的言語，在她從青澀蛻變成青春後就從未缺少，如果你也見過她便會明瞭，第一眼見到她，我就決定要變成像她那樣的人。

我是一株向地性的草，襯托她的同時總抬不起頭。

早晨的她好美，偏愛坐窗邊，明明已經在教室的角落了，還抵不住她的花香。手上的那隻筆似乎沒有猶豫過，刷刷地寫出令人稱羨的文字，儘管背景是2B鉛筆的黑，我仍看得到光。我也好愛坐窗邊，不同的是，我永遠在角落的另一邊。就連午餐都是過度完美的三菜一飯，營養得讓人找不到垃圾食物的蹤影。「你開心嗎？」出於不甘心，這個問題在每天中午還沒吃第一口午餐前，我都會問她一遍。「嗯。」女孩每天的表情都不一樣，有時會微笑，有時面無表情，相同的是，每次回答完總會慢個5秒才會拿起剛放下的筷子，我也不知道原因。

就這樣我跟著她上了同一所大學、同一個科系，雖然我不喜歡這裡，但為了待在她身邊，我願意。嚐到大學自由又新鮮的滋味，她看起來似乎很開心，兩個月回家裡一趟，爸媽見她開心，也就放心了。春天來的第三個禮拜日，也剛好是系上的出遊日，我們都期待了好久，免除掉路上車子拋錨了一次，和中午餐盒裡有一根不知道是誰的頭髮之外，這趟旅遊平順地過去，大家都玩得好開心。但最令我忘不掉的，是當我們到達植物保護區時，女孩為了花園停滯的模樣。色彩繽紛、花香四溢，大概是普通人經過花園時會浮出的形容，到底是看到了什麼才能讓她如此入神？只見一隻手緩緩地伸起，像是想摸它的花瓣一樣，但又因不敢觸碰而馬上縮回，「你們也不能決定自己的人生嗎？」專注的眼光從她眼中轉成憐憫，同學呼喊了幾次她的名字，才終於回過神，用平常的表情跑回遊覽車上，從那一天開始，我偶爾會看到她表情出現變化。

「為了你，我把人生的高度設得那麼高，以至於人間所有樂事對於我來說全是失落。」——紀德《窄門》

每天跟仙人掌講話是她的習慣，在宿舍種的仙人掌，她叫它育德，跟高二時暗戀的男孩子同一個名字，因為父母不喜歡男孩的態度、他的成績、他的背景、近乎他的一切，最後連跟育德做好朋友都無法了，或許是移情作用，睡前沒有跟那株仙人掌講話，她就睡不著覺。這裡的夏天常有颱風侵入，宿舍淹水已是常有的事，我還記得那個連假，全部的室友都回家了，在各自的家鄉看著颱風入侵台東的新聞，也只能擔憂在心裡，等到回宿舍時，果然有些東西已泡在水裡，包括育德。看著它因水分過多腐爛的模樣，女孩什麼也沒說，只是笑了一下，跟室友說著沒事，仙人掌再養就有了，可我真的看見好多話從她眼裡流出來，只是都沒有聲音。

女孩的父母來過一次，社團、打工、樂團，那些所有要花時間參與的活動，他們對她現在的生活非常不滿。花就應該好好的種在花盆裡，按時澆花，結了果實也不能隨意亂撒，重新把土好好的填滿後，他們就離開了。

他們走時，好像也帶走了一些花瓣。

越來越多堂課我看不到女孩的蹤影，她甚至不記得自己什麼時候出門，一整個人都變得很沒有精神，花還是好美，可花再漂亮，沒有灌溉，還是會枯萎。漸漸地我開始擔心，她是不是在躲我，有我在的地方就沒有她，很多人見到我也直問你去哪了，我不知道，但我好想知道。

終於在要放寒假前，我在房裡看到她了，左手僅剩的花瓣全被染成紅色，其他的葉子早已破碎不堪，我趕緊跑到她身旁，想要把碎掉的葉子再黏回去，卻都於事無補。「沒關係的。」，她用盡全身的力氣對我說，「我也好想，好想變成跟你一樣的人。」說完這句話，她的最後一片花瓣也掉落了。我愣在房裡，還沒發現自己的左手臂也慢慢掉出紅色的花瓣，辛苦了，真的辛苦了，我的彼岸花，而我也終於敢承認我就是那個女孩，那個完美女孩，這個平凡女孩也是我，只是我們都在彼岸徘徊。已經不用再這麼累了，我閉上雙眼，等待房裡躺著的一具屍體，被人發現。

沒關係，沒關係，反正我們死後，還可以被做成壓花。

二〇一八年　第二名　作者：劉庭羽　篇名：鶴立雞群

凌亂蓬鬆的短髮、滄桑漂移的雙眼、毫無血色的雙唇、骨瘦嶙峋的身材，她從捷運車窗的反射看見這樣的自己。

掛在右手的公事包裡胡亂塞著還沒吃完的早餐，插在牛仔褲裡的手機已是許多年前的型號，她覺得不只全身上下的用品都已過時，甚至連自己都早已過氣。

怎麼會這樣呢？五年前，她明明是個所向披靡的風雲人物，談著對她而言不算遙遠的夢想，即便直來直往也不曾受人指責。

她問我：「所以怎麼會這樣呢？」那是她走出捷運站後，轉過兩條街，在一間狹小卻不失氣氛的咖啡店裡對我說的故事。

我望著她，不打算回應，因為她看起來欲言又止。

「我的夢想是成為記者，也曾經當了兩年的實習記者，可是怎麼會這樣呢？」她捧起桌上的肯亞啜了一口，空氣裡瀰漫著酸酸的咖啡味。

我並不喜歡這種味道，比起酸苦的口感，我更喜歡卡布奇諾綿密的奶泡。

她點的是肯亞，卻像喝了調酒似的搖搖欲墜，果然不想醒的人，喝水都會醉。

她緩緩伸出手，即便她看起來如此委靡不振，我也無法否認那纖細的手指真的是修長又美麗。

她用食指點了點我的卡布，「我以前也愛喝，可是等妳長大了就會明白，卡布太甜了，只會讓妳更難受。」

就像做了一場甜蜜的夢，但是夢醒了現實依舊殘酷，然後妳會豁然明白，那些美好而動人的篇章，妳還不如不去翻閱。她像個智者，說著滿口的哲理，但我從她迷濛的眼神中找不到一絲堅定。

她說她不知道如今所謂的夢想於她而言還存不存在著重量，但她能肯定，她已經不如過往快樂。

「妳以後會明白的，出了社會後真相都是假象，謊言才是真理，人類的成熟，其實是趨向虛假。」她笑了笑，微勾的唇角掛著肯亞酸後的苦味。

我偏頭望著她。

她繼續說：「妳要銘記，在一個群體裡不要當最獨特的人，就像屈原本是眾人皆醉我獨醒的好榜樣，但結局卻是給後人的警惕，很多時候，妳得學著隨波逐流。」

「即便大家都在盲從？」

她笑了笑，「妳和我真像。」

然後她說她有肯亞，我有卡布，這絕對是個說故事的好時機，不如就聽聽她的故事。

我點點頭，反正沒有時間壓力。

她開始說了。

她說小孩的世界很大，大到能夠包容她的直抒己見，犯下的過錯總會被原諒，但是越長大，越無法將自己塞進現實的夾縫，成人的世界太小，小到裝不下誠實和諒解，有時候虛偽才是最真誠的表達。

她進入職場後，漸漸理解這個道理，可她不善說謊也不愛說謊，她不願偏向錯誤而毀了自己的價觀，於是她逐漸與人拉遠距離，她不清楚她是落後了還是領先了，總之她不再是一個群體。

「當我說出一句真相，我就被降一職，當我戳破一句謊言，我就被留職停薪，妳知道嗎？我從沒想過我的直言不諱會讓我被時代排擠。」她笑了笑，將最後一口肯亞一飲而盡，酒醉似的搖頭晃腦，她說：「所以我慢慢學乖啦，什麼該說什麼不該說，我現在可是拿捏得很精準。」說著她笑了出來，我卻在她眼角看見些微濕潤。

她說，她也曾擁有過自己，擁有過夢想和單純，可是活在虛假的現實裡，妳不得不先放棄自我。

聞言，我沉默不語。

「所以我說了，就算妳覺得全世界都錯得離譜，也不要想著逆天而行，當大家都覺得這樣不錯的時候，妳也要安分閉嘴。滿肚子委屈又怎樣？起碼不會死得太快。」

她說她今年二十七歲，卻感覺自己三十幾了，活在成人的世界裡，成長的速度就是轉瞬之間。

「有一段時間我嘗試做些快樂的事，吃些甜食，看些喜劇，可我發現當我用了多少精力去完成這些事，結束後的空洞就會用同等力量擊潰我，現在要快樂太難了，有時候我真懷念小孩的世界。」她用憧憬的眼神望著我，讓我差點以為自己長大了也會變成她這副模樣。

接著她又開口：「在我最低潮的時候，有個前輩請我喝了一杯肯亞，她問我知不知道屈原的故事？我說我知道，她就說了我剛才對妳說的那句話：很多時候妳得學著隨波逐流。因為她曾經也和我一樣。」頓了頓，她問我：「妳猜那時候我回了什麼？」

我搖搖頭，表示不知道。

「我說，即便大家都在盲從嗎？」

我微微一愣，她便笑了笑說：「所以我說妳跟我真像，但是啊，妳不要跟我一樣。」

我偏頭，不理解為什麼她把所有負能量傳遞給我後，卻要我別跟她一樣？

她輕輕抓住我的手，微笑說：「窮則獨善其身吧，有些道理，妳自己知道就好，每個人都會在某些階段將自己當成瑪莉蘇，可沒有人改變得了世界。」

「我就是執啊，浪費了很多時間逆行，明明知道自己改變不了其他人的價值觀，卻不願安分守己，現在學會了閉嘴，可就是遲了。」她聳聳肩，似笑非笑。

她說她曾經是真相的代言人，但人類的本性就是會排斥標新立異，實話是難聽的，否則古代皇朝不會有那麼多人死於真理。

我一直都明白現實不夠溫柔，可也不該是她說的那麼糟，人的快樂不是取決於環境，而是人心，即便因為太想證明自己卻不得不被生活綑綁而受盡委屈，也不該始終低潮。

於是我緩緩開口：「我覺得，快樂其實不難，那都是心態問題。」她睜大了眼睛，我接著說：「姊姊，如果快樂真的太難，那我祝妳幸福吧。」

她望著我許久許久，伸手順了順自己的頭髮，然後問：「妹妹，妳幾歲了呀？」

我笑了笑回應：「二十了喔，已經是個大人了。」

七月份的溽暑，小而巧的咖啡廳裡，我遇見了一個奇怪的女人，她背負著現實的重量，把生活的滋味壓扁，好塞進這時代的夾縫，她說，她弄丟了自己，她談不了滋味。

我只告訴她：「如果有一天妳在某個地方看見自己的故事，請妳務必回到這裡，屆時，請妳面帶微笑，好好接納這個世界。」

因為我忘了告訴她，我是個只寫真實故事的作家。

所以姊姊，妳看見了嗎？

二〇一八年　第三名　作者：張浩熙　篇名：名字

街上都在傳，又出現了有名字的人。

茶館夫人憂心忡忡，面對孩子們拉著她的裙襬問名字是什麼時支支吾吾。

七街十六號先生不以為意：「之前有名字的人都還會跟我一起喝酒呢！喏，就是那西街十九號先生。」

路上踢球的孩子們七嘴八舌：「會搬走的吧？」「才不會，一定會跟榕樹下先生一樣留下來。」「可是以前就有人搬走過啊！」「但紅高跟小姐最後還是回來了。」

有名字的人在新家進進出出，搬家的工人見到簽收單上的名字，紛紛和見到瘟神一樣，放下搬到一半的貨物就跑。

「先生！服務不周十分抱歉，我們會退款至您的帳戶，祝您順心！」轉眼就不見人影。

真是的。他搖搖頭，捲起袖子把剩下的紙箱搬進屋裡，邊慶幸自己帶來的東西並不多，一邊拆開最被嚴密封起的箱子。

搬到小鎮一個月，有名字的人深感鎮民對他並不友善。

餐館門口明白寫著「不歡迎有名字的人」，花店夫人和她說話時總是唯唯諾諾，行人異樣的目光。只有孩子們會主動跑來找他搭話，但不久後就會有其他大人跑來急忙拉著他們離開。

這些日子裡，他也有寫信和家人報平安過，卻從來沒收過一封回信，或許是他不受歡迎到連郵差也不願意替他送信吧？他這麼想。

「那是因為你是有名字的人啊。」醉醺醺的女人，用夾在指尖的菸對著他指指點點，「很久以前我也是這樣，帶著名字來到這裡，卻怎麼都格格不入。因為無法忍受而離開，卻又為了最初的理由又回來，然後放棄了名字，就成為了這裡的人，這什麼也不用煩惱的幸福小鎮的鎮民。」

說到這裡，女人突然直勾勾望進他的雙眼，彎起婉惜的笑意。

「他們現在叫我紅高跟小姐。」她轉動腳踝，讓有名字的人看見她腳上鮮紅的鞋。

「隨波逐流的話就能輕鬆得多了。」

把醉倒的女人送上車，回到沒有人留燈的家中，妻子燦爛的笑容就在門邊。

「嗯，我回來了。」

又是平凡不過的早晨，有名字的人待在桌前，打開昨天經過超商買的報紙，配著了無新意的內容，早餐是一成不變咖啡和三明治。

和過去每天一樣平常的早晨。

『叮咚』

唯一不一樣的是從來沒響起的電鈴發出聲音，他驚奇的看著前來拜訪的紅高跟小姐。

「我帶了禮物給你。」一身豔紅套裝的女人把一只紙袋塞到他懷中，「有時候折衷點不是壞事，你自己想想。」說完轉身就要離開。

「嘿！妳的新鞋子很適合你。」他大喊。

聽見他這麼說，紅高跟小姐勾起腳，晃了晃上頭的黑色新鞋。

「是吧？我也這麼覺得。」

剪下一束嬌豔的玫瑰，有名字先生把妻子照片前的花換下，指尖滑過上頭女人燦爛的笑顏：「我出門了。」

繞進茶館夫人的店裡，順著菜單往下看，從昨天吃過的菜色往下點了燻雞三明治與焦糖歐雷，接過早餐的同時順口誇讚對方今日的打扮，換來女子略帶羞怯的笑聲。

西街十九號先生在路上攔下他，邀約了周六與紅高跟小姐一同喝酒聊天，不遠處改換上純白球鞋的女人，抬起手對他揮了下算是打過招呼。

沒來得及回應她，女人已經被牽著的哈士奇帶著跑遠。

有名字先生無奈搖頭，和西街十九號先生道別後繼續往前走。

再往前一段路，他舉起公事包擋住了迎面而來的足球，高高舉起落到手上的球，他挑眉攔下路上踢球的孩子們，趕著他們回到一旁人行道：「都多注意點，再有下次我可要把球沒收了。」

在進到公司前，他突然想起懷裡那封沒寄出的信件，於是重新轉過頭去，看著雪白的信封消失在洞口，他笑了笑再次走遠。

女人充滿皺紋的手打開陌生姓名寄來的信件，看到最後淚水已經模糊了信件上的字跡。

親愛的母親：

許久沒與您聯絡十分抱歉，也替我和麗莎道歉，我想我在離家前對她說的話實在太過傷人，如今我在新地方過得很好，你們不用為我擔心。

請替我和她說我永遠愛她，我最親愛的姊姊。

當然，我也永遠愛妳。

失去海倫的痛依舊留在我心中，但我已經開始能好好地回想她美麗的笑容。

往後聯絡可以寄信到下面地址，我會盡快回復。

妳親愛的兒子 凱文

二〇一八年　佳作　作者：簡毓錡　篇名：北方的天

漫漫長途，北部的天依舊是暗的，彷彿映照出即將遠去的遊子，內心徬徨不安的低沉，他知道，這是人生必經的階段——離家，獨立，然後成長。

第一次離開生活十八年的土地，是遊子不曾想過的。前往他鄉，乍聽之下多麼令人驚愕，十八年來的溫室栽培，一夕之間不復存在，他將啟程走向暴風，走向父母照耀不到的陰暗之處，遊子內心徬徨無措，北部的天仍舊是灰的。

那一天——得知必須抽離這片熟悉土地的——那一天，那個早晨，陽光跳過層層監控，一縷縷光芒從緊閉的窗戶撒落進來，卻溫暖不了坐在時間前等待審判的人，緊張到恍若窒息的空中，傳來陣陣抽氣聲，緊握「法槌」的右手隱隱顫抖。那一天，眾多的犯人坐等屬於他們各自的結果，待時辰將近，可能是聞者落淚的「無罪釋放」；也可能是難以招架的「無期徒刑」……。遊子內心毫無波瀾點開他的結果，一石子掀起千層漣漪，一道「發派邊疆」的皇令，愣是他千算萬算沒算到的。

頭頂陽光不再，接連幾天北部的天灰濛濛，還有一個多月，羽翼之下的花朵亦將不再，他知道，這是天為他敲響獨立的第一個警鐘。三十多天的轉眼即逝，讓遊子無所適從，面無表情的面具底下，是滿腔恐懼和不捨，他盼時間多留下作陪，得到的只是無奈搖頭和瀟灑遠去的背影。日子仍在往下行走，他腳下所踩的土地，是他打滾撒潑十多年的泥土芬芳，如今，他將遠行，熟悉的芳香也將散去。

啟程那日，北部的天是朦朧的，他道不清內心究竟是不捨多了些、還是為即將遠去的恐懼多了些、亦或是摻雜在其中的期待多了些……？那天，許是遊子最狼狽不堪的一天。他搭上被行李佔據後車廂的小客車，父母再三叮囑出發前的最後檢查，在最平常的面具之前，微笑是最大的防禦，他笑著催促父母趕緊出發，連回頭望一眼家都沒有，遊子想，這一望——怕是得哭上一陣吧。

路途漫漫，灰濛的印象逐漸散去，越往下走陽光的臉越是耀眼。沿途停靠的休息站，成為他努力烙印於腦中的場所，與過去郊遊玩樂不同，此行一過，回程將不會有自己的身影，遊子衷於與家人談天的瞬間，只有即將離開庇佑的他才深切體會，時間永遠是不夠的。客車仍在路上緩慢而行，儘管如此半天一到，南方便現於眼前，與北部截然不同，南方的天對於遊子來說太過炙熱。曾幾何時，北部陰沉的天已佔據他的胸膛，成為他滿腔的回憶與鄉愁？或許說鄉愁還太早，但對他來說，從接受「未來」的那天起，連腳下的泥土，都早已是他鄉愁的目標了。

東邊的後山，與北部相比，對於一個遠道而來的人來說，恐怕連空氣都覺得陌生，不是第一次踏上後山的土地，對遊子來說卻是第一次「真正」體會這後山的空氣、陽光，與北部混濁的氣味不同，在台東這塊土地，空氣遠比北方還要來的乾淨許多，太陽更是霸道地成了空中霸主，無止盡地傳遞它的熱情，或許，它只望這熱情能給來自各地的人，一絲不同凡響的溫暖吧。推開車門，炙熱的光撲面而來，耀眼地讓人不願抬頭，卻是偷偷驅趕了些心中沉悶的汙濁，遊子擦了擦爭先恐後的汗水，放眼望去，台東啊——

即將成為他第二個家鄉的地方啊。

漫漫長途，跨過大半空間與時間的距離，踏上不同芬芳的土地，未來四年……甚至更漫長，忽略胸口的不安與念想，腳下這塊土地是自己將來與之相處的對象，就像呱呱墜地的嬰兒，人生的第十九年，遊子走向暴風、走向父母照耀不到的陰暗之處，走向另一處天地、走向自己親手打造的光芒。離家，獨立，然後成長……一切都將在台東這塊土地落地生根，他不曉得種子是否會成長茁壯，但底部的根卻已深埋土裡蓄勢待發，他將獨自抵抗風暴、面對挑戰，父母的羽翼遮不住整片天空，遊子紮根在台東這塊土地，含苞待放。北方，已成為他偶爾才眺望的鄉愁，台東的熱情在日夜相處中，慢慢融化心中的陰霾，他逐漸讓自己學會成長，並且努力茁壯，只是有些時候——稍微想念北方的天空罷了。

二〇一八年　佳作　作者：陳姿妏　篇名：初東

如果沒有參加大學指定考試，選填志願，堅持己見，我也不會在這前往台東的旅程。火車沿途下來，一幕幕的風景從我眼前呼嘯而過，伴隨著不安又期待的心情，踏上這條通往台東的道路上。身旁是從小拉拔我長大的父親，陪著我搭乘將近六小時的長程火車，陪著我想像人生的藍圖，陪著我一起成長卻又必須看著我的背影離去的父親。我想到了目送中的「所謂父女一場，只不過意味著，你和他的緣分就是今生今世不斷地在目送他的背影漸行漸遠。你站立在小路的這一端，看著他逐漸消失在小路轉彎的地方，而且，他用背影默默告訴你：不必追。」我知道這是人生必定會面對的課題，所以我努力的讓自己看起來獨立又可靠，才能讓雙親放心的讓我去闖，那名為追逐目標的人生。

初來乍到，人生地不熟，從未離開家裡那麼遠，也是第一次到達台東。前往台東之前，對於台東的想像就是層巒疊嶂的山谷、一望無際的海洋、地廣人稀的土地。事實上，台東也確實與我想像中的樣子相同，只是在這旅途中，萍水相逢的人們、向我招手的田野、離去的父親、陌生的環境，都在告訴我已經踏上台東這塊土地上了。告誡著自己，這是我自己選擇的道路，必須有所作為，不能讓雙親失望，他們都在終點等著我，我只需要好好的在這茁壯成長。

台東是個生活步調緩慢的地方，一不注意便會被它牽制住，跟著愜意的生活。有時候我會想像它是個血盆大口的嘴，如果我不積極進取，它便會不留情的吞噬著我。我深深的覺得，必須這樣想像，才能鞭策我向前競爭。因為待四年過去，回首過往，才能夠不後悔莫及當初的不努力，才能夠成為一個有用的人。

回過神來，車子正在開往池上，沿途經過金黃色的稻田、層巒聳翠的山谷，最後停在稻米原鄉館。在這棟建築物的前方是一塊塊在陽光下閃耀著金黃色的稻田，隨著風輕輕擺動著，往後看便是翠綠的山谷，由近到遠的風景最讓人感到心曠神怡。在這美麗的田野小路上，我們決定一起租借電動協力車，親自體驗這裡的寧靜與美。可能是因為假日的關係，沿路上都是與我們相同來放鬆心情的人們。一轉彎便是不同的風景，我們像個小孩似的興奮的到處遊竄在每條田野小路，經過了有名的伯朗大道，看著朝聖的遊客們，一個個的上前與金城武樹拍下紀念性的合影。沿路上都是絡繹不絕的遊客，在這條筆直的大道上，大家彷彿都在一幅會動的畫中裡，盡情的把自己的顏色塗染上去，創造出繽紛的色彩。

碰巧遇到歌手伍佰在池上舉辦演唱會，看著一整塊金黃色的稻田與一整塊都是密密麻麻的人群形成對比，在這優美的環境裡洋溢著令人精神一振的歌聲，不禁閉上雙眼，好好的嗅著空氣中瀰漫著成熟飽滿的金黃色稻穗所散發出來的味道。煦煦的微風吹拂著臉，彷彿被風溫柔的撫摸著，嘰嘰喳喳的鳥兒彷彿也在耳邊附和著伍佰的歌聲。不知不覺時間也已經不早了，

只能戀戀不捨地打道回府，在心裡默默的告訴自己，下次有機會還要再來這種令人感到愜意的地方——池上。

對於我而言，台東就是一塊藏匿著許多珍寶的土地，就只是取決於我們如何看待它、如何挖掘它。曾

經有人告訴我：「搖滾，就是不安於現狀。」我想，我會好好實踐這句話，不安於現狀，努力的讓自己的生活有所不同。我想，人生就像是一本生命之書，有些人窮極一生就只有一、兩頁能翻，有些人卻能夠像翻書一樣，一頁一頁的翻。就只是取決於我們如何做、如何規劃。就如同我一開始的想像，這塊土地上就像一張血盆大口的嘴，一不小心我們都會毫不留情的被吞噬，但是如果我們努力地往前跑，它就追逐不到我們，而我們又能夠在這片土地上有所收穫。所以欲想成為一個有所成就的人，就必須有所捨棄，我始終相信有捨就有得，在這片寬闊的人生道路上，台東或許是我人生中的一站，又或許它可能是我所追求的一生。

這都是我們無法預知的未來，我相信著，我們會好，並且會更好。

二〇一八年　佳作　　作者：王柔蘋　篇名：客套話

直來直往不好嗎。

從我們出生那時起，彷彿就被下了一個詛咒。然而我們的人生並沒有出現好仙子將整座城沉睡，讓受詛咒之人可以等到王子的親吻而破解詛咒的設置。這世界罩著一個制式化的笑意，每個人都擁有無數稱作保護色的面具，並且習以為常著。習以為常原本沉靜少話的同事，在喝過酒後，退下面具，成為一個喪心病狂的親吻狂魔。在這五彩斑斕的社會裡，默許且容許每一個人擁有雙重以上的人格，而活在其中的人們同樣樂見其成，享受苦中作樂的戲如人生，不瘋魔不成活。

我們無法當著職位上的長輩，直言不諱；我們無法當著學校裡的教授，直指他的不對；我們必須尊重那些倚老賣老實際上卻沒有任何禮貌的自私長者。每個人都背著一個「身分」的假皮囊，為了能讓這副假皮囊得以成為不被排擠的異類，我們天天替假皮囊精心準備許多張面具，見人說人話，見鬼說鬼話。

在這樣充滿假象的社會裡，根本無法準確分辨哪一個人說的哪一句話是真是假，又該將哪一個人說的哪一句話當作真實，只能長年讓自己處於一種不上不下的狀態當中，載浮載沉，最終成為一個時時忐忑不安，無法腳踏實地的人——「我以為是開玩笑的。」任何人都能推翻自己脫口而出的約定，或是替自己的遲到與遺忘交出一個完美的卸責，人與人之間不是以信任為待人處事的基礎，而是以浮生若夢般的輕，恍恍惚惚地漂浮過一輩子。

「走啊，下次再一起吃飯！」換言之，如果沒有假意的承諾，或是認真地拒絕，就像是憑空切斷了什麼連繫在人與人身上的情誼，不給面子、不想交朋友、是不是很難相處等等，猜疑的標籤就會憑空而出，貼在一個人身上。然而其實不過是慣於直來直往，不承諾沒有的事，也不會讓自己在他人的印象裡，成為一個隨時都可以推翻自己的人。

再平凡不過的客套話，放在某些耿直到肯定會撞南牆的人耳裡，卻是一種一直在進行自我否定的行為。有些人可能會認為，這樣活得很累，但對我來說，不斷地給出謊言，並且時刻兢兢業業於是否該履行或執行義務，才是活得最累的一件事。

我無法放任自己成為不是自己的人。

尤其是在不得不答應客套話的情況下，已經將自己置於一種環環相扣的情感勒索裡。或許因為為了給家人、給朋友、給任何你想給的人做面子，一時失口答應了不喜歡的人的客套話，雖然抱有著或許真的不會成行的前提，但那並不是百分之百。下一次，若是不喜歡的人真的約了吃飯，能推掉嗎？

他或許會回你一句：「上次不是說好了。」

如果婉拒了，將成為一個失去誠信的人；如果假裝忘記了，就代表選擇了繼續玩客套遊戲，只不過是把虛以委蛇的人不想承擔的諾言之重，重複往外推了出去。自己依然身處在一個乘桴浮海的狀態裡，為了不要讓他人的小船與自己的小船碰撞，不斷地畫太極，周旋著避開，隨波逐流，不上不下。

當然也有「因材施教」的辦法，可以根據自己的內心來衡量判斷，什麼人的諾言是輕、什麼人的諾言又是重，與此去一個一個，分門別類所有在你面前打轉的人。這或許是一個很好將自己置身於浮海上的解決辦法——可唯一的缺點就是，我們並非聖人，一定會有判斷錯誤的時候，這個時候，那些假象的居高態度，只會將你重新打回一般的高度，繼續在水面上載浮載沉。

想要從彷彿沒有邊際的一葉扁舟上下來，唯一的做法就是以誠待人。

不遲到、說到做到、不說敷衍的話，更重要的一點，不要拿他人的標準來衡量自己。若是與一個常態性遲到半個鐘頭的人有約，絕對不能因此而將約定的時間往後順延半個鐘頭，因為你不知道或許那人今天早早就出門辦事，之後直接赴約，那麼到時失信的人將會是自己。

在現代社會裡，這除了是件困難的事之外，更是件會將自己推出這個世界秩序的行為。如果做到了，不外乎就是以真面目親眼見見這個世界，對待這個世界，然後偶爾低頭看看自己的雙腳，偶爾遙遠眺望海平面的那一端，不欽羨，也不得失，就是實實在在成為一個不會隨時對不起自己的人。

二〇一七年　第一名　作者：劉庭羽　篇名：凋雛

四周的光線黯淡了許多。

每當夜幕降臨，我的情緒總是特別低迷。

越長大才越明白，年少時談及的未來，其實是那麼遙不可及。

就像孩子們相信聖誕老人的存在，小時候說的那個故事，直到增長了些歲數才發現是天方夜譚。

時間的齒輪已經轉了好幾圈，似乎輪轉了一千零一個夜，早該是過了說晚安故事的年齡。

然而很多時候，我仍經常在某些夜晚裡，懷念起曾經堅信這世上有阿拉丁神燈的自己。

好想回去。

每當夜幕降臨，我的情緒總是特別低迷。

※※※

那段時間，我經常與她討論我們的將來。

十七歲的我們，即將轉大人。

在某些風和日麗的假日，我們總會相約在離家最近的咖啡店，聽著店內沒有歌詞的純音樂，各自做著毫不相干的事情，偶然抬頭對視，會同時笑起來。

那天一如既往地晴空萬里，千篇一律的樂章，我們從沒聽膩。而她望著我，突然問起我是否決定了想要的科系。

「服裝設計吧。」我聳聳肩，回答得有些漫不經心。

她沒多言，點點頭後便繼續做自己的事，不一會兒，她同樣漫不經心地開口：「如果妳讀中文系，也許我們可以一起讀大學。」

那一瞬間，我動搖了。不知是哪一個部分正在瓦解，我毫不猶豫地回應：「好，我們一起讀大學。」

那時春暖花開，咖啡店外的雛菊活潑地綻放。

我們時常聊著天，勾勒理想藍圖，把彼此填進各自的未來裡，說好要一起完成許多事情。我記得那些瞬間，我們的笑容從未停歇。

我始終相信，事隔多年，我們依舊能輕而易舉地透過一通電話、一則訊息，在老地方相見。

然而，十九歲，

「妳最近還好嗎？」好一段時間失去聯繫，某天，熟悉的號碼顯示在螢幕上。

我接起來，聽著電話那頭依舊輕柔溫和的嗓音，突然有些鼻酸。

最終，我們還是分隔了一座山脈。

就像當時坐在咖啡店裡，如今我們仍舊各自做著毫不相干的事情，過著互不干擾的生活；她讀她的音樂系，我念我的華語系，我放棄了服裝設計，卻也沒和她在一起。

但事到如今，一切的變化都已無所謂了。

然而大學才過了一個學期，我卻彷彿已在社會打滾了多年。

很多人都說，大學就像個小型社會，真誠善待一切的人已經不多，而圍繞在彼此身邊的，最少也是帶了一副面具、隨著不同場合任意轉換的人。

而我也不例外。

大概是因為還拖著總在幻想的自己，所以面對現實不夠成熟，和她分道揚鑣後的幾個月時間，我便面臨了無數次分離，品嘗了複雜的痛苦。

漸漸地，我開始學會無時無刻面帶微笑；漸漸地，我開始學會將心比心；漸漸地，我開始強迫自己藏起矯揉造作的情緒；漸漸地，我開始覺得有些無力。

要是和她在一起，就好了。

好幾個夜晚，我總會不經意地懷念起曾經堅信這世上有阿拉丁神燈的自己。

好想回去。

※※※

忘了時隔多久，這天，在一個氣氛恰好、天氣恰好、時辰恰好的傍晚，我們回到了那間咖啡廳。

失聯的這一段時間並不長，我卻仍看見她的變化。

同樣的嬌小玲瓏、同樣的長髮、同樣的輕聲細語，不同的是，她看起來更加成熟穩重。

這顯得我仍然孩子氣。

「你還好嗎？感覺很疲憊。」她看著我。

我回望她，沉默了許久，許久，

「沒事呀。」

我曾在腦中設想過一百種回應的方式，當某一天有人這麼問起時。然而我從來沒想過，這一百零一種答案竟會來得如此突然，卻又這麼順理成章。

沒事呀。

我聽見自己輕輕地說，就像春日裡偶然拂過的風，那麼溫和，那麼雲淡風輕。

卻有些遺憾。

那天我們相顧無語，甚至不再提起那些遙不可及的夢，即便如此，氣氛卻不尷尬，聽著彼此的呼吸，彷彿地球在這一刻停止運轉都無所謂了。

當我們準備各自回家，她忽然拉住我的手，像過往一樣，輕輕一笑，等了一會兒，才聽她溫柔地說，

「誰沒經歷過風霜？但我們總要成長。」

咖啡店外曾經盛放的雛菊凋零了，而她道了別，轉身離去的背影看起來如此耀眼。

『誰沒經歷過風霜？但我們總要成長。』

花，總會凋謝的，唯有花瓣落回土壤，才能重見天日。

而人也要學會墜落，學習品嘗惋惜的滋味。
學著，拋棄過於天真的眼光。
早已過了一千零一個夜，天方夜譚的故事也該完結。

※※※

四周的光線明朗了許多。
今天是再度分道揚鑣的日子，望著火車外不斷倒退的景色，我想起了在車站道別時的對話。
『沒事的，相信我，只要還記得自己是誰，遺忘了某些東西又怎麼樣？』
『無傷大雅，畢竟長大的過程，總要拋棄些什麼。』
而人也要學會墜落，學習品嘗惋惜的滋味。
學著，拋棄過於天真的眼光。
是啊，畢竟我們總要成長。
多年以後，回到咖啡廳，與當時同樣的季節，卻再也沒見過雛菊。

二〇一七年　第二名　作者：張育瑄　篇名：巡夢

午夜時分，一葉舟將我渡往無盡的彼方，擺渡者的臉龐煞是陌生但又熟悉，朦朧的光刺痛我的眼眸，睜眼後已身處另一片大地。
矗立在荒野的建築物是記憶的聚合，廢棄的模樣是塵封的痕跡，殘破的磚瓦與茁壯於此的古樹都縈繞著不容侵犯的肅穆。突地身後傳來一陣氣息，回身，映入眼簾的是曾仰慕之人，是無法碰觸的存在，但這荒蕪之地世俗的規範都成虛構。纏繞之間，我聽見他的心在呼喚她者的名，思緒崩壞，理智斷裂，畫面崩解，我跌入沉黑的虛無裡。

藍，目所及之處皆為晶瑩的藍，明明是冰所砌成的空間，為何不感一絲寒意呢？連思考的時間都奪去的，是窮凶惡極的討債人，藏匿佔據了所有思緒。面前是一道長長的滑梯通往未知的地底，情急之際，縱身而入。地下熱鬧的景象如同百貨的商街，熙來攘往燈火通明，但追兵依舊。匆忙竄過人群尋找密室，一個閃身，躲進兩坪大的矮小鼠穴，突然一道黑影闖了進來，閉上眼不願面對接下來的慘烈，空氣彷彿凝滯一般沉靜，睜眼察看，原來是年幼模樣的兄長，手中捧著兩個對他來說過大的肉包，蒸騰的熱煙溫暖了冰冷的空氣，他悠悠地嗑著手中的肉包，此刻的愜意對比我的緊繃。門後的喧囂已步步逼近，敲打聲響起那刻，他嫣然一笑，而我的世界開始幻化。

偌大的水泥叢林將我包覆其中，手中不知何時多了一把色彩繽紛的武器，看似玩具水槍般的外型，蘊藏著無比的破壞力，泡泡糖似的彈藥，炸裂的威力不容小覷。順著直覺進入一幢建築中，嘈雜打鬥的畫面使人煩躁不已，舉起手中的武器就是一陣掃射，閃避跳躍，瞄準射擊，都只是雕蟲小技，須臾，塵埃落定，而方才的紛爭已成了軀殼。空間轉移，到達集會中的禮堂，許多全副武裝的黑衣人依照戰術部屬武力，而我是王牌，是最重要的殺手鐧，一聲令下，我方蜂擁而入擊殺敵方的人們，只消幾發子彈，一切便分崩離析，人群炸裂，騰空的瞬間即是永恆，靈魂離開的速度大於痛覺傳遞的速度，震動來不及離開聲帶便嘎然而止。掃蕩場地只在轉瞬之間，隨著指示不斷前進，不合常理的沼澤倏地出現，高昂的情緒不允許片刻的遲疑，縱身躍入一潭綠波中，抽離，真空。

驀地清醒，驚擾我的是同室的友人抑是方才的虛空，無從確認。伸出僵硬的手，試圖抓住彼方餘留的氣息，僅是徒勞。闔上眼渴望回到那片大地，卻如何都拼湊不出完整的樣貌，如同花火一般的場景，只活在轉瞬之間，即使相似卻無法相同。窗外的月猶如夜空斂下的眸，半闔的凝望著無眠的我。起身，調整因移動而紊亂的心跳，環視模糊的四角空間，細語呢喃猶如夢囈：睡吧。敲打我茫然的思緒，不做抵抗，再次跌入蓬鬆的暖洋，放空所有思考。

眼簾後的世界，是不完整的黑，光影游離，如數不清的靈體於天幕上翩舞，意識迷濛，徘徊於兩個象限之間，寐而無夢的我究竟是醒著還是睡了？大腦的運行彷彿垂垂老矣的鐘擺，無力晃動卻不願靜止。現實的輕微動盪隔著一層薄膜刺激著遲鈍的神經，只消一陣騷亂，便會穿透隔閡，將我從灰色地帶中硬生生扯回人間。渾沌中，身體開始不停下墜，下墜，墜至無盡的夢，無數的斷片閃爍不定。銀色海浪方要拍岸，黑色的星便直衝而來，以為將被吞噬，但畫面卻不停快轉，快轉，快轉，鮮紅，綻開一朵血色的薔薇，攔腰攀折是一頭蠻橫的熊，全力狂奔仍逃不出被撕裂的命運，分崩離析，撕心裂肺之痛席捲而來，猛然顫動，一切竟如雲煙消逝，唯有窗外泛白的晨曦靜靜地嘲笑我的驚慌失措，緩緩上升的旭日宣告夜晚的終結，連同我的夢境一起，畫下休止符。

在虛與實之間，在醒與睡之間，我浮沉在淺意識的洪流裡。那些無法碰觸的，禁忌的事物，那些虛構的，不真實的幻象，都如畫一般真實。我在夢裡，尋一種救贖，尋一種依靠，陷溺在無盡的輪迴裡。時間的流動一分為二，幾年光陰終是黃粱一夢，幾秒的幸福已是一夜的等待，闔上眼的那刻便是永恆，而我，一生都在等待永恆。

二〇一七年　第三名　作者：何宜儒　篇名：落花

落花的美，就像陳年的佳釀，苦澀的嗆辣之後，餘下的是淡淡的清香，甘醇的醉意。凋零，也許勾人落淚，但留下的卻是綻放的美麗。

生命是平凡的，卻也是彌足珍貴的。螻蟻尚且偷生，牆角的小黃花不畏艱險的在惡劣的環境裡破牆而出，是我們歌詠並敬畏佩服的精神，但我們卻甚少去關心離我們最近、最平凡的生命。那是一個喧囂的午後，我和媽媽一家一家地尋找著賣鏡子的商店，家裡的鏡子舊了，人影在鏡子裡就像抹了奶白色的牙膏，看起來並不清晰，淺淺的水漬一片片堆疊，就像在鏡面上蒙了一層淡淡的霜。

我們在我們住的小鄉裡，一家一家的找著，嫌這家店的鏡子太方，嫌那家的鏡面太大，嫌這鏡子還附帶裝飾花邊，東挑西揀的卻也沒找出符合我們需要的那面鏡子；於是，我們開始問起當地的居民，泡茶的伯伯說要到鐵材行看看，鐵材行的老闆搔了搔頭，認為我們應該去紅綠燈下那家玻璃材料行問問，玻璃行的老闆聽了搖了搖頭，指向菜市場對面小巷裡的那家五金行。我們就像小艾莉絲一樣一直迷惘著，找不到回家的路；甚至開始懷疑到底要不要把舊的鏡子換掉。

新年的氣氛，一年比一年平淡，甚至幾乎沒有看到整間店紅通通賣春聯的小攤販，今年的冬天尤其安靜；我們家歷年都有過傳統節慶的習慣，無論是元宵節還是七夕，媽媽總笑著說我們這叫順應天時。春節，對我們而言是一年一度的大節日，但今年卻似乎蒙上了淡淡的霜雪，總叫人尋不著頭緒。大大的街上，豔陽不合節氣的曝曬著，空氣裡卻是冬天專屬的蕭索，只剩我們依偎著，尋找著我們需要的那樣東西。

那天的天似乎暗的特別快，太陽提前下班了，餘下孤零零的藍天，雲還是白的，靜靜的鑲在潑了墨的湛藍天上。那一連串的事情瞬間快轉，卻一幕幕在我眼前放映，無法遺忘。爸爸焦急的回家洗澡，暗示我們準備出趟遠門，媽媽的手被十元店的削皮器削了一塊肉，淌淌的仍在流血，怵目驚心，弟弟還傻傻地在屋外刷著油漆。嘩啦啦，浴室的水聲響起，我顫抖的接起了電話，是奶奶的噩耗；嘩啦啦，我搞不清楚是水聲，還是我心底裡的淚水，隨著鮮紅的血液滾滾而下。強裝鎮定的我咬了咬唇，「不能不冷靜」這是我唯一可以告訴自己的，回過神來，我們已經在吃晚餐了，媽媽的手已經上藥不再流血了，油漆也已經收好了，但最後到底有沒有刷完，我不知道。從不排斥素菜的我，竟也有無法動筷的時候，第一次，連提筷子的力氣都沒有了。

已經很久了，卻像是昨天才發生的事情，我問自己對奶奶是恨多一點還是不捨多一點，但我發現卻是絲毫恨不起來了，只恨自己跟她住的實在太遠太遠，隔了這麼多的縣市，她一定很孤單。爸爸孤寂的背影深深的刺痛了我，頹然的神色就那麼烙在我的心頭；媽媽自從嫁了進來，為了這個家做了那麼多事，卻總是得不到她的心，也不知道是值還是不值；我們家族幾乎都是女孩子，奶奶幾乎不會多看我一眼，無論我怎麼地努力想要比別人做得更好，認真地拿著一張張的獎狀，甚至盡我所能的去對她尊敬和關心；但是，我還是得不到她的認同跟喜歡，她也許不知道，我想要的只是可以坐在她的腿上聽她說說「七世夫妻」的故事，只是可以在吃飽飯後漫無目的的牽著她大大的手在家門外散步，看看沿路的風景。

她沒有必要對我好，只是我過不去自己的坎；她，在我生命裡的燦爛，就像梅樹上的梅花，只在嚴寒中盛開，只有靜雅的淡香，多一分則甜膩，減一分則蕭然。也許，我還在自己的傷心裡不願走出來，忘了她撐著彎了的腰把麵糊炸成油條之後，給我盛的那碗土豆湯，天還沒全亮，天那麼冷，我手裡的是剛盛好的暖暖的土豆湯，是我傳說中念念不忘的香味。

忘了從什麼時候開始，我也學會了冷淡，我跟著其他姊姊妹妹往前走去，她卻還在原地炸著油條；當她無助的躺在養老院的床上時，我一直不能明白那時候我心裡的想法，也許我還在固執地等，等著她對我笑、對我好；我甚至忘了自己跟她說過的最後一句話是什麼，卻還在幻想著有一天還可以握著她的手，感覺她手上的皺紋和溫度，聽她跟我說話，對我微笑。

如果還能重來，我必定不再執著，我想握著她的手對她撒撒嬌，讓她給我說說七世夫妻的故事，很早很早以前我就已經偷偷在網絡上把這個故事的各個版本翻了又翻，但卻只想聽聽她說的會是怎麼樣的故事；想跟她一起看看沿路的草花，想她拉著我的手對著我笑，在一次指著天空說那飛過去的老鷹……。我珍惜牆邊嫩草竄芽時的青蔥翠綠，卻忘了關心那個隔了幾個城市的奶奶，只剩下綿綿不盡的悔，梅山上的梅樹梢上，冷冷的梅，濃濃的粉，淡淡的笑，淺淺的傷。春分已過，空氣裡卻還是冬天的清冷，十里的春風拂不去燦爛的冷梅，回暖的太陽也喚不醒，桃李仍眠。

清晨，看著鏡子前的自己，鏡子裡的我眼眶仍有些腫脹，也許是昨天晚上太晚睡了，也許。厚膩的鏡面為冬季添了一層層的霜雪，暗暗的梅香在鏡中的白裡輕輕淺淺的滲透；我輕輕的勾起嘴角，用每天去祈禱，希望我愛的人，愛我的人，都健康平安，都愉快不憂愁。

二〇一七年　佳作　作者：陳嬌　篇名：台東

山川寂寥，街市井然，居民相安無事，可惜人無身影，無記憶，無心，男女可以相親卻不能相愛，愛須有心，而心已被嵌入無數的獨角獸頭蓋骨化為「古老的夢」。

因而，某種豈有此理的強大力量，將我送到台東。

台東人很少。沒有趕著上課趕著擠車趕著吃飯湧動的人潮味。所以很靜。靜到，在山裡，關了機車的突突聲，整座山都為你而立。在海邊，只有它們的聲音，原本自我狂放噴薄的聲音霎時消無了。壯闊的大地，無情的自然，對抗這巨大的原始力量，在此豪邁開創中胸中一直團著探索不息的野心。矯情的情緒也好，深沈的氣質也罷，想活得更冷靜點，胸口卻風風火火起來。

我能說，在台東，過著很狂的生活。追尋著大地與世界，自由與文明。看了楊德昌的電影《一一》，更加警覺到，我們始終存在於看不見，聽得到，或是看得見，聽不到的生活暗流中，對抗撕扯，或是懵懵懂懂。

幸而在台東，過的是很慢的生活，時常「明顯感覺到時間和空間，感覺到一種寂寞的心情，就好像你有一個角度突然都停了下來，感覺你身處的時間和空間。」台東的步調慢，卻不是說整個人的步調也會被拖著變慢，只是，少了外界的緊湊壓迫感。剛來不久的時候，覺得所有的一切都很安謐。

在這裡，適合讀書，寂寞卻舒坦，即便生活的暗流洶湧，我與它存在於不同，只在字裡行間糾纏的世界裡，單方面的接受它對我的影響，然後，與生活暗流糾纏不清。

在這兒，喜看海，在台東的比西里岸，雲層壓得緊緊實實的，密密的連著海，從遠處把海推過來，一片漸變的藍綠，推到跟前，海變成白色衝上防波堤，越不過去，變成綿綿的水汽，絨絨的。好像藍色的男式西裝，兜里塞了塊白色絲帕。而有一天，仍舊是比西里岸，這天的海很滿，滿得很凶，撞上防波堤，然後翻成了白色，像香煎鯖魚，不停翻動著，來來回回地煎。水跟魚都緊實得很。

在台東，與原初生命的接近，與複雜人事的交往，兩者給予足夠轉換的餘地。再讀《紅樓夢》，不只是「落了片白茫茫大地真乾淨」而已了。而是如枚乘的《七發》中所說：「當誘惑與享樂達到一致時，再翻空一轉，從更高的心靈層次，與精神境界的加以破除，而澈底豁免這些感官慾望的陷溺執著」。

數著過日子，算得我在台東已兩個月多了，口音也添了些許的台灣腔，哼哼唧唧，在史前館，服務台的人跟我聊了許多，直到我自己坦明身分，才知我從大陸過來。我的成功偽裝扮演，好像消除了點隔膜感。台灣腔又細又軟，字又粘連著字，沒有氣勢上的壓迫感，低聲交流，親和甚多，即使壞脾氣也磨平得差不多了。

這期間走了許多博物館，展覽館，書店，文學館，台灣的歷史、文化，始終放射著巨大的信息量。對這片土地的情感爆發，恰如《賽德克巴萊》影片中說到：「活在這土地的人啊！神靈為我們編織了有限的生命，可是我們是真正的男人唷！真正的男人死在戰場上，他們走向祖靈之家，祖靈之家有一座肥美的獵場唷！只有真正的男人，才有資格守護那個獵場，當他們走向祖靈之家的時候，會經過一座美麗的彩虹橋唷！守橋的祖靈說：來看看你的手吧，男人攤開手，手上是怎麼也揉擦不去的血痕，果然是真正的男人啊！」人與人之間，我與一切，剎那就都打通了。

其實，台東算「窮鄉僻壤」，比西部晚開發了幾百年，還保留有原初造物主所給予的模樣，卻也稱不上稀奇。人原先就是安在土地上的，對自然的親切的體悟應是與生俱來的能力。不乏有人逃離擁堵的人群，追求「反」的時尚，在一群人緊趕慢趕之際，落在後面。從密密麻麻的樓里車里，來到鄉里村裡。很少人會後悔，因為在等一班間隔一小時發車的大巴時，能讀點兒書，自我催眠，多麼不易。

在都蘭海邊，白色如綴滿泡沫般的浪花漫上來，一兩個高過了腿肚子，跳著腳，腳邊上全是海。海風跟海水黏黏的，貼牢了褲腳，糊緊了頭髮和臉。想到村上說的，有時候，昨天的事恍若去年的，而去年的事恍若昨天的，嚴重的時候，居然覺得明天的事彷彿昨天的。

在台東，竟不忍走遠。

二〇一七年　佳作　作者：林恆慈　篇名：新造的人

病房裡的冷氣開得很強，冰冷的空氣柱頂著腦門，壓抑了思緒和身體感。

這是一個八坪左右的雙人病房，從唯一的出入口處探入，所見之縱向可直接貫通，沿著一條寬約一米的廊道到對面的白牆。先經過衛浴空間，廊道右側擺放著對稱的兩組簡易家具，頂著天花板的合成板木櫃，搭配著一塊從自牆壁的方形突起，突起上墊著乳膠皮革製的沙發墊，就這樣倚門倚窗的各自盤踞一方。

左側則是兩面藍色布簾，現在嵌合在一起，在公共空間裡試圖包裹，抵擋視覺侵犯，假裝自己的隱私完整。那其實只是裝飾，像是裝潢用意，再多可能是充當想像力依附，藉此去想像已封鎖住了任何不欲人知的家務瑣事。在來這裡的第一個夜裡，我不由得不這麼想，所有的祕密都已敞開，簾子裡的絮叨，從合成布料的網狀縫隙裡穿透，什麼也沒有剩下來。

不過似乎也不全然如是，每每在隔日，自然光線取代人工日光燈的時候，布簾沿著軌道被收起，兩張構造複雜的功能床，像小時候的變形金剛玩具那樣改變樣態挺直起來，而人們互道早安，演繹標準的早餐問候以後，則接續著昨日陽光下斷落的話題位置，對於昨夜不提隻字，彷彿布簾真的完守住了空氣震動。於是我有了新的著眼點，試想功能或許從不在布簾本身，而是闔上和脫開的過程，那就像是個儀式，心理狀態轉換的過渡中介。

已經一段時間了，自從阿嬤被診斷出膽管癌以後，就這樣斷斷續續的進出醫院。不知道從什麼時候開始，在我們家族的聯絡群組裡，常將阿嬤的住院型態分成長、短期兩類，從循我的觀察，短則三、兩天，而大概一周以上就會被歸納成長的。我曾疑惑過長短之間那些被忽略的天數到哪去了？不過我從不曾提起，除了小輩的主動發聲，有違家族群組留言常態以外，畢竟長和短的確切天數，也從沒人精準標示過，存在僅限於像是潛規則般的心照方式。

後來，在我來到這裡的前幾日，住台北的小叔叔一次關於阿嬤住院情況的提及，我才頓悟了我的誤解。「這次住院時間拉長了，媽的情緒不太穩定。」名稱為家族的視窗彈出，輕觸，一列被包裹的文字驟然出現在螢幕上。句子裡揭露了長、短期的歸納依據，原來並非不肯標示，而是無法精準，知覺情緒和種種身體感涵蓋在抽象、綜合的時間感受裡頭，不可量化，也沒法具體。小叔叔向來是那個感受者，在這裡扮演著量器，用經驗取出距離刻上痕紋，分辨是否漫長。那時我還沒預期到，我將會是新的依據扮演者。

家族群組，這是我少數含有標點符號的對話窗，長輩似乎多少都有嚴謹文句的習慣，不厭其煩地轉換視窗，只為形式完整。不過小叔叔這句話裡的符號表達，

其實並不如字面上傳達的像是記敘用意的意思，好比說雖然這個句子末尾完整在句號，可其實它是列問句。「『這次住院時間拉長了』，我的工作將不再允許我長時間地待在醫院，可是『媽的情緒』已經『不太穩定』了，她會需要有人陪伴。」最後是顯而易見為完足句子的疑問，「有誰能來做這事嗎？」。

方格裡很平靜，可我覺得我能穿透過發光平面看見騷動，隨著已讀數字的增長，即要浮出檯面，畢竟

自從已讀不回被公開標籤化和標語化以後，不動聲色就只適用於能壓抑好奇不去觸碰的隱忍者了。「我可以去陪阿嬤」拇指觸得很輕，可回手後手指竟有些像是使勁過後的脫力。「考試還有一段時間學校那邊的課不重」，阻絕任何形式話題的接續可能，我試圖全盤的直接脫出，而後又幾趟來回，我點了個貼圖，草草得確認過自己是留言的最後，了盡輩分上的應當，然後我決定關機，久違的，繼上次那趟忘了帶行動充的外出。

這是我半年來第二次的醫院滯留，上一次是短的，趕在捷運停駛前到醫院過了一夜，隔日上午就拉著阿嬤搭上回南部的客運了，沒有情緒，沒有感受，記憶裡只剩下行程和匆忙印象。這一次是則是長的。是第幾天發現的呢？我蜷縮在近門突起的沙發椅上，手指不間斷地滑行和游移，方形平板上螢幕成垂直方向不斷變換，病房裡沒有時鐘，這是我唯一的時間感來源，不動的我必需從移動的物裡發現時光並讓它逝去。

隔著打燈後顏色變淡的藍色簾子，阿嬤還在絮叨著，用她充滿起伏和畫面感的海口腔閩南語。從片段線索裡可發現她的情緒呈現漸進式的趨向低潮，這是這幾日來的常態規則，規律並且原則的，像是中學時寫作使用的四段式起承轉合，只是多愁善感如她，轉折進入衝突闡述以後，隨著傾斜愈深，再也沒能爬上來。至少這是一篇被預計是圓滿結局的寫作，從起承時先入的自我安慰式的歡欣情緒裡可探知，最後總該在「合」裡作結，回歸起頭。對此我總試著樂觀，判斷以我自我中心以為的常態適用，然後忽略掉個體脈絡。

阿嬤的情緒是這樣看的。簡易而言，她在好心情時談起家裡人的好，不時提起誇讚一番；情緒低落時則反之，數落和編簒式提高他人，只為凸顯比較張力。而當她提及鄉里鄰舍的好壞時，情況則是較為複雜的，那些鄰里的好事，除了少數是純粹羨慕情緒以外，大多都具暗示的功能性，像是自從住阿嬤家幾條街外的阿伯花錢重建了老家，阿嬤最近人前人後的口頭禪就變成了：「住（dùa）下頭的五嬸婆的囝（kiann）實在很有孝（iú-hàu）……」。

至於鄰里的那些不幸遭遇，這是大多談話裡最冗長的段落了，像是種慣用的自我安慰辦法，把別人壓得很低，讓自己的目測提高。又或許真像是《安娜・卡列尼娜》開場白裡說的，「幸福的家庭家家相似，不幸的家庭各個不同」，幸福的討論類似而了無新趣，只有在不幸裡才能發現新意吧！只是在這類型的談話裡，阿嬤的情緒是多樣的，隨著情節波折轉折，無法先知或預測。

「慈诶，幫我酌茶，我想欲啉水。」伸手掀開簾布，我拿起阿嬤床頭側插著吸管的一次性便利紙杯遞給她，可能是燈光的緣故吧，阿嬤長年日曬，滿是斑點的皮膚現下看起來有些詭異，蠟黃色的表層像是覆上了薄薄的，沒拉緊有些皺皺的保鮮膜，透著光也反著光。「水無夠燒。」我把視線移回標準的溝通對視位置，阿嬤微三角狀的眼因為失眠有些浮腫，讓我看不出那是否是睜著，從垂在床邊的手上直接接過水杯，順道提起地上的保溫壺，我邁步走向出入口，穿過長廊，重重的按下電梯旁的倒三角符號。

距離上次踩出八坪空間以外，是三十九個小時又二十分鐘之前了，阿嬤自從認定了自己的病人身分以後，就變得無法獨處甚至不願離開病床，像是失去了安全感的孩子，隨時確認著周遭的人的存在。在夜裡、在清晨那些不間斷的細碎絮叨裡，你必須抓到節奏並做出反應，反應只為了證明存在，而你也只來得及反應而已。其實阿嬤並不知道自己生了什麼病，大人們認為奶奶對癌症的情結太特殊了，除了這是左鄰右舍最常交流的死亡疾病，爺爺也是罹癌過世的。我不確定這樣的掌握想法是否合宜，我甚至不記得爺爺的臉，不過我記得那些在工業區順風向的臨海小漁村外，人們交流著的受汙染和慢性病搖床的恐懼流言。

在醫院門口徘徊了一陣子，讓填滿了人工藥水氣味的肺，和已無法辨識周遭疲勞的嗅覺，重新校準記憶。回到病房裡的時候，我發現房間裡的空氣中原來瀰漫著一股很沉的複合味道。

拉開布簾放下保溫壺，打算沖個澡然後換套衣物，畢竟出門、洗澡這樣的事像是制約似的，總被綑綁在一起。走近衛浴間，我看見磁磚梳理台上的鏡子反射出一張陌生的臉，嫌惡地與我對視著，眼周還沾黏著像是膠水乾掉後的結塊，結塊側邊的眼緣延伸出一條乾涸的渠道。我聽見阿嬤拉上布簾的聲音，我想我或許也需要一個像布簾的闔上或脫開那樣的儀式過渡吧！在抽離的狀態裡轉換，忘卻或重新記憶。於是我開始祈禱洗個澡後一切從新，能夠變成了新造的人什麼的。

二〇一七年　佳作　作者：馬斳芝　篇名：驀然回首

『於千萬人之中遇見你所要遇見的人，於千萬年之中，時間的無涯的荒野裡，沒有早一步，也沒有晚一步，剛巧趕上了。』－張愛玲

妳隨著夏日的那襲微風，暖暖地吹進了我的左心房。蟬鳴洋溢的盛夏，交織而成的旋律是牽引著緣分讓我兩相遇的狂想曲。那時卻孰不知這陣清爽無拘的風，在日後竟掀起一股蝴蝶效應般，瞞天過海地一陣又一陣的捲起旋風，掀起我那無以名狀的憂愁，撩撥我的心尖。

妳的一顰一笑撼動了我的天空，如蜻蜓點水般觸動我的心扉，漾起一波波的漣漪，閃耀著波光瀲豔的青春；妳的三言兩語在晴空裡蕩漾，搔拂著女孩飛揚的悸動，訴說著純真的誓言。每當我毫不猶豫往前奔向未知的世界，一回頭總能一眼看到妳默默守候我的目光與婉轉峨嵋的情韻，妳就像個導航塔，我總能從人群中輕易的瞧出妳來，不管我走得再遠，妳說過「妳想我的地方就是我該回去的地方」，只要我從地平線的那端向妳跑來，妳總能一把擁住我，帶給我無限的溫暖。

韶光荏苒，直到有一天當我再次回頭時，長廊的盡頭，不見妳的蹤影，我才恍惚驚覺，原來在我汲汲營營地想追趕著與妳並駕齊驅的考上相同學校而努力奮鬥時，妳早已跳躍到了另一個我再也望不盡也難以追尋的時空裡了。

妳悄悄的走了，徒留我一身寂寞，淚眼問花花不語，亂紅飄絮如我凋零的心，剪不斷的離愁，捱不明的更漏，促膝長嘆的永懷，別是一番滋味在心頭。最後只空餘我回望時駐足流轉的目光在微風裡被輕吟淺

唱著，用來悼念這段如莊生曉夢般亡逸的友情。

為何那秋月總是殘缺不全？伴隨著在清寒的夜裡微雨打落在梧桐上零丁作響般如此撩人思緒，而那杜鵑如泣血般的長空鳴嚎，聲聲催人淚下，那年在寒冬中妳為我戴上親手編織的圍巾，向我訴說著我們一輩子都是好朋友，永不分離，那堅定的目光在寒冬中顯得炙熱而奔放，被埋藏的思緒顯得格外飽滿暢意，笑彎的雙眼中頓時迷濛，隨後映照在我晶瑩剔透的淚光中，迎上妳那澄淨明亮的眸子，我看見此生最美好的風景，便是妳那真摯而專注的神情，閃閃動人。

嘿！親愛的！妳知道嗎？如果時光能夠倒流，我最想回去的歲月，就是與妳同窗的那些日子。歲月流轉，然昨是今非，對妳的執著，或許是內心裡惦記的那份『初衷』在作祟吧！

「此情可待成追憶，只是當時已惘然。」一條忽十年悠悠而去，原以為會再聚首，而結局卻被遺憾劃上了終點，在華年依舊的當下，我也是惘然不知這樣的片刻會如鳳毛麟角般的彌足珍貴，竟會化作一把利刃，一刀一劍的斬斷我們之間的羈絆，在多年之後，於胸口隱隱作痛。初衷是一種無形的枷鎖，囚禁你的靈魂，將純真的歲月侵蝕得體無完膚，但你仍然執迷不悔，然而錯過了只能將離愁層層包裹，壓在心裡那脆落的一隅，醃漬遺憾。

百代光陰的輪迴裡，回憶對於部分人而言，是足以在生命裡烙下深刻的印記，但在紅塵中搖曳的妳，那只是過往的曾經，雲淡風輕的隨風而逝，揮一揮衣袖，不帶走任何雲彩。漂泊無依的靈魂，孤獨得緊守著總有一天你會再次向彼端的我投以駐足凝望的目光，再挽著彼此的手分享生活細節，喚起被妳遺忘的誓言，編織屬於我們的夢。然而我累了，逐漸鬆開那名為執著的念想，任憑時間在無涯的洪流中將我推向空洞的深淵，就在逐步向塵封記憶邁進的過程中，在翌日的清晨，如夢初醒時，從臉龐若有似無地滑落兩行清淚，對著一面白茫茫的牆，靜默無語，多年來始終如一。『人生是一襲華麗的袍子，上面爬滿了蝨子。』人生若只如初見，那該有多好，省去了人世間多少的愛恨情愁。

歌舞昇平的紅塵中燈火輝煌的迴旋，瀰漫著華麗與蒼涼，當繁華落盡的蕭瑟降臨，孑然一身的我在曠野裡獨自遊走徘徊，驀然回首，於無盡的黑暗深處，一團微弱的火光為漂泊的靈魂指引了前方的路，恍惚的剎那間，我頓悟了，原來旅人尋尋覓覓渴望與追尋的那份歸屬感始終都在，是我們太急於去瞻望未來與頻頻回顧，而忽略了家人近在咫尺的陪伴與關懷，是那樣的無怨無悔，在歷經漫長的歲月裡仍然默默於燈火闌珊處堅定不移地守候與殷切盼望著遊子的歸來，然而當我再次於載浮載沉的深淵中被家人溫暖的手緊緊的握起時，就像風箏再次有了牽引，有了依靠，我淚流滿面地體會到，與燈火通明的喧囂繁華相比，那一團最不起眼的微暈依然在角落持續綻放著，在黑暗中閃爍著永恆的深情，也是靈魂深處最安穩踏實的存在。

再次的回眸，我笑了。「喔！妳也在這裡嗎？」快走吧！二十歲的我向畢業禮堂裡仍對這段情誼眷戀不捨的十二歲女孩說，事過境遷，人事已非，回憶只有在回顧時才會浮現出其隱藏的價值與意義，在多年後才明白其中隱含的道理，然而逝者已矣，必須獨自品嘗著箇中滋味，但是來者可追，既然人生不能回頭，那便珍惜當下那份真摯的感動，便有足夠的動力支持著未來的路，而人生就如同月亮盈虛消長一般，自會不斷循環，緣分千迴百轉，有時看似失去的存在，會在另一個時空中以另一種形式又再次相遇，這時唯有認真實際過生活的人，才能以一種嶄新的姿態，來迎接另一段即將來臨的幸福並且重拾那最初的熟悉與感動。人世間愛恨交織的韻味同時也為人生譜出一首優美的旋律。

二〇一六年　第一名　作者：蘇元廷　篇名：Hush

嘿，你有多久沒寫日記了呢？印象中，第一次寫日記是小學的時候。那時候總喜歡在聯絡簿的「師長溝通」一欄，如香山居士一般，寫盡自己今天多少關懷鄉里，憂國憂民的事蹟，就連幫同學抬餐桶這等小事也不放過。其實就是希望導師能高抬貴手，替我下課的生活多增添一點美好罷了。至於為何選擇模仿一位悲從中來便是一曲長恨歌的詩人呢？他那主張「老嫗能解」的想法不是正適合初出茅廬的「文豪」嗎？更何況他經常出現在國語課本。

小學寫的是笑話。觀眾笑看過後，作者也就忘了。你沒必要去思考文字的意涵，這文字就是符咒，道士施法得將其燒毀才能得其效果。意義不在紀錄，只在「母親」翻開課本時的瞬間，要不就是咒法效果奇佳，能夠痛快地領零用錢；要不就是母親法力無邊，得痛快地挨上各種處罰。這些日記沒留下半點回憶，便與存有白居易的國語課本一同回收了。

第二次開始寫日記，是初中二年級。日記本身就是回憶，是為了拉近與鄰桌喜歡的女同學的距離，細嘗初戀酸甜的回憶。由於很久以前，有一位姓徐的先生，他告訴我們只要文筆夠好，多情可以是風流倜儻，多情萬種可以被後人歌頌。於是當時沒有其他偉大志向的我，投入不少心思在琢磨文筆上頭。日記的內容多半是討人歡心所用，你得無所不用其極地寫下各種平淡無奇的瑣事，例如，把今天不小心將紅豆湯倒進死黨的便當盒飯菜裡，寫成是你經過仔細謀略，強調你知道他是去大號的上廁所，抓準時機刻意而為之的奇襲，她才會覺得你是個風趣的男孩，才可能不經意地因你露出一抹微笑。

初中寫的也是笑話，只是觀眾唯有初戀一人。你也不必去分析內容說些什麼，畢竟能這麼邪門歪道地去得罪開拓中華文壇新的境界的詩人，便能知道當時年少有多輕狂，愛情使人多盲目。日記沒有促成一對佳偶，你知道當時期待的不是與她計畫一段未來，而是單純地享受與誰擁有一段快樂的時光，青澀的校園時光。不久，日記也隨鳳凰花開，一同飄散、殞落，成為一片我定義為「仲夏汗水與考試卷交織」的拼圖。當然我還是得提醒你，實際上它最後跟編有徐先生的國語課本一同回收了。

你瞧，過去一枝枝仔冰可以代表快樂，一份作業可以表達煩惱，一場考試可以分享難過，我們寫下的幾月幾號，是多麼單純而又充滿心機的小趣味。而現在他們什麼都不是了，冰只是一段熬過仲夏的冰品，作業只是一次例行公事，考試只是一場證明優越的角逐。

我們的感情不再純粹。

當你快樂時，猶如微冷的海風吹拂清爽，夕落於彼岸海平線，湛藍浪花下觸動人心，卻伴隨稍縱即逝的不捨。當你懊惱時，你多出與這世界接軌的詭譎，思索這每一步如何行動的狡猾。當你難過時，你已經懂得用「人生」一詞概括所有大大小小的，你曾經揪心的痛，合理地敷衍自己的平凡，繼續否定不如預期的發展，為自己唱上一首搖籃曲，催眠自己。感情不再是最初的回饋，我們越是了解世俗，就越是將它視為結局後帶來的產物，不是抒發，是交談或欺騙。不論多麼滑稽、多麼離經叛道，都是每個人對這個社會所築起的城堡。即使是為了保護自己，又或者是做足準備反叛的決意。

只是這麼做，我們得到的是什麼？當感情經過修飾後，那會是什麼？知道遊樂園或馬戲團的小丑吧？你可曾想過小丑是帶來歡樂的角色，又為何要多出一張「流淚」的面具呢？因為那只是張面具，根本不悲傷哦！是一個劇情需要的安排，面具下的人大概正想著下班後該吃點什麼宵夜，或是拿今天掙的錢買些什麼給摯愛的人。而我們的細細雕琢，就成了一張又一張為劇情而安排的面具，先騙倒觀眾，最後再騙倒自己。

但我不想欺騙自己，所以不再寫日記。不去寫，不去說。

我們對生活選擇不說，甚至期待忘卻，從記憶深處連根拔起，要不然總會為了突然襲來的感覺，再次憶起一段過往。當清晨陽光斜射進昏暗的室內，透著窗簾的翠綠，一股涼風拂過你頹靡的臉時，那是如獲重生的清爽。然而，當你真正意識到時，記憶的播映機，會把相似的記憶底片連結到你腦海呈現，那熟悉的溫度是曾經與誰相會的溫度，最後與你別去的那個美好，你會開始煎熬一段曾握在手卻逝去的情，無論友情、親情或愛情。這是佛陀假借試煉之名，給人們開的一個大玩笑：求不得、愛別離。傷不在深，在於連綿難斷，淺，卻不曾癒合。

也許有人會灑脫地說：「只要幾杯酒便能看開一件事情！」多麼天真的想法呢！當你說著看開，不就表示你正想著那件事嗎？存留的是「情」本身，又或者稱之為「真」——意念與價值向心的延伸。感受會於下一次類似的案件發生時，如潮水般洶湧襲來，層疊而至，卻不願退去。我們只會更複雜，只能在結痂的傷口上再裂下一道新的痕。

我不再寫日記。

我曾見過日出的美好，雖然不是從山的一頭，或是遙遠的海平線體會。但是凝望橘黃的溫度暖了一旁新長枝芽，微光為葉上露珠燒成晶瑩無瑕的琉璃，伴著一股清而淡雅的七里花香，麻雀飛舞在一半鵝黃一半蔚藍的蒼穹，晨曦所構成的圓舞曲，天籟不就是如此簡單動聽？

我牢記這一次的美麗，回到書桌前，拿起堆放在雜亂抽屜深處積灰的唯一的鉛筆記下這段美好，記憶底片卻再次播映，再一次我又擱置自己的手。回憶調皮如孩子，不管你怎麼叫他安靜，他總能在你忽視一段感受時，再次於你的腦海中鬧騰一番。而且折騰的是，他不會了解你正在快樂或難過，他只在乎自己，激烈地抒發，彰顯自己的存在。你快樂，他卻要難過，而你難過，他便毫無目的地刺痛你的難過。何止調皮，簡直頑劣。

稼軒一詞「醜奴兒」是否寫的就是這種感受呢？欲說還休，欲說還休。你千萬記得，寫日記就像是寫一次創作，只能為作而作，編織好一段架構後，算好起承轉合，極盡地用畢生所學的華美詞藻，鋪陳、修飾，再給下一個耐人尋味或是俐落颯爽的結局。如果你用心去描述，你會發現這作品是姜太公任職封神榜時，駕馭的神駒四不像，無人知曉它為何物。甚至連你自己都難以去觀賞，那作品只能給叫作回憶的小孩把玩而已。

記得！別再去說，別再寫下任何日期為開端了。

也許這樣會錯過很多美好，會忘記許多事情，但是別不捨！你得知道我們這麼做的用意。我們不再嚮往以言詞去向誰表露一個赤裸的自己，因為也許她對赤裸的定義是見著你溫熱的心，才毫無保留；也不用留下過去的文字提醒自己，曾經掏心只為證明自己的赤裸，愚蠢又可笑的赤裸。不能再嚮往成為作繭自縛的蠶，用盡餘生之力只為長出一對羽翼，撲向炙熱的火焰，灼盡自己的生命。

真誠的故事，就留給時間去寫吧！

若她問起你，為何我不再言語，請替我轉達：「我不語，是我忘記了妳，又或者，我終於忘記自己。」

二〇一六年　第二名　作者：梁依妮　篇名：清水如照赤子心

姐姐生孩子的時候，很遺憾我沒能見證，沒能第一時刻體會到一個新生命降臨的喜悅。但我不會忘記的是，在你第一聲啼哭的那個晚上，姐姐十月懷胎的辛苦到頭了，千百公里之外我的心情也釋然了。那段時間因為比賽，因為課業，因為班級事務，從各個方面叢生的壓力席捲而來，壓得我喘不過氣來。命運是神奇的，甚至是可笑的。那個晚上，比賽有了好成績，課業也被肯定了，班級事務的瓶頸解決了。那一刻，我覺得這個小生命不僅是我姐姐的天使，也是我的福星。

初見

我和你的第一次見面，也是你和外婆家的第一次會面。

初次見面，你卻不待見我，沉沉睡去。不過也恰好給了我機會可以仔細端詳一番你的真面目。你穿著件大紅衣裳，小小的身軀躺在姐姐的腿上，似乎那裡就是你的天然臂膀。

你睡得很安穩，嘴巴張得開開的，上嘴唇還有兩顆乳白色泡泡，應該是吮吸留下的痕跡。

你的薄薄的眼瞼舒舒地閉成一條縫，淡淡的眉毛隱約看得見雛形，吹彈可破的皮膚更是擊敗了一眾電視廣告的美女，真是讓人喜愛的長相呀！

狂想

啼哭時的你五官全都皺成了一團，但卻在嘴巴接觸到乳頭的剎那瞬間舒展，而後便是安靜地索取。大口大口地吮吸還不夠，你還要配上「呼哧呼哧」的聲音才足夠顯示你的「渴望」，母親的「溫柔」。而我，腦子裡卻在想一些奇怪的事情：你是如何感知的呢？你知道什麼是餓，什麼是渴，什麼是冷，什麼是熱，什麼是開心，什麼是難過嗎？也許，你唯一知道的就是——我，不舒服！而在語言功能發育並未發育之時，「我不舒服」的表達方式只有一種，那就是「哭」。所以「哭」，是一件多麼好的事情。哭，代表著宣洩，代表著不滿，是你在生命之初反抗命運的唯一途徑。唯有「哭」帶來的信號，才能讓我們去解救每一個像你一樣的嬰孩的困境和危機。「哭」並不是軟弱的象徵，而是在生命最初由上天賜予我們的最應該被珍惜的能力。

凝視

嘿！現在我們來想象這樣一個場景，我們倆都是成年人，你和我面對面站著，我看著你，你看著我，我們能堅持多久呢？結果是……過不了多久，我們的眼神就會彼此游離，刻意躲避了。

但是，嬰兒時的你不會。很多時候，我和你就這麼靜靜地對視。我專注而歡喜地凝視著你，你也宛若懂我似的靜看著我。你的眼睛滿是透明與澄澈，滿是對未知世界的嚮往與好奇，卻也滿是複雜的我的映像。你不會逃離。你看著我，甚至不知道我是誰，但我知道你能感覺到，我就是你的親人，我身上流淌的是和你相承的血液。你看著我，想從我身上看看這個彩色的世界，渴望去觸碰這個有棱有角的社會，執著于探尋感受牆外的空氣。而我看著你，貪婪的。我感受到一股生命最初的巨大力量——一種純潔、美好、快樂和寧靜的集結；一絲呱呱落地後奮力啼哭帶來的生機；一次嗷嗷待哺時熱切索取的滿足；一雙讓人能相信人性本善的眼睛；一張讓人忘卻一切煩憂的面龐。往後，但凡遇到不快的事情，或許我可以在心頭牢記你的眼神，撫慰我顫抖混沌的心。

家人

一個家庭，四張嘴巴，數十年來日日如此。時間一久，饒是連河裡的小水花也激蕩不起。而你的降臨，就像是老天向河裡投了一顆寶石，惹得河面重現粼粼波光，光影動人。

我的父親是粗人——龐大的身軀、佈滿老繭的雙手、渾厚低沉的嗓音。但在面對你時，他完全就是一個溫柔的母親形象。吃飯的時候，你一哭，爸便坐不住了，這個一直以來「以食為天」的男人立馬放下了筷子，輕柔地托起小外孫的身體，慢慢調整好姿勢，邊走，邊哄，比母親都專業。而「血脈」、「親情」諸如此類的名詞似乎真有其寓意。你在外公懷裡的時候，特別安靜，撲哧著沒有長開的小眼睛直愣愣地鎖定著外公的臉龐，看著看著，就笑了。而父親此時的目光更是我久違的溫柔，那是一種初升太陽灑落的柔光。記憶中，小升初我考砸了蒙被大哭時看見過這種光芒，高考時我過度緊張父親鼓勵我時遇見過這種溫暖。

也許，二十年前的某個夜晚，不懂事的孩子不肯睡覺，嚎啕大哭。而身為父親的他，撇下身邊棘手的事情，毅然決然抱起孩子，哄著孩子，看著孩子，想著，時間定格該多好。我突然明白，父親慈愛的眼神從未消失過，是我不知何時沾染了世俗的塵埃，遮蔽了原本如湖水般澄淨的雙眼。我需要足夠的勇氣來面對自己，任憑世界變化，我心依然寧靜清澈。

回憶

現實總會和回憶交叉，而歷史又總是驚人得相似。父親慨歎地總結我和姐姐的成長過程為「不知道怎麼地就長大了」。歲月流逝，蹉跎中一雙女兒已然長大，其中一個，甚至又孕育了下一代，這種感動大概只能在為人父母后才能體會到。曾經陪伴我們走過一個個日夜的你們，現在又和我們一同陪伴我們的孩子。時間不止，生命不息，血脈流傳，一切都是那麼自然而神聖。

「你小的時候很乖，八個月的時候就可以站起來了。」「你姐姐那個時候哭了一整夜，只能抱在手裡哄一整夜。」「你小孩子的時候呀！眼睛大的跟彈珠一樣！」……我們坐在圓圓的餐桌旁邊，靜靜地聽爸媽講那過去的故事，蕩漾在我心頭的是欣慰和踏實，是一個人對過往那段不曾熟悉的生活的探訪，是一個女兒在二十年後穿梭時空重溫父母之愛的感動。

四月，春日明媚，陽光正好，恰如你天使般的面龐，恰如你溫暖和煦的眼睛。這些文字，我想留到將來，待你長大成人的那一天再送給你，希望那時你還能記得我們彼此凝望的眼神，還能從長輩也許早已渾濁的眼睛裡找到曾經的自己，或許，還能想起那顆清水般的赤子之心。

二〇一六年　第三名　作者：鄭若珣　篇名：公園雜憶

不得不住在城市時，我總愛隨處搜尋公園。像抽動著鼻頭搜尋美味的犬，像渴求綠洲的駱駝商隊。於是這樣以足部巡踏的田野調查，也累積了不少公園生態的記憶。那些城市的綠洲樣貌，各有巧妙不同。

每個城市似乎都有一個最大的綠洲，來自於於中央統合的規畫概念，即是每個城市總要有一個最大的「什麼」來代表「什麼」。於是森林公園的名號帶著一個夢幻的想望出現，全城的人分享這一塊方便到達的奢侈綠地。

是這樣沒錯，有時候你覺得人的需求真的就只有這麼一點點，下班後讓狗牽著走跑公園一圈。那些在公園外圍，一圈一圈走著的人們，在每天的這一時刻溢出現實，只為能再回到現實中。公園夠大的時候，彷彿就能看見人間百景。特別是晴日高照的夏日午後，綠地上舖著各樣搶眼花色的野餐墊，孩童與犬四處翻滾、紛飛，玩著從遠古以來永不退流行的撿球遊戲，來來又回回，無止境的來來又回回，讓人抓狂的來來又回回。

公園是公共的，因此你能看見各樣團體充斥其中，當然還有一日時間別的默契配用。在每個年輕人都起不來的清晨，老人們已經擺好氣功架式，轉好配樂播放點，開始一天的起手式。當那字正腔圓又帶著威儀氣息的女聲從錄音帶中流洩出來，這些穿著一式一樣的老人們，便會開始做出各樣平日難能可見的極限動作。這一群是慢的。那一群是快的，擺臀熱舞的成員通常是媽媽桑，奔放熱情的在藍天綠地下舞動著。熱情、熱情，隨著舞曲滿爆清晨的陽光裡。

下午期間，爛漫的學生哥與學生妹三三兩兩的來到公園。多是為學校活動排練，或帶著樂器或帶著舞衣，練唱的練唱，跳舞的跳舞，熙熙攘攘、萬紫千紅。這時公園是青春的陪襯體，自拍的背景物。花蝶飛舞，每個人臉上的蘋果光閃得人張不開眼。青春呀，樹頂的喜鵲站在那兒笑。

要說早晨的公園很勵志精神、午後的公園閒暇悠哉，夜晚的公園就多了點迷離氣氛。當華燈初上，老人歸家，便是頹廢青年人醒過來的時候了。像是夜行的貓類做為夜晚公園的訪客，公園森林的茂密與否，當然會影響入園人的行動，尤其是入夜以後。有懼怕安危而遠離草叢的晚間運動者，也有需要草叢掩蔽而不斷藏身其中的熱戀中毒者，逼得蟲鼠逃竄而出。公園是公共的這件事，總不能落實到所有生命。

論到夜晚的公園，我最愛台北植物園的劇場光影。植物園作為植物蒐集場，得天獨厚的不伐權利，讓那兒的老樹得以安享天年。晚間茂密的樹影在盞盞地燈的照耀中閃動搖曳，地燈打在草叢的葉片上，直接就濾出了綠色螢光。於是這裡一叢螢光黃、那裡一叢螢光紅。頗有黑暗劇場的舞台效應。最怕是轉眼一位老者坐在地燈旁休息，直接加添了恐怖效應。夜晚公園與白日公園實為兩種不同風貌，想想只是光影變換就拉起了人類的心理轉換，集體潛意識還是深深留在做為人類的血脈深處。我看貓兒樂著呢，夜晚的公園是牠們的獵捕樂園。

公園原來清清爽爽的作為休閒場域，卻也因為政治與歷史因素帶入了多重的表徵。文學中最著名的公園，要屬孽子中名為「新公園」的那塊場域，後因關連於政治的意義改名為「二二八公園」。「新公園」形象幽微總不敵「二二八」政治正確，敗場想當然爾卻叫人感慨，空間記憶的主權爭奪始終未歇。「誰的記憶算數？」這種疑問的迴響當然包含各階層各族群，而非那隻能登上檯面的筆。公園是公共的，記得嗎？

我記得，我的小時候常在新公園寫生餵魚。假日遊人眾多，鯉魚嘴啪搭啪搭的開闔爭食。印象深刻的是有一回省立博物館前充滿刺鼻的魚腥味，大片攤開的血肉原來是鯨鯊要做為標本前的處理。陽光下的鯨脂引來成群蒼蠅，景象駭人。我與父親摀著口鼻匆匆跑過，像是要逃離什麼災難現場。我還記得，公園前的一對盤膝金牛，牛角被遊人摸得發黑沉鈍，大約也是受害於長智慧的傳說。

還有那攤現今成了店鋪的酸梅湯，過往還是膠袋吸管的小攤子。歷經時代的大公園總帶著常民久遠的記憶，若是祖孫三代沒有遷移，自然成了家族故事的背景，公園也進了私記憶。

事情回到小時候，彷彿總單純許多，誰不記得家裡附近的轉角小公園。每個人童年的回憶裡都有一個小公園，那是與鄰居孩子們留下歡笑與爭執的回憶地點。每個孩子不都希望能佔有整個砂堆，又覺得自己一個人玩有點無趣。於是最後總成了一種協調，共同合作一個人生的重要城堡。小公園可以發生很多事，包含了那些許多孩子間才知道的祕密故事，那些事長大後或逐漸淡忘，或成為偶爾回憶的奇幻謎團，無論如何，總為成年前的靈魂留下了些許痕跡。開心、傷害、憤恨、忌妒的各樣原型，都在轉角小公園的日子間灑下，長成日後成人的種種個性。

追尋公園者總是在人生中跨越過一個個公園，如果用簡圖表示，就像是一場跳島運動。走在加拿大布查花園的綠徑裡，你感覺到一個公園造景的藝術巔峰，如愛麗絲一般迷失在充滿著各色風味的庭院裡，當下是日式庭院，轉眼又來到印度宮殿，是真實的花景，又帶著精緻的矯飾，像走過一幕幕舞台場景。於是你見過世界遠方的最大，卻懷念家鄉身旁的最小。有一日你坐在花香草葉間，加總人生公園的所有記憶，尋得了最適切的那一個，那個能讓你安養生息的美好公園。不是最大最美，而是最適切。

有些時刻我想起近年來寸土寸金的城市裡那些小小綠地，那些建商為了節稅而生出的小公園，像是未能長成而注定夭折的短暫生命，真是如同沙漠中的海市蜃樓，虛幻又魔幻。這些公園自有週期，隨著時間起落生出、消失。然後在每個孩童的成長年歲中留下記憶，在每個少年的青春追想裡，每個老年的懷念沉吟中，功成身退。

二〇一六年　佳作　作者：殷莉嘉　篇名：致年少

在台北的家附近，有一間法國人開的咖啡廳，就在巷子口。小小的一間，門口面向大馬路，相對一般閑靜的咖啡廳顯得吵雜，不過由於來客多是來來往往的國際人士，又為它添了一番風情。這間咖啡廳剛好在我念小學的時候，每天上下學必經的轉角，也在我家和雅家的中間，所以也是我們偶爾相聚的地點。
我們面對面坐在柱子旁的兩人座位。雅的正後方剛好是路口，紅燈，綠燈，車輛停了又走，一批又一批地經過。
我靜靜地看著雅，專屬於年輕女人的風韻在她身上散發出淡淡素雅的光暈，我見證著我們的成長，儘管心裡有一股強烈的感覺，緊緊綳著心，我仍保持著沈默。
幾年前，妳也是這樣看著我的吧，雅？
有些人說，孩子十八歲就是離家單飛的時候。我們一直是追求著這樣的步伐不是嗎？我們不斷地想要證明、或者成為、或是突破，想要蛻變成不同凡響的人。
我們十八歲那年，高中畢業的那個暑假，雅和安都考上台北的大學，而我則考到台東。只不過那年我逃走了。大學前的工作或旅行，在我們的國家還不流行，所以對於我的選擇和義無反顧，有人驚喜，也有人悲怒。
而雅和安則為我準備了平安符。
安從來不是個迷信的人，但是在行天宮，安拿著求來的平安符，在香前繞了三圈，虔誠地祈禱，祈求我平安地歸來。才發現原來從廟求來的平安符竟然也已經進化了，現在的平安符是長得和信用卡一樣大小的塑膠卡。
出發去印度前，和雅約了見面，在當時工作的餐廳前我們肩並肩坐著，一起吃Samosa。雅輕輕地遞給了我一張照片，是有一天晚上我們從西門町散步到台北車站她為我拍的。雅一直喜歡用底片相機攝影，那天在車來車往昏暗的馬路上，我一回頭，她按下了快門。照片背面貼了一張黃色便利貼，上面寫滿了祝福和期許。
「妳要帶在身上喔。」

雅，當時的妳也是用同樣的心情看著我嗎？

妳說人就像月亮，面對他人的時候，永遠只會顯露自己的其中一面。

我們二十一歲那年，我在台東唸書，雅回到老家日本，在東京當了半年的交換生，結交了來自各國的朋友，也在一間網路雜誌社當編輯實習生。

有一天，在台東市當時租的房間，陰暗潮濕的住所，我接到雅的電話。從電話那頭，傳來地鐵呼嘯而過的聲音、那雙我們一起在百貨公司挑的皮鞋在地板走路時發出的敲響聲，還有她被空氣稀釋了的聲音。雅說著新的生活，說她過得很好很精彩，不過講著講著就哭了。雅寄給了我一張明信片，正面是一幅充滿詩意的風景畫。背面寫著，希望我也能看到她在長野老家的雪景。

那年的寒假，我再次背起行囊，跟隨著雅到日本。

我和安分別抵達東京，終於在澀谷車站門口和雅碰頭了。安為了他的服裝設計購買了布，也在東京各個角落搜集了許多故事。安說，三個人能夠這樣在陌生的城市相聚，他很感動。

在新宿一間擁擠的火鍋居酒屋裡的一間小和室。在座都是交換生，來自韓國、蒙古、德國、美國、台灣……每個人都講著一口流利的日文，手裡握著調酒，容光煥發地說笑著。在這樣的眾人中，也包括雅，一向寡言、謹慎用字的雅，用我不懂的語言穩健地談笑風生。在這樣年輕、飲酒作樂的氛圍下，我突然間地感到孤獨，雅，這就是妳不曾向我表露的一面嗎？我從來都是那樣赤裸裸地呈現在妳面前啊！

往南，搭了一個小時的火車，我來到鎌倉，一個靠海的美麗城市。處在完全陌生的環境、語言，我仍愜意地走著，試圖在太陽下山前趕到沙灘上觀賞夕陽。終於到了大海的面前，沙灘上有衝浪的年輕人，有穿著西裝的上班族，有父母帶著小孩。選了一個舒服的位子，我獨自坐著，讓絢爛的光彩把我包覆，海風迎面吹拂。

有一次在台東，搬了家後，在明亮通風的住所，我打了電話給雅。我說這一切真是夠了，我真的受夠了，說我找不到一個答案。我不知道怎麼解釋我的過去，不知道怎麼面對我的未來，也無法坦蕩地活在當下。妳記得妳是怎麼和我辯論的嗎？我氣得把家裡弄亂，但還是打消了再次逃走的念頭。

雅，我早就預想到這天了，我會這樣靜默地看著妳。

今年我們二十三歲。妳相信嗎？在經過那麼多的轉折後，一切竟然才剛要開始。妳是那樣準備充足地期待著，在社會上成為一個能夠生產貢獻的人、並回到妳的家鄉紮根組成家庭。

而明日妳將啟程離去。

有一天早上天氣極好，我坐在海灘上面向著海。時間發展到此，我感受到離開台東的日子將近，在心裡誠心地感謝，感謝大海。每當我孤獨地來到妳的面前，妳不曾問我往後的工作期望多少報酬，不問我有什麼特殊才能，也不問我對於未來有什麼樣精彩的規劃。在妳面前，我從來就只是我而已。

看這眼前一望無際的宏闊，我悄悄的承諾，有日我心無愧時，必會再回來。

雅，妳說我像大海。也許妳才是吧？

妳是月亮，也是大海，自始如一地讓我瞻望，重複不懈地把我推向我的路途。

二〇一六年　佳作　作者：柴依林　篇名：鄉愁1996

如今還有誰說鄉愁呢。

發達的交通，讓回家的路越來越短，一日江陵不再是詩句的幻夢。便利的通訊，讓思念的苦越來越淡，不必再默默對月寄託懷思。太多記憶隨歲月遠去，太多情感被科學稀釋。誰，還訴說著鄉愁呢？

我所感知的鄉愁，自然也不在於山長水闊、故土難回的惆悵，也無關乎天各一方、親友難逢的憂鬱。而是故鄉，真的「回不去了」。

我用了將近二十年，將那座名為鎮海的小城刻在心底，閉上眼睛就能回憶起它的點點滴滴。

城北的老城牆似乎站了太久，累得把身體托付給了植物，任其肆無忌憚地伸展在自己身上。最霸道的莫過於樹了，在半高處破牆而出，懸在空中也楞是生出了碗口般的粗度。說不定它是用根攫住了牆的心臟，才獲得了如此強的生命力。而老城牆始終不言不語，安享著綠的攻城掠地。

陪著他的是城頭的望海樓與炮臺，還有牆下溫養著荷塘、蘆葦的護城河。

曾經他們一同抵抗海上東來的敵寇，現今也一同老去在時光裏。就好像那些退了休閑來無事，喜歡三五結對登上城牆散步、談天的老人，他們靜靜吹著自山海而來的風，遙望西邊山頭的威遠城門，侃一把那日的刀光劍影，斟一杯陳年的英雄氣概。

城牆後是連片江南特有的老宅院。簡單的水墨雙色間，或是淌著潺潺碧水，或是斜躥出一枝廣玉蘭，讓一切不至於太過單調。瓦片層層相疊，雨珠跑了半天，才隨著下垂的檐角滴出一條珠鏈。富人家門上的獸銜銅環、普通人家的木板，被水汽熏染出的深淺不一的色彩，石雕的、木雕的窗飾上，花鳥魚蟲依然靈動可愛。南來北往的燕子，春來了還尋著舊年的巢。雨來就復生的青苔，年年爬著水墨房的屋腳與水缸。

從小，我見慣了老城牆的森森綠意與蒼老厚重，聞慣了白日的草花香與夜來海風的鹹腥，聽慣了雨滴水缸叮咚響、賊貓偷魚砸了碗盆的呼嘮……就這樣，一天天慢慢成長。而未曾料想，是小城先變了模樣。

一根煙頭帶走了望海樓，重修之際人們也將老城牆「清理」了一番。綠色侵略者終於吃了敗仗，大軍逃得無影無蹤。只有少數被人安撫在原地，規規矩矩地縮在劃好的地牢裡不得動彈。被強剝去草樹的城牆已然破碎不堪，一群能工巧匠順勢弄來新的磚石，將他補了個嚴嚴實實、齊齊整整，好像能再與外敵鬥上三百回合。末了還不忘插上一排飄揚著一串紅燈籠的銅桿，氣勢恢弘地彷若一夜到了西安。外加百米長的霓虹小燈長蛇般攀在城牆上，夜裡也不忘五顏六色地勾勒出他「雄偉」的輪廓。城外，一座朱紅九曲橋盤踞河上，色彩濃艷，誰還記得那里曾有鎮海最美的夏日清荷？

好像幾場雨過後，一片片老屋就像加多了水的墨，在潮濕的空氣里暈散不見。那染著苔痕的牆，那精巧的簷角，雕花窗飾、黃銅門環、大黑水缸……就好像老屋的貓一樣「忽——」地跑沒了。僅存的幾座也被改造得可憐。從前開在深深小巷里的宅門被磚塊封印，刷層灰漆就成了牆，再在大宅靠街的後背上轟然打出一個大洞，闢出個能供轎車通行的「出入通道」，將內宅風光敞亮亮擺在路人面前才好。接著把中醫館、藏書樓、古玩鋪……一股腦塞進去，越熱鬧越好。幾年過去，誰還記得當時風光，只有「吉祥物」大公仔，風吹雨打褪光了色，還在中庭里傻笑。

聽說沿江的水與灘塗，都被煤碼頭、化工廠污染了，再沒有人踩著泥馬小板去抓灘上小螺、小蟹了。聽說小城與江對岸的鎮子間修了條公路，開了公車，「嗚——嗚——」叫的擺渡船也要停了。聽說又一座老屋被翻修了，塗了紅漆掛了彩燈，還移植了不少花草，像個濃妝艷抹的老姑娘。聽說這裡的空氣太差，年輕人都差不多搬走了……

我的小城就這樣變了。我走過別處，只覺那些小城裡，都有他的影子。回到故鄉，卻又覺得這是我剛走過的他鄉。小城早已在我觸不到的彼方。不是我越走越遠，而是我追不上他邁向時光深處的步伐。

這一場別離，怕是在我出生前就開始了吧。

鄉愁1996。我再也找不到回家的路了。

二〇一六年　佳作　　作者：丁麟洵　篇名：仰式漂流幻想

感受水在身邊起伏，輕輕滑過皮膚，向兩旁散去；聽著耳邊一會兒吵雜、一會兒安靜的人聲和水聲。盯著天花板的脊梁，我的視線已在水的波浪之中穿越，穿透暗灰色的天花板，忽地看見往兩旁無限延伸的天空，一層白紗般的雲層輕輕罩在藍藍的天上，把天的深藍稀釋，調和成淺淺的藍色，跟泳池的顏色很像。

一點一點的把水往兩旁推，外面的世界也一點一點地從天花板滲透進來，企圖填補被推開的空位，再一點一點地滲透進我空白的腦海。首先滲進來的是香味，比泳池味道好聞多了的香味，尤其是花香。淡淡的桂花香，清清淡淡，有些飄渺的在記憶裡迴盪纏繞，眼前彷彿浮現出體育館往宿舍方向走去的路上，旁邊那整排的桂花，靜靜的散發自己的魅力，那朦朧的香味令我想起自己曾偷採過一些桂花，做了一點點味道很奇特的桂花釀。

第二個遠遠飄來的香味，是在人文學院綻放的炫目的杜鵑，白的、桃紅的、粉紅的，一朵一朵爭先恐後地綻放開來，令人驚訝的是它不只美艷嬌麗，更是香味濃郁，一點也不輸小巧玲瓏的桂花，每每從她身旁經過，總要讚嘆一下她的美貌、她的芬芳、和她就算落到地上也保持著優雅的樣子，像一個個優雅的舞者的裙擺，翩翩起舞。

第三個飄來的香味，來頭非常大，她的身影遍布學校的各個角落，但也只有在她的葉子變得金黃、或開出一層淡紫色，如糖粉般的花的時候，才有可能清楚認出她，我們的校樹，苦楝樹。別小看她是樹，但她開的花香味清甜，如果說桂花香是典雅的古典美人，杜鵑花香是火辣時髦的現代女子，那苦楝樹的花香一定是純真可愛的小女孩，清清淡淡，又帶點甜味，如果一不留心，就會跟她擦肩而過，錯過她好聞的味道。

當香味漸漸被水稀釋之後，另一趟的滑水也開始了，享受水在腳邊波盪，繼續望著天花板，這次滲下來的是一張張的濃縮照片，最開始的影像是靜心書院正對面的人工池塘，袖珍的小橋兩旁可以見到一圈一圈的睡蓮，慵懶的佇立在池塘中央，保持亙古不變的可遠觀不可褻玩的雅姿。圍繞著湖，立著跟睡蓮不相上下的紫色鳶尾花，直挺挺的樣子，就像有人故意插在那邊的插花作品，繞著池塘不仔細看還看不到呢！接著是時常伴在我們旁邊的高山，時而清晰到彷彿可以看的到山上一棵棵的樹木，又時而模糊不清，被白紗般的雲層包裹，像一團團的棉花糖、又像新娘拖曳下來的裙擺，讓山巒籠罩在氤氳的氣息裡，神祕、又令人好奇，到底這些山巒下一次會以什麼方式呈現在我們眼前。

水波再一次在我身邊起伏不定，又是一趟仰式幻想的開始，先經過泳池上預警的小旗子，而後我的思緒又飛向了體育館左邊的圖書館，曾經，我在爬上頂樓再上面的水泥上，站在上面，彷彿將整個圖書館都踩在腳下，遠方的海，映著即將西下的陽光，產生一種旖旎又模糊的光暈，看著被黃色和紅色交織暈染的海面，耳邊彷彿可以聽見海浪一波一波的聲音，比我在泳池裡載浮載沉的耳朵所聽見的聲音還要美妙多了。面向大海，左側的都蘭山是如此突兀的聳立在沿海遠方，狂野、與眾不同的山形，又帶了點神祕，有如柳宗元苦苦追尋的特異西山。微風拂過我的身軀，忽然轉紅的光芒把我的視線吸引到了另一方的沿海山上，落日的餘暉就這麼淡淡地翻過那片山頭，剩下隱隱約約，如金粉一般的波光，粼粼的在宣告夜晚的降臨，在爬下圖書館時，我甚至看到了永遠也不會跟太陽相見的月亮，孤獨的掛在相反的方向，將黑夜緩緩撒下。

仰式的最後一趟，水波盪出來的是一片紅黎田。校園附近的紅藜田是我最愛觀察的地方，而紅藜也特別與眾不同，她不像水果，成熟時才有顏色的轉換。紅藜小時候也是綠的，但當她開始拔高，她就會由根部開始轉成紅色，之後隨著她越長越高，底部的紅色也如虹吸現象般被吸上整株的末端，有趣的是，紅藜還沒結果時是高直挺拔的，一旦結了果，整株呈現羞澀的紅色時，她便會因會飽滿的果實而低下頭來，宛如謙遜的智者，飽含豐富的知識但仍謙卑不自傲。紅藜不僅是健康的食物，她連成長的過程都非常的美麗，當一整片的紅藜田隨風飄盪，盪出一波一波的紋路，著實是美的。

起身看著自己製造出來的水波，彷彿跟一片紅藜田被吹拂的樣子重疊，在別人看來這只是單純的運動、體育老師交待下來的任務，但對我來說，每一次的仰式游泳，最能讓人平靜，感受自己的身體律動、感受水是怎麼流動的，當然，最棒的一點在於每一趟的仰式彷彿都是一場冒險、一場對校園環境的覺察跟整理，當自己發現了什麼，或沒發現什麼，都能令我驚奇。我清楚知道，我的仰式幻想絕對不會停止，讓自己享受在游仰式的當下，經歷一場場的回憶冒險，又能覺察自身，也能探索環境，好處多多啊！

二〇一六年　佳作　作者：林桂鄉　篇名：校園時空機

學校碩士班招生，我們可以未考試、未入學就先在碩士班選課。不用多繳註冊費，只要按在碩班修習的學分繳交學分費。從讀大學開始，我就開始精算起生活花費，精準到宿舍日常所需的用電量及總電費我都瞭若指掌：冬天洗澡三塊錢，洗頭一塊錢。夏天洗澡兩塊錢，冷氣一小時兩塊錢。電鍋煮飯公用電不用錢。碩班畢業門檻30個學分，兩學期合計修12個學分，另外18個學分等正式入碩班後最多一年就可以畢業，不但可省下一年的註冊費也可以早點回鄉節省生活費。我喜歡台東，喜歡我選擇的科系，當然毫不遲疑地直升研究所，當預修生選課去。

碩班第一節課相見歡，老師說：「為什麼來讀書啊？自我介紹，各言爾志，互相認識認識。」大學一班42人真比不上碩班8人背景豐富；有哥哥輩、姊姊輩，還有大姊姊輩，說是大姊姊是基於禮貌，看見她臉上的履歷表，我估計比我爸、我媽還豐富的吧！他們幾位在工作、人生資歷也很多彩多姿；有當爸的、有當媽的、有教幼稚園的、有教本土語的、有要選立委的、還有正在相親待嫁的，碩班同學人數雖少，選課也不多，但我心裡想像著這一學期肯定很不一樣。

學姐－是我想得到最適合的稱呼。天黑了學姐會急著回家煮飯；出大太陽時，學姐會叨念著連日陰天曬不乾的衣服；如果有人膽敢用免洗筷吃飯，學姐會苦口婆心的勸；當地盛產的水果釋迦、芭樂、香蕉常常帶上桌；可別以為學姐只帶給我們這樣悠閒的感受。只要遇上英文教材、電腦操作、考試測驗，她就緊張得哇哇叫；第一次我發現有人整台筆電抱著像書本一樣翻轉著看。

學姐妳做什麼？

這個pdf檔是直的，當然要翻九十度來看啊！

學姐，只要按滑鼠右鍵點選「其他」有一個選項「旋轉」就可以把文件轉到對的位置。

哇！你好棒喔！原來可以這樣喔～

學姐對電腦的的認識差不多是古早古早的人囉！我只好一展長才，常常讓她不恥下問。

冬天，看著窗外的苦楝樹，學姐能將他帶進多元課程的報告裡：鄉土教育就是環境教育，跟我們息息相關的生活經驗，我們學校到處都有苦楝樹，現在為什麼光禿禿的？聽我說這個故事：話說臭頭仔洪武君出生在荒年的時，瘟疫、戰亂使得民不聊生，環境很差，他自小就長癩痢，滿頭爛瘡。

元朝腐敗，朱洪武起義，常受元兵追殺，一路逃命，在寒冬中仍然跑得汗流浹背，累癱到靠著一棵苦楝樹下喘息，四周寂靜無人，一不小心就睡死了。那時的苦楝冬天有著滿樹綠葉，黃澄澄的果子結滿樹枝，誰知一陣風吹來，樹葉仔拍動，籽竟然一顆一顆掉落在朱洪武的頭頂，重重的砸在他的爛瘡上，痛得醒過來的他，生氣地破口大罵：「你這個壞心的苦楝仔，叫你死過年，一片葉不剩，一顆籽不留。」朱洪武話一講出就是聖旨。每年冬天苦楝就瘦骨嶙峋，樹幹蛀空，像是死人骨頭一般，孤立寒風中，就連在四季如春的台灣，苦楝仔也要在過年時假死。在台東怎麼可以不加點原住民文化；卑南族的祭師，每年都要為喪家除穢，他們會拿著苦楝花，在鼻頭邊比劃邊祈求，希望新的一年帶來好運。阿美族人當苦楝是春天的使者，當她花落結果的季節，族人就可以開始用魚藤毒昏魚抓魚了。真奇怪！自從聽過這些故事後，在校園裡不論走到哪都看到苦楝的身影，春天一到不論在室內室外都聞得到紫花盛開的香味。

我生長在都市，對大自然沒有特別的敏感度和觀察力。跟學姐一起走在一趟路常停駐。校園裡長滿了好吃的野菜！是嗎？

你沒有吃過「烏甜仔」？我搖頭！

蛤～在台東怎麼可以沒吃過！

她馬上彎腰採一大把，隔天就煮了一大鍋野菜排骨粥，中午我們全班在陽台上辦桌，看著其他人來來往往的買午餐，我們享用著悠閒的幸福感。隔一周，學姊在群組中號召大家參加野菜泡麵趴；每個人帶著自己的泡麵，學姐燙了一大鍋「烏甜仔」，來來來！吃通海的，盡量加，早上鮮採的，幼咪咪的！

吃著隨手得來的好食材，大家興奮地感到上學真有趣！然後接下來有水果趴、下午茶趴、果醬趴……整個校園都可以是我們的美麗餐桌！後來我在校園裡不再專心的走路；總是東張西望，上看下瞧地尋寶。

因為迎接全大運，這學期開學特別早。元宵節那天，學姐問：

你有沒有去看過寒單爺？

沒有，我不喜歡鞭炮味。

在台東怎麼可以沒看過元宵遶境和寒單爺。

年紀長的人就是有辦法勉強別人，然後那個晚上，她就開車到宿舍載我去市區看炮炸寒單爺。

看著肉身寒單赤膊上陣，鞭炮聲響徹雲霄，炮硝煙霧瀰漫，我帶著口罩全副武裝，還是看得心驚膽跳、頭皮發麻。不自覺的往後退。學姐卻拉著我的手努力的在人群中向前卡位，有人拋送寒單餅，她硬是搶下了兩個，

這個給你吃，保證你一整年平安順利。

說實在的此刻我心裡只想趕快回宿舍，避開這危險可怕的熱鬧。學姐竟然精力旺盛，眼中閃爍著興奮的光芒說：

「重頭戲在天后宮，一定要去啊！最前面的是報馬仔負責通報，每個隊伍要開始照順序進行入廟儀

式，各陣頭會展示出廟內最具代表性的民俗表演。你看，這個是官將首、八家將，還有七爺八爺。有沒有？這才是內行人看的，你看他們的腳步手勢，要練好久的啦！」

又是鑼鈸，又是戰鼓，震耳欲聾，群眾情緒高張，就這樣我接受著民俗文化的深度洗禮。我在台東，我有看過炮炸邯鄲！我有看過元宵遶境！

對我來說，學姐就像是校園時空機，帶著我在時空裡遊走，帶著我真切地感覺到生命的現場，有時就像回到溫暖的家，有媽媽奶奶溫暖的叮嚀和貼心的照顧，有時使我重新認識了再熟悉不過的環境，看見生命互相的存在，感受到彼此的影響。

如果你像我一樣遇見了校園時空機，就準備經歷一場生命的體驗之旅吧！

新詩類

二〇一八年　第一名　作者：楊雅晶　篇名：沒有線知道

圍巾蜷縮成一團
牽著戀人的頸
線在溫度上　不說話

麻繩緊緊束縛住
碼頭與輪船的距離
線在欄杆上　不說話

海平面盡責地維護
落日茜色的自私　卑　　戀
線在海波上　不說話

拱橋被踐踏著
大島顫抖地聯繫了小嶼

線在沙灘上　不說話
髮絲稍帶著　些許陌生的氣息
交纏依偎進　暖和柔白的熟悉
線在牽手上　不說話

流星等到今天　終於
掠過閃閃發亮的願望
線在星空下　心裡默默地想
「下輩子不做紅線了。」

但線不知道
那是它上上輩子的願望

二〇一八年　第二名　　作者：林琬芪　篇名：明天的共犯

死了一隻狼。

獵人精闢地把皮切成煙火
世界莫名安謐
明明是黑夜　卻沒人想闔眼
像看一場沒有名字的展覽
跟著風跑只為了
消遣

狼不吭一聲　看不懂所謂生存法則
眼鏡　放大鏡　老花眼鏡
我納悶怎麼沒人發現　　他不識字
顫抖著走到狼嚎盡頭才發覺
有些紅色的綿羊
不能吃

奶奶獨居在林中
軟爛的身體留不住一角可

憐
小女孩挖掉泰迪的眼睛　在嘴巴扎了根針
大人還拍手讚嘆她的藝術天分
哦你們看
大野狼張口吃了滿嘴紅蘋果
哦你們快看
煙火躍上天的瞬間　好美

然後明天

又死了一隻狼。

二〇一八年　第三名　作者：陳姝豫　篇名：燈

如果裡頭，囚養一頭獸
咿　歪　咿歪的
搔首示眾

用樹枝為支架，髮絲捆綁。
點上妝紅的老豬皮　披上

紮入皮中　串並聯的閃爍
整日整夜呼呼喝喝的
膨脹膨脹

書頁揉碎在　　　碗盤裡
充當營養調料

一層，一層糊上。

撐起花式的新頭顱

獸剁了頭，之後
承不住　探尋、攪擾。

二〇一八年　第三名　作者：張文柔　篇名：屬於瘋狂——致失去的布偶

篤定的瘋狂敲響晨鐘，

如果世上沒有花，又何以花香？
日子暈開了花叢，把傘撐壞了就淋雨。
試圖起飛一座雲霧嗎？
沉入海水的底部，
有時啟程前要承受枯寂。

當深夜低鳴，
一口咖啡不曾清醒，
沙漏的翻轉顯得靜謐。
那些張開翅膀左右搖晃的字句，
或許毫無道理，
或許就巧妙地藏在一朵花裏，
空曠的沒有時序。

天空的一抹澄澈映照著光影，
眼前的水鳥仍在遷徙。
沒有比茶更苦澀的了，
當它被置放已久，
寫不停的手，抽換著思緒，
持續焚燒的熱情。

在我堅守的堡壘裏，
有一個布偶沒有被遺棄。

二〇一八年　佳作　作者：蔡涵羽　篇名：致——終將痊癒的妳

如果可以把你寫成詩
註定是一首甜蜜且酥脆
一行行也道不盡濕潤的本體

如何風乾？
我追逐前人的手藝
不是每種風都吹得動你分毫，
不成氣候。
不是每到陽光都能烘出一片焦香，
不是滋味。

無比輕盈的骨，
稚嫩的皮，
濃稠至不可量的血，
最終，
秘方誕生！

你有你的方向，
只是在我的迷途裡。

二〇一八年　佳作　作者：洪于婷　篇名：走失

秋季　楓葉都沒有熟透
還沒被菸頭　燙出酒窩

梅子酒遲了三個月　才釀好　正酸

不知名的路　一直走　一直走
寂靜是腳跟　回應是凹痕
沒有目的　歸期　還有值得牽起的手

柏油路　熙攘　像極了粗大的毛孔
上一秒的膨脹　成就下一秒的荒誕
絢爛了一整　夜的黑
結束在清晨的計程車上

是哪個詩人說　憂愁活在血液中
怎麼捐了十加侖都不夠
依然全身的朦朧

一個人總在練習一個人
沒有人在　等一個人
一個人　等成　沒有人

有時候好怕　你找不到回來的路

這裡未必有燈
這裡未必有我
暗語　揭開的謎底　是
這裡　也沒有你

二〇一八年　佳作　作者：王姵雯　篇名：距離

你是殘夏公園裡　孩子們都愛的鞦韆
帶我撲向雲朵　卻　搆不著樹上的葉

二〇一七年　第一名　作者：林勁弦　篇名：每個行業都有張小姐

張小姐也沒想過有一天會變成這樣
飲料的甜度與冰塊都錯了可是
每個行業都有張小姐，每個人
都太難看見自己難看的臉，每個人
每一天都可能忘記帶鑰匙，在路上
被水灘噴濺，錯誤搭配與制服顏色傾軋的鞋
每一天累積每一天傾斜每一天下來

每個人就變成張小姐

張小姐看過新聞裡的張小姐像強姦乘客般地
對待抄襲來的生活，把善良放進
不曾更換的油，炸成一塊塊瘀青地
播報新聞……

張小姐看著飲料店店員捨不得責怪只喝著
大腸桿菌超標的拿鐵紅茶
曾經大家都很純潔神聖美好
拿著履歷表，大聲說我是張小姐可是
一定有什麼讓大家總走不對方向
這整個世界的歪斜自己要負多少責任
張小姐來不及計算，張小姐整天計算
學校的財務支出表

張小姐無奈想著自己只不過臉臭了些脾氣多了點
只不過偶爾把自己的倒楣也分享給
活在倒楣學制裡的同學，竟然就要
生活得像五歲時雜貨店老闆沒找回來的零錢

繞了一圈心情很糟，午餐時間也要結束
只有這段時間她能暫時不做張小姐
而馬路上張小姐每天遇到張小姐每個
行業裡都有張小姐
高樓上俯瞰整個校園漸漸傾斜
地面上無數個張小姐

二〇一七年　第二名　作者：鄭仲傑　篇名：轉瞬之間

當大武山將火輪子扯到背後時，
兀自被拉開的黑夜，
顫抖在這片太平洋之上，
都市被喧囂埋沒，
夜市是甜的，
而人……
我是說那群螞蟻，
蘸在這塊領域，
是日常？還是日嚐？
看著牠們出現，

然後又很有規律地　消失，
瞬間的寂靜，
反而吵醒了不遠處的那片海灘。

海灘不喜歡說話，
她總是喜歡把機會讓給海浪，
有些時候我真的很嫉妒他們，
無時無刻都懷抱著彼此，
視若無睹地在我面前愛撫。
不是他們不理我，
只是在他們眼裡，
我是四十億年裡的一粒小石子，
往沙漏裡流過，
沒有太多的足跡。

應該只有太平洋聽到我的呢喃，
化作一陣海風，
輕輕吻在我的嘴上，
有點鹹，
走過的痕跡輕輕，

留下的
就只有如花火一瞬的背影如妳　如我。

二〇一七年　第三名　作者：陳嬌　篇名：台東

這裡的氣候
黏在春天和夏天的接口處
紅藜、青苗和乾涸的卑南溪

白晝晃得明亮
陰得乾淨
茶、酒、蘇打水，輪流轉
雲卻亂蹣跚
黑夜冷冷之處
山也醉窮山
狗、蛙，都在遠處響了

心頭一跳一熱
我是「現在」的奴僕
附著在海上

風舉起
倒卻一桶靛藍流

二〇一七年　佳作　作者：林琬芪　篇名：我的成語字典好像壞掉了

一、拋了磚，卻只打破別人的玉。
二、Google　地圖收尋：　沒有與「康莊大道」相符的結果
三、若不讓馬蹄停下親吻地板　就算到了成功　也只能錯過
四、摀住耳朵，偽裝著聽不見井裡的蛙鳴　他們睜大雙眼卻仍看不到天空上　有彩虹
五、哪裡有什麼獬豸？只有憤怒　淚水　無助和被染紅的一捧黃土　還有一隻　找不到家的鴿子

二〇一七年　佳作　作者：陳芊盈　篇名：人偶的證明

要比熱帶雨林還猙獰
別作機械式無情
你忘了人類的空洞多久了？
唇語無言（因為說不出來）
吶喊啞了（因為沒人聽到）
身體慢慢萎縮死掉了（我們還在牢籠裡學著）

像個人一回
身體想認真哭一回
別讓迴廊纏起眼白的面積和花
別讓臉部肌肉公式化
別讓螺絲鎖緊眼眉的笑弧
別讓栓子卡楯神經的角度
別讓微笑之後是say hi
喔，誰理它？
你天生適合快樂
別讓日後的某一天想撕下今天的臉皮
跳吧
肌肉紋理都延展碎吧，致遠方無名的部落
我們跳一輪無名的信仰，我們的祈求溶解在挪移的步伐

是的，兇手綁不住我
記住，人的表情不能重複
不要站在河中兩次
不要疆住過去的形式
就這麼力道，鏽斑才會掉
就算攤瘓倒臥在逆光的窗前

那就是生命的重量

二〇一七年　佳作　　作者：潘鈺樹　篇名：大海

空氣中瀰漫著
鹹鹹的
味道
烙印在腦海中
苦苦的

造物者畫了海岸線
分隔你我
而我
在岸上眺望著你

天空如以往寂靜
你沉默了……
彷彿空氣在此刻凝結
濕冷的空氣，滲透到我的衣衫裡

太陽為你編織一件透明
鑲滿珍珠的金縷衣

吸引我向你靠近
我，沉溺在你佈下的圈套中
無法自拔
難以觸碰的你，是火焰不斷燃燒著我
直到殆盡

夜色起身是黑色的斗篷，吞噬了大地
你隱身了

遙遠的天邊為牛郎築了銀河橋
兩人終於在此刻見面
不知
下次的相遇是何年？

夜色脫去了顏色
岸上印著昨日的痕
空氣充滿鹹鹹的哀愁

而我已不在這……

二〇一七年　佳作　作者：邱彥均　篇名：天堂路

枝椏末梢凝出的涕泗，以飄落的雲絮
擤了，包住縱橫流露的餡
一把一把地抓成花，為大地擺盤
乾燥花索性將礙事的淚腺退化
與騷人走散，進化為聖人
制怒，慎獨，走君王之路。
竿影後，見光死的脆弱乘涼在此

當年佯狂，不加外衫獨上高樓
踩長影尾，掏空心肺，想裝些輪廓回去煮夢，
盡收眼底的不是回首伊人，是催淚的砂。

開始盜時光的墓
餵養食屍的獸，肆其踏破莊稼
鎮壓消極，交戰曾經
披草坐於客西馬尼園，第一人稱

記住夢魘輕刮軟肋，痛的層次
身帶重達兩升的箭簇，化作春泥
熨逆鱗之細紋，直視吸人的黑

接近神時，筆尖能吐血數升
握筆時，十字架引血流乾
誠實受罪，血水大滴大滴墜落
燦爛成字，眼前夢幻一般
那簡直是無與倫比，　美到窒息的荒涼。

悄悄生根，桂冠荊棘
難戒有唸緊箍咒的癮，習慣從腦
去榨點故事的陳年苦酒
放著變醋，佐以甜言
浸入皮開肉綻之軀，做糖醋肉。

從煩惱煩惱不了，到煩惱煩惱不了
壓艙石啊，我倒寧可
一生一世都不要有這種徹悟。

二〇一七年　佳作　　作者：洪于婷　篇名：味道

下雨
都是青苔　的味道
有點腥　混雜著
濕潤的歉疚

彎身九十度
積了一大片　不好意思
嘴角弧線　掛滿　五百克
酸痛的領悟
說輕不輕　說重好重

好難吃　太多了
苦吞不下
安眠藥　　來自不同醫生
藥袋都寫　祝您早日康復
生日三個願望　豪邁浪費
現實　猖狂地發作
不分晝夜　　不辨是非

雨不會一直下
就像　列車終將到站
終點站「遺憾」
到站的旅客請別忘記隨身行李
放晴了
你的味道　不變
苦艾酒佐洋甘菊
戴上口罩　也沒用
鼻子還記得

二〇一六年　第一名　作者：王怡琇　篇名：不會寫詩

不會寫詩
我始終練習怎麼成為
一個恆星
努力地照耀別人
而不要燒傷自己
可是
我本來只是想寫出像樣的詩句
卻忘記了我為什麼寫詩

為了什麼活著
彼時載浮載沉的文字正在滅頂
模糊的雙眼泛起波浪
而回家的路需要一些陽光
那些矯揉造作的淚無法凝結成詩
激昂的焰火燃不成詩
太深的哀傷不能銘刻成
一首詩
太淺的詞藻不能攀
纏成一首詩
旖旎的早春不能盛開成一首詩
絢爛的盛夏不能閃耀成一首詩
縹緲的深秋不能撕裂成一首詩
枯槁的嚴冬不能凍結成一首詩
每一個字
寫完就會墜入海洋
一如風不曾記得誰的名字
最後我也不會再記得
曾經那麼希望　想為了誰
寫一首詩

二〇一六年　第二名　作者：蔡季芩　篇名：瘋

在沒有被正式命名之前
藍天的遼闊只是
簡短的嘆息
在沒有被定義以前
雨季的淅瀝
只不過
是無聲的一行淚
我們都以為那是正常
但科學跳出來
震撼了地平線的聲響
沒有什麼能破碎空氣
能被破碎的只有自己
誰沒有被噩夢追趕
時間的腳步沉重地能踩碎呼吸
人群是狂亂的河流
不能馴服就只能被反弒撕裂
看不清面具下的雙眼不該是罪過
但失去眼睛的我們

卻被眼睛注視成囚犯
吶喊被黑暗吞噬
連聲音都失去的人怎麼為自己辯護「自我」？
他們說那是病
但說著這話的人
無人倖免

二〇一六年　佳作　　作者：鄭仲傑　篇名：思念著的除了山跟海

一顆失了眠的石
嗚噎的在海邊尋找自己的歸宿
那邊的海風
嚐起來是鹹的
跟我腦海中提煉出來的鹽一樣
未曾改變
我看得其實不夠　遠
祈禱著能默默地　在那一頭替我匯聚
再一口氣隨著海潮奔騰在我的面前
拍打我的心頭
都是一絲絲的　思

一棵剛醒了的樹
懶懶的在山林裡拿著霧玩纏繞畫
所以我跟他　繞啊繞
氤氳的吐氣中
看不見盡頭那隻健壯的山羌
模糊的是我的視線
我焦躁地大喊
未曾停止
我眺的其實不夠　高
祈禱著能默默地　在那一頭替我養成
再一口氣隨著大霧帶著我的視線
纏繞我的心眼
都是一遍遍的　念

二〇一六年　佳作　作者：辜伯誠　篇名：耳語

硯台曲線凹槽，曼妙的弧線，深深吸引我。
墨水黑鑽，石油的黏膩高貴，濃濃暈渲我。
筆鋒的毫毛，柔稔撫順，悄悄滑過我。
象牙白宣紙，潔亮皎白，偷偷的吻了我。

睡了，躺臥在喧囂的城市，
夢囈於車水馬龍的市鎮，
柔順的劉海遮住了右眼，
只留單邊靈魂窗口的透氣，
唇瓣上的一顆黑痣重點了雙唇，
捲翹長睫毛是相反的捕蠅草般雙互闔閉，
六呎身軀裡頭藏著小女孩，
帶著一盒盒的笑容送給周遭人們，
第一次敢正視自己，透過鏡子，
杯子裡的水總是這樣的清澈透亮，
佝僂的老者，舉杯，
嘴角妝點著笑意，啜飲，
甘甜與清爽，嚥下。
開始翻起以往的照片，
過去的回憶，
曾經的豐功偉業，
安穩的躺在涼椅上，
沉沉的睡。

二〇一六年　佳作　作者：蘇元廷　篇名：Hush

聽，這夜在說
又一道，無賴的刀劃破了無辜的家
又一句，空洞的發言傳承了政治的輝煌
又一位，還未墮落的小天使逃向遙遠的彼岸
聽，這夜在說
又一道，調皮的傷取代了逞強的微笑
又一句，失控的留言槍斃被孤立的夥伴
又一位，相信過明天的青年感染小丑的瘋狂
聽，這夜在說
又一道，微弱的光窒息在白晝的昏暗
又一句，破碎的誓言殉葬於殞落的信仰
又一位，曾歌頌天堂的牧師踏入地獄的牢房
聽，夜正說著
還有更多，更多的
再一道、再一句、再一位
Hush!
別再說了，別再說了……
（不能讓我愛的人聽見啊！）

睡吧，快睡吧！
在這夜裡，失眠的人：無能為力的我們
到了明天，還是能期待太陽呀！

二〇一六年　佳作　　作者：陳佳伶　篇名：念歸

黃沙漫天噬青空，
千里迢遞望不穿大漠。
塞外狂風泣血，
烈酒濃不過思念。
城內飛花漫天，
清茶淡不了惦念。
如雷戰鼓預言了永別，
刀光血影演繹了傷悲。
花開花落，
算不盡似水流年。
杯滿杯盡，
忘不了昔日諾言。
無邊天涯，無盡歸期，
執手偕老此生難盼，

可否留待來生續情緣？

二〇一六年　佳作　作者：林桂鄉　篇名：歸去砂城

我是在卡地布流浪
還是回到真正的故鄉
在遙遠的東部小鎮
在寬闊的高山腳旁
在芬芳的紫花樹下
在燦爛的春日陽光中
在明亮的青春紅顏裡
譜著傳說中的美麗愛情
草地裡的含羞草垂下了雙肩
盛開的粉紅花蕊她不羞
那是勇敢尋求愛侶的繡球
於是我將她捧起別在你修長的手
這是堅守諾言的指戒唷
見證心海澎湃洶湧的悸動
那不得了的愛情是賦予神蹟的五餅二魚
足以餵飽五千學子對愛情的信仰

我們一起爬上學問高高的金字塔
我們一起凝望鏡心裡雙眸火炬般倒影
盛夏的金鈴子餵養著羽族
每一對子葉都有比翼雙飛的祝福
我們同時愛上的樹名之苦楝
熱戀的溫度伴他寒冬裡對天的虔信
蘊滿急急吐葉含蕊報春訊
愛情要兼具現實的真與夢幻的美
青春怎能不夢不歌
美景怎能不用眼用心緊握
砂城是我一生的鄉愁
是歸人也是過客
奔放的跫音迴盪
永響在我心頭

古典詩詞類

二〇一八年　詩類　第一名
作者：李淇源　篇名：〈傷肝　其二〉〈晨間寒春〉

〈傷肝　其二〉

獨坐平樓頂，晨思白髮因。
聞鳴如諷議，苦海與誰鄰？

〈晨間寒春〉

風翩蝶起知驚蟄，棄暖窗開聞曙鐘。
颯颯枝濤尤爽節，蕭蕭樹浪睨窮冬。

二〇一八年　詩類　第二名
作者：顏啟倫　篇名：〈贈筱薇東大畢業〉、〈凜春〉

〈凜春〉

山色微濛道　風，煙迷天霧鎖晴空。
暮春絲雨　情思，涼夜不聞明月宮。

〈贈筱薇東大畢業〉

筱屋頌薇歌，塵心向逝波。
隨肩高行處，閒事幾消磨。

二〇一八年　詩類　第三名
作者：何菻芳　篇名：〈課堂偶得〉、〈偶憶君〉

〈偶憶君〉

心中愛意尚初萌
每見君顏宇內洶
赧面桃紅寧不語

思卿憶念幾時溶

飄然白雪重
紙訴由衷語
奧若影行蹤
清亭如柏木
〈課堂偶得〉

二〇一八年　詩類　佳作
作者：丁云翔　篇名：〈南霸天〉、〈清明憶故人〉

〈南霸天〉
向晚春意濃
蓮潭覓荷踪
詩情方漸興
空污百花封

〈清明憶故人〉
殘月燈爍聽雨聲
移舟弄影憶友朋

冥陽手機終無用
療癒猶賴夢裡人

二〇一八年　詩類　佳作
作者：蔡涵羽　篇名：〈遇仙〉、〈願君系故里〉

〈願君系故里〉
紅梅索寞染荊扉，綠腹朱邊倚雪輝。
暮靄朝霞悠薈蔚，孤芳撫景待人歸。

〈遇仙〉
朝曦浸華池，老媼捻花時。
太乙溫玄酒，低昂求紫芝。

二〇一八年　詞類　第一名
作者：蔡涵羽　篇名：〈相見歡〉與君訣

笙歌跌宕香園，
雨如煙，
玉輦香車、絕念遠殘歡。

夜漫漫，
終須散，
復來緣，
碾亂一身塵世，躪愁燃。

二〇一八年　詞類　第二名
作者：李淇源　篇名：〈瀟湘神〉

新雨虹，新雨虹，撥雲見日占長空，滿地坳窪披彩飾，童聲蛙鬧樂融融。

二〇一八年　詞類　第三名
作者：顏啟倫　篇名：〈生查子・中秋〉

往昔中秋時，皎月柔光畫。頂上玉兔嬉，邀約翱層宙。

今朝中秋時，炭火星依舊。人後倍思親，回首淚沾袖。

二〇一八年　詞類　佳作
作者：江汧旻　篇名：〈竹枝〉

〈竹枝〉（小令）平聲　十一尤　獨用

寒山峻嶺。谷幽幽。冰花凜洌。蕩悠悠。

二〇一七年　詩類　第一名
作者：游士傑　篇名：〈觀琵琶湖〉、〈閒適〉

〈閒適〉

孤舟野渡共雲平，碧樹含煙晚照明。
驛路霏微山澤潤，軒窗對月倚風輕。

〈觀琵琶湖〉

野雁高騫翥，明湖照翠林。
平橋人獨坐，轉步夢痕深。

二〇一七年　詩類　第二名

作者：楊姍諭　篇名：〈解離〉、〈詠建築系〉

〈解離〉

未濺塘波畝，孤蓬顯肆途。
唯娛棠裡鏡，普映樹間湖。

〈詠建築系〉

翩翩蘭棹擊縣解，旦旦條枝鍛土胚。
走馬濯纓旌自栩，玄暉澗澗慎眸徊。

二〇一七年　詩類　第三名

作者：李淑樺　篇名：〈炸邯鄲〉、〈湖畔〉

〈炸邯鄲〉

炮竹震天響，煙硝似雪飄。
妝罷凜然氣，傲骨破塵囂。

〈湖畔〉

翠綠常青生意昂。嫣紅點點顯秋涼。
粼粼波色美如畫。坐望湖光雜事忘。

二〇一七年　詩類　佳作

作者：周致丞　篇名：〈四時之花〉、〈青〉

〈青〉

翠碧湖波搖相映，清風白鳥踏青宜。
高望可嘆山頭綠，垂目而聞百草思。

〈四時之花〉

春櫻芳世澤，夏荷奪目染。
秋菊映前人，冬梅孤自賞。

二〇一七年　詩類　佳作

作者：吳姵璇　篇名：〈聲聲思〉、〈登富源山〉

〈登富源山〉

殘月朦朧明黑夜，星河輾轉日西斜。
登高遙望千門戶，照映獨身孤影花。

〈聲聲思〉

六弦信手撥，愁悵寄飛翼。
曲盡淚闌干，君離遲消息。

二〇一七年　小令詞　第一名

作者：游士傑　篇名：〈慶金枝・記丙申年尼伯特颱風侵襲臺東〉

砂城急雨催。影零亂、路街迷。颿風驚破枕中夢，燭灺映簾低。
樓臺頻眺枝梢折，騁遠目、夕陽頹。竈煙初冉入雲扉。陌野玉虹垂。

二〇一七年　小令詞　第二名

作者：陳嬌　篇名：〈點絳唇・記台東大學圖書資訊館〉

彩筆新題，
香燈半捲三山暮。
小窗流趣，
暗雨催人住。
藉地柔茵，
此度春衫露。
薰風訴，
鏡波消暑，
喜自琅然處。

二〇一七年　小令詞　第三名

作者：張念譽　篇名：〈摘得新・秋雁〉

影似愁，綿綿細細流，月寒凌照野，
景連收，嗚哀殘響一池夜，入悲秋。

二〇一七年　小令詞　佳作

作者：李淑樺　篇名：〈河滿子・柳如是〉

顛沛流離亂世，
斐然文采嬌柔。
八豔秦淮傳頌，

南樓相和幽幽。
正娶明媒如是，
同眠紅豆莊周。

二〇一七年　小令詞　佳作

作者：何宜儒　篇名：〈如夢令．佳餚〉

白米薑絲蓮藕，
青菜茴香毛豆。
挽袖下廚房，
煎煮炒烹思舊。
添酒，添酒，
醉意能消腥臭。

二〇一七年　小令詞　佳作

作者：蔡昊佑　篇名：〈漁歌子．菊島〉

天台山前草木飛，
風吹浪濤拍山崖，
烈陽日，
景徘徊，
菊島景物忘相思。

二〇一六年　詩類　第一名

作者：游士傑　篇名：〈觀池上大坡〉、〈乙未霸王寒流〉

〈乙未霸王寒流〉
冬寒霰雪逐風飄，日暮霞雲伴寂寥。
嶺岫皚皚無盡處，茶煙靜語夢迢遙。

〈觀池上大坡池〉
晴波萬樹平，綠岸千山鄰。
宿鳥凌風翥，雲深浥露新。

二〇一六年　詩類　第二名

作者：蘇元廷　篇名：〈彼岸花〉、〈瑤琴〉

〈彼岸花〉
彼岸邀初雪，臨霜刻玉瑕。
孤思蒼鷺倦，折翼伴冰花。

〈瑤琴〉

蜀相謀奇愚仲達，昭姬二辨現風華。
今存一曲紅塵伴，執子于音共晚霞。

二〇一六年　詩類　第三名

作者：趙琛　篇名：〈晨霧〉、〈垂老游〉

〈晨霧〉

恍恍踏雲鶩，
濛濛恐日明。
寒晨縈野霧，
販客玉中行。

〈垂老游〉

細數紅箋第幾行，幾行鬢雪覆塵霜。
老弦薄酒拾青杏，暮鼓炊煙徹海棠。

二〇一六年　詩類　佳作

作者：張念譽　篇名：〈夜渡〉、〈求學有感〉

〈夜渡〉

烏江訪夜樓，
海月見行舟。
水映獨竿釣，
泊留幾度秋？

〈求學有感〉

徬徨抱冊羨閒雲，
告語單飛遠雁群。
可奈書堂無法紀，
寧為埋首自耕耘。

二〇一六年　詞類　第二名

作者：趙琛　篇名：〈點絳唇・憶昔〉

點　唇・憶昔

鈿影重重，驚鴻猶照芳名簿。

相思難撫，枕上紅顏苦。
年月幾箏，當日花盈府。
魚龍舞，動弦玉譜，枯守三秋土。

二〇一六年　詞類　第三名
作者：王怡琇　篇名：〈少年遊・相思渡〉

寒風又起遣悲秋，碧水盪輕舟。錦書難託，相思難渡，蕭韻伴笠篠。
葉朽花落辭楊柳，隻影望嵐幽。殘月如鉤，曉風如炙，嘆故夢難留。

二〇一六年　詞類　佳作
作者：陳佳欣　篇名：〈南歌子・秋夜吟〉

映月商風掠，
星河澗籟迴。
提筆墨蹤追，
樂音縈惹淚，
飲新醅。

〈跋《山長水遠卑南覓——臺東大學砂城文學獎作品集（2016－2018）》〉

文／王萬象

山長水遠卑南覓，野曠天高射馬干。
述作黌堂滋化雨，承傳大道正儒冠。
停雲染翰興幽意，步月披襟起漫瀾。
桂馥蘭薰浮廿載，龍蟠鳳翥蔚榮觀。

釀文學240　PG2385

山長水遠卑南覓
——臺東大學砂城文學獎作品集（2016－2018）

策　　畫	國立臺東大學華語文學系
主　　編	王萬象
責任編輯	林旻達、蘇宥維、谷宜家、喬齊安
編輯委員	黃鈺媛、陳柔靜、楊雅晶
圖文排版	周怡辰
封面設計	劉肇昇

出版策劃	釀出版
製作發行	秀威資訊科技股份有限公司 114 台北市內湖區瑞光路76巷65號1樓 電話：+886-2-2796-3638　傳真：+886-2-2796-1377 服務信箱：service@showwe.com.tw http://www.showwe.com.tw
郵政劃撥	19563868　戶名：秀威資訊科技股份有限公司
展售門市	國家書店【松江門市】 104 台北市中山區松江路209號1樓 電話：+886-2-2518-0207　傳真：+886-2-2518-0778
網路訂購	秀威網路書店：https://store.showwe.tw 國家網路書店：https://www.govbooks.com.tw
法律顧問	毛國樑　律師
總 經 銷	聯合發行股份有限公司 231新北市新店區寶橋路235巷6弄6號4F 電話：+886-2-2917-8022　傳真：+886-2-2915-6275

出版日期	2020年3月　BOD一版
定　　價	320元

國家圖書館出版品預行編目

山長水遠卑南覓：臺東大學砂城文學獎作品集
(2016-2018) / 王萬象主編. -- 一版. -- 臺北
市：釀出版, 2020.03
面； 公分. -- (釀文學；240)
BOD版
ISBN 978-986-445-381-8(平裝)

863.3 109001958

讀者回函卡

感謝您購買本書，為提升服務品質，請填妥以下資料，將讀者回函卡直接寄回或傳真本公司，收到您的寶貴意見後，我們會收藏記錄及檢討，謝謝！
如您需要了解本公司最新出版書目、購書優惠或企劃活動，歡迎您上網查詢或下載相關資料：http:// www.showwe.com.tw

您購買的書名：________________________________

出生日期：________年________月________日

學歷：□高中（含）以下　□大專　□研究所（含）以上

職業：□製造業　□金融業　□資訊業　□軍警　□傳播業　□自由業
　　　□服務業　□公務員　□教職　□學生　□家管　□其它____

購書地點：□網路書店　□實體書店　□書展　□郵購　□贈閱　□其他

您從何得知本書的消息？

□網路書店　□實體書店　□網路搜尋　□電子報　□書訊　□雜誌
□傳播媒體　□親友推薦　□網站推薦　□部落格　□其他________

您對本書的評價：（請填代號　1.非常滿意　2.滿意　3.尚可　4.再改進）

封面設計____　版面編排____　內容____　文／譯筆____　價格____

讀完書後您覺得：

□很有收穫　□有收穫　□收穫不多　□沒收穫

對我們的建議：________________________________

____

____

____

請貼
郵票

11466
台北市內湖區瑞光路 76 巷 65 號 1 樓

秀威資訊科技股份有限公司 收

BOD 數位出版事業部

....

（請沿線對折寄回，謝謝！）

姓　　名：____________　年齡：______　性別：□女　□男

郵遞區號：□□□□□

地　　址：______________________________

聯絡電話：(日) ____________ (夜) ____________

E-mail：______________________________